मेहरुन्निसा परवेज
की
लोकप्रिय कहानियाँ

AF674343

मेहरुन्निसा परवेज
की
लोकप्रिय कहानियाँ

मेहरुन्निसा परवेज

प्रभात
पेपरबैक्स
www.prabhatbooks.com

प्रकाशक

प्रभात पेपरबैक्स

4/19 आसफ अली रोड, नई दिल्ली-110002

फोन : 23289555 • 23289666 • 23289777 ❖ फैक्स : 23253233

इ-मेल : prabhatbooks@gmail.com ❖ वेब ठिकाना : www.prabhatbooks.com

संस्करण

प्रथम, 2017

सर्वाधिकार

सुरक्षित

मूल्य

एक सौ पचहत्तर रुपए

अ.मा.पु.स. 978-93-86300-64-5

मुद्रक

आर-टेक ऑफसेट प्रिंटर्स, दिल्ली

———— ★ ————

MEHRUNNISA PARVEZ KI LOKPRIYA KAHANIYAN

Published by **PRABHAT PAPERBACKS**
4/19 Asaf Ali Road, New Delhi-110002

ISBN 978-93-86300-64-5

₹175.00

समीक्षा

कथाकार मेहरुन्निसा परवेज के कहानी-संसार में प्रादुर्भाव से पूर्व ही दो कहानी आंदोलन—'नई कहानी' और 'सचेतन कहानी' का आगमन हो चुका था; जिनमें तत्कालीन अनेक कहानीकार अपने अस्तित्व रक्षा के लिए उनसे जुड़कर अपने-अपने कहानी-आंदोलन को बल देने एवं स्थापित करने के लिए लेख लिखकर पत्र-पत्रिकाओं में प्रकाशित करा रहे थे। ऐसे परिवेश और वातावरण में कथा-लेखिका मेहरुन्निसा परवेज इन आंदोलन से अलग, निरपेक्ष तथा तटस्थ भाव से कहानी-संसार में प्रवेश करती हैं, उपस्थिति दर्ज कराती हैं। मेहरुन्निसा परवेज की जब अवस्था 19 वर्ष की थी, तब उनकी पहली कहानी 'पाँचवीं कब्र' दिल्ली से प्रकाशित होनेवाली मासिक पत्रिका 'नई कहानियाँ' में अक्तूबर 1963 ई. में प्रकाशित हुई; जिसमें प्रकाशन के लिए कहानीकार निरंतर प्रयत्न करने के उपरांत भी स्थान नहीं पाते थे। इस पत्रिका का संपादन स्थापित प्रसिद्ध कहानीकार कमलेश्वर कर रहे थे। कहानीकार मेहरुन्निसा परवेज की इस काहानी ने कमलेश्वर को इतना अधिक प्रभावित किया, जिसके फलस्वरूप संपादक कमलेश्वर ने डेढ़ पेज के वक्तव्य में लेखिका की कहानी के वैशिष्ट्य का उल्लेख किया था। लेखिका की दूसरी कहानी 'जंगली हिरनी' का प्रकाशन इसी वर्ष अक्तूबर 1963 ई. में साहित्यिक साप्ताहिक पत्रिका 'धर्मयुग' में हुआ। 'धर्मयुग' साप्ताहिक पत्रिका का भी राष्ट्रीय साहित्यिक पत्रिकाओं में विशेष स्थान था। इस पत्रिका के संपादक प्रसिद्ध रचनाकार धर्मवीर भारती थे। इसके उपरांत कथाकार मेहरुन्निसा परवेज की कहानियाँ एक के बाद एक स्तरीय साहित्यिक पत्रिकाओं में प्रकाशित होने लगीं। यही नहीं, साहित्य और शोध-जगत् में भी, उनकी कहानियों की चर्चा-परिचर्चा होने लगी थी।

मेहरुन्निसा परवेज के कथा-साहित्य के अंतर्गत सोलह कहानी-संग्रह और छह उपन्यास प्रकाशित हो चुके हैं। उनके प्रकाशित कहानी-संग्रह—'आदम और हव्वा', 'टेहनियों पर धूप', 'गलत पुरुष', 'फाल्गुनी', 'अंतिम चढ़ाई', 'कोई नहीं',

'एक और सैलाब', 'सोने का बेसर', 'अयोध्या से वापसी', 'कानीवाट', 'ढहता कुतुबमीनार', 'निर्णय', 'रिश्ते', 'अम्मा' हैं। उपन्यास-साहित्य के अंतर्गत उनके छह उपन्यास प्रकाशित हो चुके हैं—'आँखों की दहलीज', 'उसका घर', 'कोरजा', 'अकेला पलाश', 'पासंग' एवं 'समरांगन'। लेखिका आज भी उसी गति से लिख रही हैं; जिस गति से प्रारंभ में कहानी-उपन्यास सृजन कर रही थीं।

कहानीकार मेहरुन्निसा परवेज की लेखनी में वह जादू है, जिसके स्पर्श से उनकी प्रत्येक कहानी कुंदन बन गई है। कहानियों में चुंबकीय शक्ति है, जिसके कारण उनकी प्रत्येक कहानी की ओर स्वतः सामान्य-से-सामान्य जन खिंचा चला आता है। पढ़ने के उपरांत वे तहेदिल से भूरि-भूरि प्रशंसा करते हैं। ये ही रचनाधर्मिता की विशेषताएँ, कहानीकार को जन-प्रिय एवं लोकप्रिय बनाती हैं, ख्याति प्रदान करती हैं। कहानी लेखिका मेहरुन्निसा परवेज ने कहानियों में आस-पास के जीवन में घटित घटनाओं को बीनकर, उन्हें कहानी का जामा पहनाकर, उनमें प्राण फूँक दिए हैं; जिसके कारण उनकी कहानियों की वस्तु में आम जन को अपने आस-पास की घटित घटनाएँ प्रतीत होती हैं। वह चाहे 'सीढ़ियों का ठेका' हो, चाहे 'अपनी जमीन', 'समर', 'लाल गुलाब', 'कोई नहीं' या 'फाल्गुनी' अथवा 'उसका घर'। उनकी कहानियों की जीवंतता लेखिका का भोगा हुआ यथार्थ है, जो लेखिका के 'कीर्ति' के कद में निरंतर अभिवृद्धि करता है।

मेहरुन्निसा परवेज सजग नारी हैं। वे नारी की समस्या, मन की पीड़ा, घर-परिवार और समाज में स्थिति-परिस्थिति से परिचित हैं। उन्होंने जो भोगा है और देखा है, उसी को ईमानदारी एवं सच्चाई के साथ कथा-साहित्य में चित्रित वर्णित किया है। यह प्रत्यक्ष, तटस्थ, अनुभव और अनुभूतिजन्य है, जिसे उन्होंने वेखौफ कथा-साहित्य में लिखा है। यह कार्य नारी लेखिका ही संपन्न कर सकती है। सभी जानते हैं—नारी समाज के कड़े नियमों की सलाखों में युगों-युगों से बंदी रही हैं। समाज में नई वायु के चलने के बाद भी वह पूर्णरूप से स्वतंत्र होकर भी, स्वच्छ, शुद्ध साँस नहीं ले पा रही है। यह नारी की स्वतंत्रता-पूर्व और स्वतंत्र भारत में स्थिति थी और है। दुर्भाग्य है कि नारी सहनशीलता से इसे सहती रही है।

स्वतंत्रयोत्तर भारत में नए विचारों के आगमन के साथ नारी में परिवर्तन परिलक्षित होने लगा। उस परिवर्तन से नारी में, विद्रोह के स्वर उभर के आए हैं। इन नए स्वरों को मेहरुन्निसा परवेज ने महसूस कर कहानियों में व्यक्त किया है। लेखिका की 'शनाख्त' कहानी में पत्नी शराबी, चरित्रहीन पति को पहचानने से इनकार कर देती है। 'चमड़े की खोल' कहानी में अधेड़ अवस्था का पति दूसरा

विवाह कर पहली पत्नी और उसके बच्चों को तड़पाता है। यह हकीकत इस कहानी की केंद्रीय समस्या है। 'विद्रोह' कहानी की मीना 'बंजर दुपहर', 'अपने-अपने दायरे' कहानी में पति-पत्नी की ऊब और आपसी ठंडेपन से उत्पन्न ऊबन है, जिसमें लगाव और जुड़ाव नहीं है। 'अपनी जमीन' कहानी में माँ मृतक पुत्र को अपनी गाँव की जमीन पर दाह-संस्कार कराने की तीव्र इच्छा रखती है। 'रेगिस्तान' कहानी में नारी युवती का विवाह प्रेम-शून्य अधेड़ व्यक्ति से हुआ था; जिसका हृदय रेगिस्तान के समान प्रेम-जल से शून्य था, दरशाया गया है। 'समर' कहानी में पुत्र-विछोह से पीड़ित माँ की असहनीय दर्दभरी कहानी है, वहीं 'लाल गुलाब' में माँ और प्रेमिका प्रमिला की दुःख भरी दास्तान है। लेखिका मेहरुन्निसा परवेज की प्रत्येक कहानी में नारी-व्यथा है, चाहे वह माँ के रूप में हो या प्रमिला के रूप में अथवा वृद्धा, बाँझ नारी के रूप में। उन्होंने पौरुषीय समाज में नारी की विविध रूपों में पाई जानेवाली पीड़ा को दरशाकर एक सजग महिला अभिभाषक के दायित्व का निर्वाह किया है। यहाँ यह भी लिखना आवश्यक है कि उन्होंने सभी जाति, धर्म, संप्रदाय की नारियों के प्रवाहित आँसुओं को बखूबी चित्रित किया है, साथ ही आदिवासी नारियों के दर्द को भी।

कहानी अथवा अन्यान्य साहित्यिक विधाओं में कथोपकथन की आवश्यकता पड़ती है। कथोपकथन कहानी में रोचकता, सजीवता, स्वाभाविकता और गतिशीलता लाने में सहयोगी होते हैं। कथोपकथन से सुधी-पाठक अथवा सामान्य-जन को पात्रों की मनःस्थिति, विचार, भावना इत्यादि का परिचय मिलता है। कथोपकथन वस्तु-विन्यास की घटनाओं को गति देते हैं। ये सभी गुण मेहरुन्निसा परवेज की कहानियों के कथोपकथन में पाए जाते हैं। इन गुणों की सार्थकता उनके कथोपकथनों में देखी जा सकती है।

(क) "मालिक हम सब जानते हैं। कहिए तो भरी सभा में एक-एक आदमी के नाम पुकार दें!" गोमती निडर शेर का मुकाबला करती रही।

"नागिन की केंचुली उतारना हम खूब जानते हैं।" छोटे मालिक भी भड़क उठे। छोटे मालिक की दहाड़ पर सारे भीतर के लोग भी बाहर आकर खड़े हो गए। सब जान गए थे, अंजाम ठीक नहीं है। "नागिन के पास केंचुली कहाँ है मालिक! केंचुली तो आपने गाँव में आते ही उतार ली थी। अब तो बस घाव-ही-घाव हैं।"

(जगार : समर : पृ. 47)

(ख) "मैं दूर शहर से आया हूँ, स्कूल खोलने।"

"पर परदेशी, इनका धर्म बिगाड़कर क्या करोगे?"

"पगली, धर्म नहीं बिगड़ता पढ़ने से, मैं इन्हें बड़ा आदमी बनाना चाहता हूँ, बिल्कुल तुम्हारे महाराज की तरह।"

"हाय दइया, महाराज की तरह? नहीं-परदेशी-नहीं। यह पाप है।

"तुम मेरी बात अभी नहीं, पढ़ने के बाद समझोगी।"

"परदेशी, तुम मुझे भी पढ़ाओगे न?"

हाँ, तुम्हें पढ़ाऊँगा, पर तुम्हारे गाँववाले मुझे मारेंगे तब?" *(जंगली हिरणी : मेरी बस्तर की कहानियाँ, पृ. 232)*

लेखिका की कहानियों के कथोपकथन अपनी सार्थकता और बानगी स्वयं बयाँ करते हैं।

मेहरुन्निसा परवेज का लोक-जीवन से भी आसन्न संबंध रहा है। उनका लोकगीत, नृत्य, पूजा, संस्कार के प्रति लगाव है, वे उसमें रची-पची हैं। इस रुचि की अभिव्यक्ति उन्होंने कहानियों में भी की है। 'जंगली हिरणी', 'पत्थरवाली गली', 'सूकी बगड़ी' आदि कहानियों में उनकी लोक-रुचि मिलती है। इनकी एक बानगी यह है—

देवी बले में दंतेश्वरी, देवी बलें में गाता गावली,
बड़े देवी, आस आय, तुई बड़े देवी आस॥
आव आया तुई करना कोटिन,
आव आया तुई करना कोटिन।
घुमरा विरेज कर आया तई घुमरा बिजेकर

(जंगली हिरणी : गलत पुरुष पृ. 97)

लेखिका से चर्चा करने पर, वे लोक-संस्कारों की रुचि की अभिव्यक्ति फ्री-लांसर की भाँति करती हैं, जिससे उनकी लोक रुचि के प्रति अति लगाव की स्वतः पुष्टि होती है।

लेखिका परवेज ने कहानियों की भाषा बोधगम्य बनाने के लिए सहज, सरल, आम आदमी की भाषा का प्रयोग किया है। ध्वन्यात्मक शब्द, मुहावरे, लोकोक्तियाँ आदि भाषा को व्यंजक बनाती हैं। ध्वन्यात्मक शब्द कूड़ा-कचरा, खाना-पीना, जोर-शोर, टोना-टोटका, डंडा-तुंबा आदि दैनिक-जीवन में प्रयोग किए जानेवाले शब्द हैं, जिनका सही, उचित स्थान पर प्रयोग किए जाने से लेखिका की कहानी की भाषा गरिमामय के साथ आकर्षक बनी है, क्योंकि ध्वनि आम-जीवन को विशेष रूप से आकर्षित करती है। ध्वन्यात्मक शब्द प्रयोग से लेखिका की भाषा लाक्षणिक एवं व्यंजक भी बनी है। उनकी कहानी की भाषा चित्रात्मक भी है, जो

वर्णित चित्र को नेत्रों में, अंकित कर देती है जैसे—

(क) "धूप का प्यारा, नन्हा सा वह छौना कूदकर, दीवार फाँदकर नीचे धरती पर उतर आया था।" *(टोना : मेरी बस्तर की कहानियाँ : पृ. 27)*

(ख) "कुहरा अब छँटने लगा था, सूरज जो बीमार होकर पड़ा था, अब बराबर समय पर फिर से आने लगा था। गुनगुनी धूप की सेंक लगते ही जैसे शरीर में जान लौट आई थी। ठंड ने अपना लंगर उठाना शुरू कर दिया। ठंड का डेरा उठने लगा था। सर्दी जैसे—विदा होने को थी।" *(जगार : समर : पृ. 45)*

मेहरुन्निसा परवेज की अधिकांश कहानियाँ यथार्थ की भूमि से प्रेरित हैं, कहीं-कहीं अति-यथार्थ भी उनकी कहानियों में मिलता है, जैसे 'फाल्गुनी', 'जगार', 'उसका घर'। वे यथार्थ और अतियथार्थ के साथ आदर्शवादी दृष्टि से भी अपने को अलग नहीं कर सकी हैं। 'पितृ शोक', 'कानीवाट', 'सीढ़ियों का ठेका' इत्यादि कहानियाँ मूलतः आदर्शवादी हैं।

लेखिका परवेज अभी भी कहानियाँ लिख रही हैं। उनसे आशा के साथ विश्वास भी है कि वे आज भी हिंदी कहानी-संसार को कहानी-उपन्यास के अमूल्य रत्न देने में समर्थ हैं। वे अपने दायित्व का निर्वाह ईमानदारी से कर रही हैं, करती रहेंगी, जिससे कहानी-उपन्यास का अक्षयकोश समृद्ध होगा।

—लक्ष्मण सहाय

लक्ष्मीगंज, लश्कर, ग्वालियर-1
म.प्र.-474001
दूरभाष : 09826905758

अंतस

प्रश्न अजीब है ? यह बात तो मैंने भी कभी नहीं सोची। मुझे तो लगता है, यदि मैं न लिखूँ तो शायद जीवित ही नहीं रह पाऊँगी। कोई भी लेखक पहले तो अपने लिए ही लिखता है, फिर वह दूसरे का होता है। यह वैसा ही है, जैसे बेटी अपनी पहले होती है, बाद में दूसरे की होती है, पर लोग तो पहले वाली बात अकसर भूल जाते हैं, सोचते हैं सारी उम्र के लिए खरीदकर लाए हैं। ऐसा ही लेखन का है। समाज की धरोहर तो वह बाद में बनता है, पहले तो वह लेखक का निजी अपना होता है। रेशम के धागे की तरह पहले तो कीड़ा बुनता है, बिना विचारे, बिना बाजार भाव का आकलन किए बस बुनता रहता है। एक दिन वह मर जाता है, अपने ही धागे के लच्छे में, बाद में धागा बाजार में आता है, तब उसका मोल तय होता है।

मुझे तो हमेशा लिखते समय ऐसा लगा जैसे किसी ने कुएँ में छपाक से बालटी डाल दी हो, बालटी धोरे-धीरे पानी की सतह पर उतरकर डूब जाती है। बालटी को ऊपर खींचते में लगता कि ढेर सारी ताकत लग गई है, साँस फूल गई, चेहरे पर पसीना आ गया, आँख के आगे अँधेरा सा छा गया, बस हर बार यही तो होता है। अतीत की भूली-बिसरी यादों में जब मन डूबता है तो लगता है कि बालटी में वापस पानी नहीं, खून ऊपर आया है। लगता है जैसे कोई बालटी भर खून खींचकर ऊपर ले आया। पुरानी स्मृतियाँ, बातें, यादें; अभी भी कितनी जीवित अवस्था में होती हैं, उन्हें छूते ही कष्ट होता है। उसमें आज भी लबालब खून भरा है, जरा नहीं सूखा। छूते ही दर्द होता है, नसों की फड़फड़ाहट कानों तक सुनाई देती है।

अपने स्वयं के बारे में लिखना या सोचना ठीक वैसा ही है, जैसे किसी पुराने कपड़े को उधेड़ना। पुराने कपड़े की सीवन कितनी मुश्किल से उधड़ती है, उतने ही कष्ट से पुराना निकलता है। स्मृति के गलियारे भी बड़े विचित्र होते हैं, भूल-भूलैया की तरह। इसमें इनसान भटकता रहता है, पर उसे निकलने का मार्ग नहीं मिलता।

शब्द! तसबीह के मनके के दानों की तरह ही तो होते हैं। जिस तरह तसबीह के मनकों को फेरते हैं, ऐसे ही शब्दों को फेरते या लिखते वक्त अपनों को याद

किया जाता है। एक-एक मनका जिंदगी के दुःख-सुख से और मन की भावना से भरा होता है। स्मृतियों के खजाने में तो ऐसे कितने बेशकीमती मोती भरे पड़े होते हैं। यह अगर बाहर आ जाएँ और सिद्ध हो जाए तो हम जादूगर हो जाएँ और शायद यही जादूगरी लिखने के लिए प्रेरित करती है।

मुझे तो लगता है, खुदा ने शायद इसी काम के लिए मुझे जन्म दिया है, ताकि मैं खूब लिखूँ। सब के दुःख-दर्द को शब्दों में सान दूँ। लिख-लिखकर संसार को दूँ, तभी तो मेरे साथ जन्म से ही मेरे इर्द-गिर्द इतने पात्र आसपास इकट्ठा रहें, जिन्हें मैंने पास या निकट से देखा, परखा और जाना था। उनकी व्यथा, कथा, दुःख-दर्द से वाकिफ था, सब पहाड़े की तरह आज भी ज्यूँ का त्यूँ याद है। जब अकेली बैठी होती हूँ तो यह सारे पात्र किसी प्रेतात्मा की तरह आकर मुझे तंग करने लगते हैं। लिखकर ही जैसे इनसे मुझे मुक्ति मिलती है तथा इनको भी मुक्ति मिलती है। उनके लिए यही मेरी श्रद्धा, फातिहा और तर्पण है।

लोग किताबें पढ़ते हैं, मैं लोगों के चेहरे पढ़ती हूँ। चेहरे पढ़ने का गुण मुझे अपने पिता से विरासत में मिला। मेरे पिता जज थे, एक बार वह बहुत बीमार पड़ गए, उनके सीधे हाथ में लकवे का असर हो गया था। मैंने दो वर्ष तक उनके दफ्तर का काम किया। उनके फैसले लिखे, तब मैं पाँचवीं कक्षा में पढ़ती थी। वह बोलते जाते थे, मैं लिखती जाती थी। यह कार्य मुझे सारे जीवन काम आया। पात्रों को समझने, उसके आगे-पीछे की घटनाओं से उसका आकलन करना आया। मेरे भीतर की दृष्टि जाग गई। यह गुण, सलाहियत और समझ मेरे भीतर जाग गई। मैंने सारी जिंदगी काम किया तथा अब भी लिख रही हूँ। अपना नया उपन्यास 'मुहर' लिख रही हूँ। मैंने भारत की सभी पत्रिकाओं में लगातार लिखा। कहानियाँ, कॉलम तथा उपन्यास लिखे। आकाशवाणी, दूरदर्शन पर लगातार काम किया। मैंने लेखन से ही अपनी आजीविका चलाई। घर-गृहस्थी का खर्च उठाया। धन-संपत्ति, वैभव, मान-सम्मान; आज जो भी मेरे पास है, सब लेखन की ही देन है। जाने-अनजाने में पिता की पकड़ाई कलम मेरा संबल तथा जीविका का जरिया बनी। जीवन के हर कठिन रास्ते पर इसी कलम ने मुझे एक दोस्त की तरह सँभाला, मेरी हिफाजत तथा रक्षा की, मुझे धैये दिया।

इस तरह मैं अपनी कलम की, अपने पिता की ऋणी हूँ, एहसानमंद हूँ।

—मेहरुन्निसा परवेज

अनुक्रम

जुगनू

वह बस-स्टैंड पर बैठी बस का बड़ी बेसब्री से इंतजार कर रही थी, क्योंकि आज शाम उसकी प्यारी सहेली का निकाह था और निकाह में उसका पहुँचना निहायत जरूरी था। आज ही बस को भी लेट होना था। सोचते ही उसका दिल बेसब्री में डूबने लगा। माथे पर पसीना सा आने लगा। सारा प्रोग्राम ही चौपट हो गया। कितनी तैयारी और उम्मीद से वह घर से चली थी, फिर उसकी सहेली भी तो उसका इंतजार करेगी? सहेली की शादी करवाने में उसका कितना बड़ा हाथ था। और कितने प्यार से अपनी सखी के लिए अँगूठी और बनारसी साड़ी खरीदी थी। वह जानती है, उसे देखते ही वह खिल उठेगी। उसे दुलहन को मेहँदी भी लगानी थी। उसने वादा किया था कि उसकी शादी पर वही उसे मेहँदी लगाएगी। वह मेहँदी लगाती भी तो बड़ी कमाल की। लोग देखते तो बस देखते ही रह जाते। बस उसका मूड होना चाहिए।

अचानक एक बस सामने से आई। उसने बड़ी उम्मीद और बेचैनी में भरकर उतावलेपन से खड़े होकर बस को देखा, पर यह देखकर बड़ी ही निराशा से बैठ गई कि बस दूसरी थी।

बस सामने ही खड़ी थी और मुसाफिर चढ़-उतर रहे थे। छोटे-छोटे खोमचेवाले, पत्र-पत्रिकावाले तथा भीख माँगनेवालों ने बस को घेर लिया था। बस के आते ही स्टैंड में हलचल मच गई थी।

अचानक पुलिस की एक जीप उसके सामने आकर रुकी और उसमें से जो आदमी उतरा, उसे देखते ही वह चौंक पड़ी। चेहरा बेहद परिचित सा लगा। उसने ध्यान से देखा। सोचा, आँखें धोखा तो नहीं दे रहीं। पर नहीं, सच वे तारिक ही थे। उसे अपना बस-स्टैंड पर बेशऊरी से खड़ा रहना बड़ा खला। लंबी यात्रा और लगातार गाड़ियाँ बदलने से वैसे ही उसकी हालत खराब हो गई थी और ऐसे में ही तारिक से सामना और वह भी इतने बरसों बाद? उसे बड़ी घबराहट सी हुई।

तारिक किसी परिचित को बस में बैठाने आए थे शायद!

□

अभी वह सोच ही रही थी कि किसी तरह चुपचाप पीछे से उठकर इधर-उधर भीड़ में दुबक जाए, पर तभी तारिक की निगाह भी उस पर पड़ गई। उन्होंने बुरी तरह से चौंककर उसे घूरकर देखा। उनके हाथ में सिगरेट थी, जिसे उन्होंने बिना पिए ही नीचे जमीन पर फेंक दिया और उसे निहायत बदतमीजी से पीछा करती आँखों से देखने लगे।

वह सकुचाई सी इधर-उधर देखने लगी। उनके साथ आए व्यक्ति बस में बैठ चुके थे और बस चल दी थी। बस के जाते ही बस-स्टैंड जैसे सूना हो गया, जैसे किसी मदारी ने भानुमती का पिटारा समेट लिया हो। सारी हलचल बस के साथ चली गई थी।

अभी उसकी बस के आने में देर थी और वह अपने सामान के साथ लदी-फँदी सी वहाँ बैठी थी।

तभी तारिक तेजी से चलते, ऐन उसकी आँखों के सामने आ खड़े हुए।

''तुम शफकत हो न?'' तारिक बोले, उनका वही ठंडी साँस खींचकर बोलने का अंदाज।

''जी...''

''मुझे पहचाना? मैं तारिक हूँ।''

''जी हाँ, पहचान गई थी,'' वह जल्दी से बोली और मन में सोचा, भला, आपको हम भूल सकते हैं? जिंदगी का पहला पृष्ठ आप पर ही तो खुलता था।

''कहाँ हो आजकल? खाला-खालू? यहाँ कैसे? किधर जा रही हो?''

उफ्, अल्लाह! एक साथ जैसे सवालों की झड़ी लग गई थी। इतने सवालों के जवाब वह एक साथ कैसे देती, बस धीरे से मुसकरा दी और साड़ी के छोर से माथे पर छलक आए पसीने को पोंछ लिया तथा फौरन ही अपने-आप को झटककर तारिक के मोहजाल से बचने के लिए उसने मौसम पर ध्यान केंद्रित कर लिया। वास्तव में दो दिन भी पानी नहीं बरसता है तो कितनी गरमी पड़ने लगती है।

''कहाँ जा रही हो?'' तारिक ने चुप देख उसे फिर उकेरा, ''लगता है बस आने में अभी वक्त लगेगा। अच्छा हो तुम मेरे साथ मेरे घर चली चलो। रात का खाना मेरे घर पर ही लो, इस तरह तुम्हारी मेरे बीवी-बच्चों से भी मुलाकात हो जाएगी।''

अब तक वह तारिक की वरदी से समझ चुकी थी कि तारिक पुलिस के

कोई बड़े अधिकारी हैं। तारिक उसे अपने बीवी-बच्चों से तथा बँगला, रोबदाब से प्रभावित करना चाहते थे, और उसे जताना चाहते थे शायद कि वे अपने जीवन में पूर्ण हैं, पर वहीं वे यह भूल रहे थे कि अपराधी व्यक्ति ही अपने-आप को चारों ओर से कैद कर बंदी बनाता है।

''माफ करें, मुझे आज पहुँचना निहायत जरूरी है। मेरी सहेली की शादी है।''

तभी तारिक को ढूँढ़ने, उनके पुलिस के अधिकारी आ गए। तारिक ने उन्हें कॉफी लाने भेज दिया। जब वे चले गए तो तारिक उसे भरपूर निगाह से देखते हुए बोले, ''मेरी यहीं पर पोस्टिंग है, कभी तुम आना। तुमसे मिले तो एक जमाना गुजर गया। पहले तुम सलवार-कमीज पहने, एक कमसिन उम्र की शोख लड़की थीं, अब संजीदा औरत हो,'' तारिक बोलते रहे और वह उनकी निगाहों को अपने चेहरे पर झेलती रही।

तभी कॉफी भी आ गई और बस भी। वह जैसे इसी बात का इंतजार कर रही थी। झट से उठ गई। उसकी हड़बड़ी देखकर तारिक परेशान हो गए।

''तो तुम नहीं रुक रही हो?''

''आज तो किसी भी हाल में जाना था, कभी फिर इधर आई तो जरूर मिलूँगी,'' उसने कहा और मन-ही-मन सोचा, मुझे रुकना ही कब था?

''तुम पहले की तरह अब भी कम बोलती हो,'' तारिक धीरे से बोले, ''मैंने तुम्हें—मेरा मतलब, तुम लोगों को काफी तलाशा था, मगर मुझे पता ही नहीं चला।''

''जी, अब्बा को लकवा मार गया था तो अम्मी हम लोगों को लेकर अहमदाबाद चली गई थीं नाना के घर। अब तो अब्बा-अम्मी दोनों नहीं हैं। मैं नाना के पास रहती हूँ और डॉक्टर हूँ।''

''ओह!'' तारिक लंबी साँस भरकर बोले, ''अच्छा हो, आज तुम यहीं ठहर जाओ, जाने फिर मुलाकात हो या न हो?''

''आज तो मेरा जाना जरूरी है,'' कहते हुए उसने अटैची उठा ली। तभी उसका कुली भी आ गया।

वह बस में जाकर बैठ गई। खिड़की के पास वह बैठी थी और सामने ही तारिक खड़े थे। दोनों ही कुछ बोलना चाह रहे थे, पर दोनों ही चुप थे।

''हो सके तो, शफकत, उन पुरानी बातों के लिए मुझे माफ कर देना,'' आखिर तारिक बोले।

बस चल दी और उसने आदाब के लिए हाथ माथे पर लगा लिया, पर तारिक जैसे जवाब देना भूल गए थे। बस, उसे चुप देखते रह गए। वह तारिक को देख

रही थी और सोच रही थी—एक मुजरिम खुद हाकिम अफसर कैसे बन गया? क्या इसे अपना गुनाह याद होगा?

□

अब्बा का ट्रांसफर उस छोटे से पहाड़ी शहर में हुआ था। वे लोग बस की उबा देनेवाली लंबी यात्रा करके वहाँ पहुँचे थे और पहुँचते ही सारे घर को मलेरिया ने आ दबोचा था। सब बुखार में लस्त से पड़े थे। वे लोग बस से उतरकर जैसे बीमार पड़ने ही इस शहर में आए थे।

बँगला कितना बड़ा है। किसी ने पूरी तरह देखा भी नहीं था। पूरा बँगला खाली-खाली सूना, वीरान सा लगता था, क्योंकि अभी सामान खोला ही नहीं गया था। बस, एक कमरे में दरी बिछाकर, उस पर बिस्तर डालकर वे लोग आते ही ढेर हो गए थे और ऐसे ही जाने कितने दिन निकल गए, पता ही नहीं चला। ट्रक से उनका जो सामान आया था। वह वैसे ही बाहरवाले कमरे में पड़ा था, किसी में कुछ देखने की हिम्मत नहीं थी।

वह शहर कितना बड़ा है, कैसा है, यह सब देखने की किसी की हिम्मत नहीं थी। कितनी मुश्किल से वे लोग वहाँ पहुँचे थे और आते ही सब मलेरिया से पीड़ित थे। सरकारी अस्पताल का एकमात्र बेचारा डॉक्टर दवा दे-देकर थक गया था, पर बुखार जाने का नाम ही नहीं ले रहा था। चपरासियों ने बताया कि यहाँ हर नए आदमी को यह बुखार दबोचता है।

□

वे लोग ऐसे ही पड़े रहते थे, न खाने की, न पीने की सुध थी। अम्मी हिम्मत कर पतली खिचड़ी बना लेतीं तो वह भी बड़ी मुश्किल से वे लोग दो-तीन कौर खा पाते, बस!

ऐसे ही कुछ दिन निकल गए। अब्बा थोड़ा ठीक हो गए थे और अपने दफ्तर जाने लगे थे और अब सोच रहे थे कि सामान खुलवा लिया जाए, वरना ऐसे में कोई मिलने आ जाए तो क्या सोचेगा? और आखिर वही हुआ जिसका अंदेशा था।

चपरासी ने बताया, "बड़ी हवेली से कोई आए हैं मिलने और साथ में खाना भी लाए हैं।"

उन दिनों छोटे शहरों में यह रिवाज था कि जब बाहर से कोई रहने आता था, शहर में रहनेवाले पुराने घरानों से खाना बनाकर पहुँचाया जाता था, या घर पर बुलाकर खिलाया जाता था। इस तरह वहाँ के इज्जतदार लोगों से मुलाकात हो जाती थी और नए आनेवाले लोगों को अपनी गृहस्थी शुरू करने में आसानी हो जाती थी।

तब होटल होते नहीं थे और यदि होते भी थे तो वहाँ खाना खाना बुरा माना जाता था।

सामान खुला नहीं था। अम्मी ने वहीं कमरे में ही उन्हें बुला लिया, जहाँ वे खुद गुड़ी-मुड़ी सी पड़ी थीं। उन्होंने सोचा था, आनेवाला कोई बुजुर्ग सा होगा, पर वह एक सुंदर सा युवक था। आते ही उसने खाने का बड़ा सा टिफिन सामने रखा और अम्मी को आदाब करते हुए बोला, ''अम्मी ने भेजा है, पता चला, आते ही आप सब बीमार हो गए हैं।''

''शुक्रिया, अम्मी से कहना अब ठीक हैं···आपका नाम?''

''मुझे तारिक कहते हैं। मैं बाहर कॉलेज में पढ़ता हूँ। आजकल छुट्टियों में आया हूँ।''

उसने सिर पर से चादर का थोड़ा सा कोना हटाकर उस खुनकदार आवाजवाले युवक को अच्छे से देखना चाहा, पर उसे अपनी ओर ही ताकता पाकर सकुचा सी गई, क्योंकि उसने भी उसे देख लिया था और समझ गया था कि वह सोई नहीं है, बस सोने का बहाना किए पड़ी है। लेकिन अब लेटे रहना मुश्किल बात थी, इसलिए वह जल्दी से उठी और हड़बड़ी में दुपट्टे से सिर ढाकती, आदाब करती बाहर भाग गई।

''मेरी बेटी शफकत है,'' उसने पीछे से सुना, अम्मी उसका परिचय दे रही थीं, ''बैठो, टिफिन खाली करवा देती हूँ, तब तक चाय पी लो।''

''नहीं, रहने दीजिए, खाला! कल आकर टिफिन ले जाऊँगा। मुझे भी जल्दी है। अच्छा, आदाब,'' कहता हुआ वह बाहर चला गया।

□

वह गुसलखाने में नल के नीचे मुँह धो रही थी, वहीं से उसने जाते वक्त कुछ गुनगुनाने की, फिर साइकिल की आवाज से अंदाजा लगाया कि वह चला गया। बेकार में मुँह धोया, सोचते हुए वह वापस आई और फिर चादर में वैसे ही गुड़मुड़ाकर लेट गई।

पर अब जाने क्यों उससे लेटा भी नहीं जा रहा था। वह फिर उठी और गुसलखाने में चली गई और उसने वॉश-बेसिन में फिर से ढेर-ढेर पानी से मुँह धोया, पर इतने ढेर पानी से आँखें धो लेने के बाद भी उसका वह आकर्षक चेहरा उसके सामने से हटा नहीं और अंत में उसने अपने पीले दुपट्टे में मजबूर होकर अपना चेहरा छिपा लिया, अल्लाह! कितनी बुरी तरह वह घूर रहा था!

दूसरे दिन भी वह आया और अम्मी के पास बैठकर गप्पें सुनाता रहा, कॉलेज की बातें बताता रहा। अम्मी ने अपने पानदान से पान बनाकर उसे खिलाया था।

अम्मी उससे खुश थीं। एक तो अम्मी को पान खानेवाला कोई मिल गया था, दूसरे वह बहुत बातूनी था और अम्मी इन दो बातों के लिए ही जैसे मौके की तलाश में रहती थीं।

अम्मी की इस बात के लिए उसे हमेशा सुनना पड़ता था कि एक यह लड़की है, मजाल है, जो कभी पास बैठकर दो घड़ी बोल–बतिया ले! दूसरों के बच्चों को देखो, कितने हँसते, खिलखिलाते हैं और एक यह है, जो हमेशा मुँह में मूँग भरे रहती है।

अम्मी की यह झिड़की सुन–सुनकर ही वह इतनी बड़ी हुई थी, पर मजाल है जो कभी उसने अम्मी के कहे मुताबिक बात मानी हो! बस, उसे तो एक कोने में अकेले बैठकर चुप रहना ही अच्छा लगता था। अम्मी की बात पर बस वह मुसकरा देती थी।

घर से निमोनिया ने विदा ली और सबने खुलकर साँस ली, मानो बिना बुलाए किसी लीचड़ मेहमान की विदाई हुई हो। अम्मी ने चपरासियों के साथ सामान खोलना शुरू कर दिया था। धीरे–धीरे बड़े–बड़े कमरे जो खाली पड़े रहने की वजह से भाँय–भाँय से करते थे, उनमें सामान सज जाने से खिल उठे थे। उनमें रौनक सी आ गई थी। सफेद दीवारें, जो पहले खाने को दौड़ती थीं, अब तसवीरें टँग जाने से सजकर मुसकरा उठी थीं।

जैसा कि हमेशा होता, उसने अपने लिए कोनेवाला कमरा चुना था, शांत–एकाकी। अपने कमरे को उसने बगीचे और चिड़ियों के तसवीरवाले फ्रेम से सजा लिया था। उसका पलंग और एक टीन का बक्सा, दीवारवाली अलमारी में किताबें, चूड़ियाँ, क्लिप, रिबन, सिलाई–बुनाई का सामान, बस, इतना ही उसके कमरे में था, पर उसे पता था, अम्मी पहले तो उसे, उसके कमरे को उसके लिए छोड़ देती थीं, फिर बाद में उसके कमरे में घर का सारा जरूरी सामान रख देती थीं।

उसके स्कूल खुले थे। वह बड़ी खुश थी। नया स्कूल, नई सहेलियाँ। स्कूल में एक नई लड़की उसकी सहेली बन गई थी रेहाना। बड़ी प्यारी और खुशदिल थी वह। दोनों साथ ही स्कूल से लौटतीं। रास्ते में रेहाना का घर पड़ता था।

''कल मैं यहीं खड़े रहकर तुम्हारा इंतजार करूँगी, स्कूल साथ चलेंगे,'' रेहाना ने उससे विदा ली। वह रेहाना को जाते देखती रही। उसकी दो लंबी चोटियाँ कमर पर झूल रही थीं। रिबन के बने फुँदने उसकी कमर पर लट्टू की तरह नाच से रहे थे। रेहाना चोटियों को बाँधकर खुला ही छोड़ देती थी, जबकि वह खुद उन्हें मोड़कर ऊपर बाँध लेती थी। रिबन के फूल कानों के पास लटकते रहते थे। कभी

काले, कभी लाल, कभी सफेद, इन तीनों रंगों के अलावा दूसरे रंग के रिबन अम्मी बाँधने नहीं देती थीं। स्कूल जाते वक्त सिर भी ढकना होता था। सभी मुसलमान लड़कियाँ घर से स्कूल जाते समय सर ढककर जाती थीं, जिसे देख स्कूल की लड़कियाँ छेड़तीं कि क्या तुम्हारा ब्याह हो गया?

धीरे-धीरे रेहाना उसकी प्यारी सहेली बन गई थी।

एक बार शनिवार की आधे दिन की छुट्टी में रेहाना उसे अपने घर ले गई।

बड़े आराम से सलवार उठाए उचकती, छलाँगें लगाती दालान में पहुँच गई थी और वहीं से वह चिल्लाई, ''अम्मी, देखो तो कौन आया है?

वह सँभल-सँभलकर पैर रखती दालान तक पहुँची। दालान में एक झोल खाई खाट पड़ी थी, जिस पर एक निहायत बूढ़ी सी औरत बैठी थी।

''रेहाना, कौन है तेरे साथ?''

''दादी, मेरी नई सहेली है।''

''इधर आ, बेटी,'' दादी ने उसे पास बुलाया और अपनी दोनों बूढ़ी बाँहों में बटोर सा लिया। उसने देखा, उनके कानों में बड़ी-बड़ी सोने की भारी सी बालियाँ झूल रही थीं, जिसके बोझ से कान मुड़कर गोल से हो गए थे और कानों के छेद नाली की सूराख की तरह बड़े-बड़े हो गए थे। तभी भीतर से एक गोरी सी, मोटी सी औरत आई, जिन्हें देखते ही वह समझ गई कि यह रेहाना की अम्मी होंगी।

''जाओ, हाथ-मुँह धो लो, फिर खाना खा लेना।''

खूब ढेर सारे जले मसाले में भुने गोश्त की सालन और रोटी थी। उनके घर की तरह दाल-चावल, सब्जी, गोश्त, सलाद, अचार, पापड़ आदि नहीं। उनके घर में मसाले भी कम खाए जाते थे। पर यहाँ खूब तेल-मिर्च से डूबा गोश्त खाकर उसे बड़ा अच्छा लगा। गरम-मसाले की सौंधी गंध सारे कमरे में भर गई थी, जैसे अम्मी जब अचार की बरनी खोलतीं तो सारे कमरे में गंध भर जाती थी, बस वैसा ही लगा उसे।

''उस बड़े बँगले में कौन रहता है?''

''उसमें मेरी फूफी रहती हैं,'' रेहाना ने बताया, ''मेरे फूफा राजा के मैनेजर थे। उनके इंतकाल के बाद मेरी फूफी रहती हैं। उनके चार बेटे हैं। वे लोग बहुत बड़े आदमी हैं। हम लोगों की तरह गरीब नहीं। मेरे अब्बा को टी.बी. हो गई तो कारखानेवालों ने बैठा दिया। मेरी फूफी ने हमें यहाँ बुलवा लिया और हमें अपना यह बाहरवाला घर रहने के लिए दे दिया। अब हम लोग यहीं रहते हैं। अब्बा फूफी की जमीन-जायदाद देखते हैं।''

उसने जिंदगी की इतनी गहरी बातें पहली बार सुनी थीं, इसलिए हैरानी से

आँखें चौड़ी कर लीं।

"अच्छा चल, तूझे फूफी का बँगला दिखाएँ।"

"न...न...मुझे नहीं जाना।"

रेहाना उसे जबरदस्ती खींचकर ले गई। वे लोग पीछेवाले दरवाजे से अंदर गए। भीतर पत्थरवाला बड़ा सा आँगन था, बीच में कुआँ और कुएँ के पास लंबी सी कमरों की कतार थी, जो नौकरों के रहने के लिए थी। वहीं बावर्चीखाना था, जहाँ दो-चार नौकरानियाँ बैठी काम कर रही थीं और एक बूढ़ा सा खानसामा खाना बना रहा था।

"यहाँ फूफी बैठकर किताब पढ़ती हैं और पान खाती हैं। सुबह का नाश्ता भी यहीं होता है," रेहाना ने एक बड़े कमरे में पहुँचकर कहा।

बरामदे में मोटी-मोटी कपड़ा लगी चिक टँगी थीं, जिन्हें गरमियों में तथा बारिश के मौसम में खोला जाता है। भीतर बड़े-बड़े कमरे थे। कमरों में ढेर सारा आलीशान शीशम का नक्काशीदार फर्नीचर सजा था। शेर, भालू की खालें थीं। दीवारों पर बड़ी-बड़ी बंदूकें। सारा घर एक महल की तरह था। बड़े-बड़े शीशे, जिनमें सर से पैर तक खड़े होकर देखा जा सकता था।

उन आदमकद शीशों के सामने खड़े होने में उसे शरम आ रही थी। स्कूल के ही कपड़ों में वह गंदी सी आ गई थी। सलवार-कुरता और दुपट्टा सब गंदे हो गए थे। माथे पर बाल बिखरकर चिपक से गए थे पसीने से, हाथों की उँगलियों की पोर में ढेर सारी स्याही लगी थी, जो हाथ धोने पर तथा खाना खाने के बाद भी नहीं छूटी थी।

रेहाना ने उसे फूफी से मिलाया तो उन्होंने चश्मे से ऊपर से नीचे तक उसे देखा, टटोला, फिर मुसकराईं, "बड़ी प्यारी बच्ची है।"

अभी वह घबराई सी, हक्की-बक्की वहाँ खड़ी थी कि अचानक कोई परदा उठाकर भीतर आया, "अम्मी, आदाब।"

वह चौंककर पलटी तो दिल धक् से रह गया, साँस रुक गई। सामने तारिक खड़े थे, सफेद कुरता और चूड़ीदार पायजामे में।

"मेरी फूफी के छोटे बेटे हैं, तारिक भाईजान," रेहाना बता रही थी और वह माथे का पसीना दुपट्टे से पोंछती हड़बड़ी में फूफी को आदाब कर रेहाना का हाथ खींचती बाहर आ गई। उसे क्या पता था! हाँ, अब कभी नहीं आएगी यहाँ।

□

कई दिनों तक वह रेहाना के घर नहीं गई, बल्कि उसने अपना स्कूल जाने का

रास्ता ही बदल दिया। अचानक उसकी इस बेरुखी से रेहाना हैरान थी।

एक दिन जब वह अपने कमरे में बैठी सिलाई कर रही थी, तब तारिक ऐन उसके सामने आकर खड़े हो गए।

''ऐसी भी क्या बेरुखी? आपने तो घर आना ही छोड़ दिया। अम्मी आपको याद कर रही थीं।'' तारिक बोले।

वह सिर झुकाए बैठी रही।

''आप कल आएँ, मैं इंतजार करूँगा,'' कहते तारिक चले गए और वह सन्नाटे में बैठी रही।

दूसरे दिन वह रेहाना के साथ स्कूल से लौटते में हो ली। जब रेहाना का घर आया तो उसके पैर अपने-आप रेहाना के घर की ओर बढ़ गए, पर वह झिझकी सी वीरान बगीचे में पड़ी उस टूटी कार पर बैठी रही, जहाँ ढेर सारे इमली के फूल बिखरे पड़े थे। वह फूफी के घर नहीं गई। दूसरे दिन पता चला, तारिक वापस अपने हॉस्टल चले गए।

रेहाना के घर उसका आना-जाना बढ़ गया था। दोनों पक्की सहेली बन गई थीं। दोनों टूटी कार पर उचककर बैठ जातीं और हथेली पर नमक लिये आम, अमरूद या इमली कुतरती रहतीं, या वहीं खड़िया से धर-खींचकर बिल्ला खेलतीं। बिल्ला खेलने गुलशन भी पहुँच जाती थी।

वह पीरू बावर्ची की लड़की थी, पर ठीक अपने नाम के विपरीत थी। गुलशन नाम एक हरे-भरे बगीचे की याद दिलाता था, पर उसे देखकर लगता जैसे उजाड़, वीरान खँडहर हो। छोटे-छोटे बाल, जो हमेशा बिखरे रहते थे। उसे देख लगता, वह हफ्तों नहाती नहीं। गंदे कपड़ों में घूमती-फिरती।

पीरू बावर्ची उसे जब-तब मारता रहता था या मार के बहाने अपनी जवान, पागल लड़की के दु:ख का आक्रोश निकालता रहता था, क्योंकि पीरू को और कोई बच्चा नहीं था। रेहाना ने बताया था कि जब गुलशन पाँच बरस की थी, तब उसके बाप ने उसे ब्याह दिया था, पर वह दूसरे दिन ही अपने ससुराल से अकेली भाग आई तो फिर नहीं गई। जब भी कोई ससुराल से उसे लेने आता, वह मोहल्ले के घर में हफ्तों छिपी रहती है। धीरे-धीरे ससुरालवालों ने आना ही बंद कर दिया और अपने बेटे का दूसरा ब्याह कर दिया। कहते हैं, जिस दिन गुलशन के पति का दूसरा ब्याह था, उसी दिन बावर्ची बहुत रोया था और गुलशन पत्थर को दूलहे की तरह सजा-सँवारकर कुएँ में फेंक आई थी और जोर-जोर से हँसती-चिल्लाई थी, ''मर गया, मर गया!''

□

उस दिन जब घर में अचानक चहल-पहल दिखी, ढेर सारी तैयारियाँ, तो

वह हैरानी में पड़ गई। सारे घर को सजाया जा रहा था। अम्मी ने उसे बताया कि आज तारिक के घर से लोग सगाई का रूसम लेकर आ रहे हैं तो वह शरम से गड़ सी गई। पता चला, रेहाना की फूफी ने अपने छोटे, लाड़ले बेटे के लिए उसे माँग लिया है। इतने अच्छे और खानदानी घर में मना करने जैसी कोई बात नहीं थी और अब्बा ने 'हाँ' कर दी।

वह वहाँ बैठे-बैठे ही सारे घर की आहट लेती रही थी।

आँगन में तरह-तरह के खाने का इंतजाम हो रहा था। अब्बा ने बाहर से खानसामा बुलाया था, जो मुर्ग-बिरयानी, कोरमा, कोफ्ता, नान, तंदूरी मुर्ग, मुर्ग मुसल्लम, नरगिसी कोफ्ते, अखनी और तरह-तरह के हलवे बना रहा था। हलवे की थालों पर दूलहा-दुलहन का नाम मेवों से सजाया गया था।

अब्बा ने अपने अफसर दोस्तों को भी खाने पर बुलाया था। बाहरवाले बड़े हॉल में खाने की मेजें सजाई जा रही थीं।

शाम को पुलिस-बैंड आया जो लॉन में बैठा-बैठा मधुर धुन बजाता रहा और मेहमान आते रहे।

कारों से दूलहे के घर के लोग उतरे। रेहाना सीधे उसके कमरे में आई। उसके साथ गुलशन भी थी। गुलशन ने नए कपड़े पहन रखे थे और वह बहुत खुश दिख रही थी।

''तो हमने तुम्हें अपनी भाभी बना ही लिया न?'' रेहाना ने उसके पास बैठकर छेड़ा, ''तुम्हें पता है, मैं जानबूझकर तुम्हें पहली बार अपने घर ले गई थी, क्योंकि तुम मुझे पसंद आ गई थी, और मैंने तुम्हारी चर्चा अम्मी और फूफी से कर दी थी, तो उन्होंने ही कहा था, साथ लाने के लिए।''

''चल बेशरम, तो मुझे पहले दिन क्यों नहीं बताया, मैं जाती ही नहीं,'' उसने झेंपकर कहा।

''मगर बीबीजान, वह तो हमारी और घरवालों की पकी खिचड़ी तैयार हुई थी। हमें क्या पता, तारिक भाईजान आपसे पहले ही मिल चुके हैं और आप दोनों की खिचड़ी के उधन का पानी पहले ही चढ़ा हुआ है?''

सगाई हो गई थी और तारिक जब भी शहर में होते, बराबर घर पर आते-जाते। वह उनके सामने निकलने में शरमाती थी, पर वे भी कहाँ माननेवाले थे।

''अम्मी, भूख लगी है, खिलाइए-पिलाइए न!'' तारिक कहते और अम्मी नाश्ता लाने के लिए उसकी हाँक लगातीं। वह झिझककर रह जाती और तारिक शरारत से मुसकरा देते।

रेहाना के घर अब वह कम जाती थी, बस कभी किसी खास मौके पर अम्मी के साथ हो आती।

अम्मी बड़े जोश-खरोश से शादी की तैयारी में लगी थीं। एक-से-एक गहनों के नमूने देखे जा रहे थे। अब्बा ने घर पर ही सुनार बैठा लिया था, जो सामने ही गहने बनाने में जुट गया था। बनारसी साड़ियों के अंबार लग रहे थे। फर्नीचर, बरतन, गोया बड़ी ही गहमागहमी थी।

अचानक एक सुबह भूचाल सा आ गया। सारे शहर में हलचल सी मच गई। फूफी के घर की गुलशन ने उनके ही कूएँ में कूदकर आत्महत्या कर ली थी। सब हैरान। सकते की हालत में अम्मा, अम्मी उसे साथ लिये फूफी के घर भागे।

फूफी के घर भीड़-ही-भीड़ थी। लग रहा था, सारा शहर जैसे सिमटकर आ गया था। गुलशन के माँ-बाप पीरू बावर्ची जोर-जोर से छाती पीट-पीटकर रो रहे थे। फूफी सामने तख्त पर बैठी रोए जा रही थीं। सारे घर पर जैसे कहर छा गया था।

जो भी कुएँ में झाँकता सन्नाटे में आकर पीछे हो जाता। उन लोगों ने भी कुएँ में झाँका तो देखा, बड़ी-बड़ी आँखोंवाली गुलशन जैसे आँखें फाड़-फाड़कर ऊपर को ही देख रही थी। उसके बाल पानी में फैले से छितरे पड़े थे। बड़ी डरावनी शक्ल दिख रही थी।

पुलिस आई। लाश निकाली गई। पंचायतनामा हुआ तथा पोस्टमार्टम के लिए लाश ले जाई गई। सारा घर परेशान था कि गुलशन ने आत्महत्या क्यों की? जितने मुँह उतनी बातें। सभी हैरान थे कि पागल लड़की ने आत्महत्या क्यों की? इतना दिमाग, इतनी सोच उसे कैसे आई? तो क्या वह पागल नहीं थी? सब अपना-अपना दिमाग लड़ा रहे थे।

कुछ दिनों बाद पोस्टमार्टम की रिपोर्ट आई और जैसे नई कहानी ने जन्म लिया। गुलशन के पेट में छह माह का गर्भ था। सबको जैसे साँप सूँघ गया। घर में दोबारा मुर्दनी सी छा गई। बात की गिरह खुली तो खुलती ही चली गई।

एस.पी. साहब ने सबसे पहले गुलशन के बाप, यानी पीरू बावर्ची को ही पकड़ा।

पीरू को सात दिन थाने में बंद रखा गया, भूखा-प्यासा वह भी सत्याग्रह पर तुल गया था। पर अंत में था तो वह भी इनसान। सातवें दिन उसने सवेरे-सवेरे थानेदार से नाश्ता माँगा और कहा, उसका बयान लिख लिया जाए।

''हुजूर माई-बाप,'' पीरू बावर्ची ने एस.पी. साहब के सामने अपना गुनाह मान लिया, ''मैंने ही गुलशन को कुएँ में ढकेला था,'' वह रोते हुए बोला, ''मालिक,

हम गरीब नौकर-चाकर, दास-दासियों का जन्म ही मालिक के लिए होता है। पुराने समय से ही मालिक, हम लोग मालिक की खुशी पर निछावर होते रहे, हमारे तो वे ही देवता, वे ही खुदा होते हैं। माई-बाप, बड़े लोगों की हम बदनसीबों पर बहुत सी कृपा-इनायत होती है। ऐसी ही ढेर सारी उनकी दी हुई बख्शीशों में से हमारी बहू-बेटियों की इज्जत लेना भी हम लोग अपनी खुशनसीबी मानते आए हैं। हम गरीबों के घर की बहू-बेटियाँ पैदा ही मालिक को खुश करने, उनकी हवस के लिए जन्म लेती हैं। तो सरकार, तारिक मालिक जब भी हॉस्टल से यहाँ आते थे, गुलशन को बुलवा लेते थे। इसे हमने बड़ी बात नहीं समझा। मालिक, जब वह हमल से हो गई और हमें पता नहीं चला, वह तो पागल थी, समझती नहीं थी, पर जब उसका पेट बढ़ने लगा तो शक हुआ, दाई को बुलाकर दिखाया तो उसने कहा अब कुछ नहीं कर सकते। यह तो महीने पूरे हो गए हैं। मैं घबराया। आखिर हमारी तो घास-फूसवाली जिंदगी है, जब चाहा काट दो, जब चाहा बढ़ा लो। पर मालिक की जिंदगी तो कीमती है। अगर गुलशन को बच्चा होता तो मालिक की जिंदगी बरबाद हो जाती, क्योंकि सारे नौकर, नौकरानियाँ इस बात को जानते थे, और बात इधर-उधर से खुल सकती थी। अभी छोटे मालिक की सगाई एक बड़े अफसर की इकलौती बिटिया से तय हुई थी। मेरी तो बिटिया पागल है। उसका जीना-मरना कोई अर्थ नहीं रखता। पर मुझे उस बहू-बिटिया की जिंदगी बचानी थी। एक रात को उससे कहा कि कुएँ से पानी ले आ। जब वह कुएँ पर गई तो मैंने पीछे से उसे ढकेल दिया और चुपचाप आकर अपनी कोठरी में सो गया। सवेरे सबने समझा कि उसने आत्महत्या कर ली होगी। बस, मालिक, यह गुस्ताखी हो गई, अब आप जो सजा दें।''

□

अब्बा और अम्मी का चेहरा इस घटना से काला पड़ गया। घर पर एक मनहूस मुर्दनी सी छा गई। तारिक ने हॉस्टल से आना ही बंद कर दिया था। उसका रो-रोकर बुरा हाल हो गया। अम्मी बीमार पड़ गईं। बहुत दिनों तक अब्बा छुट्टी लेकर घर पर ही रहे।

आखिर बहुत लोगों के मना करने के बाद भी अब्बा ने सगााई तोड़ दी और तारिक के घर का वह सारा सामान, जो सगाई में आया था, वापस भेज दिया। फूफी और रेहाना की अम्मी आईं। उन्होंने अब्बा को बहुत समझाया, पर अब्बा नहीं माने। अब्बा ने सबके सामने कहा, ''पीरू एक गरीब बाप था, वह अपनी लड़की को कुएँ में ढकेल सकता है, पर मैं जीते-जी अपनी बेटी को कुएँ में नहीं ढकेल सकता।''

पैगाम टूट गया। इतने बड़े हादसे ने उसे बीमार कर दिया। अब्बा ने अपने तबादले की माँग की और उस शहर से बदली करा ली। उस दिन शहर छोड़ते समय रेहाना और वह लिपटकर बहुत रोए।

हवा तब्दील के लिए अब्बा-अम्मी उसे दार्जिलिंग अपने दोस्त के घर ले गए। धीरे-धीरे बात दिमाग से, फिर दिल से, फिर आँख से ओझल होती गई, पर इस हादसे के लिए उसने कभी तारिक को माफ नहीं किया।

जब भी वह जुगनू देखती, उसे हथेली में कैदकर घंटों निहारती थी। उसका दप से जलना, दप से बुझ जाना, उसे अच्छा लगता था, और उसे बिसरी-भूली घटनाएँ याद आने लगती थीं।

□

और आज तारिक, जो दो लड़कियों की जिंदगी का कातिल था और जिसे जेल की कोठरी में होना था, उसे पुलिस का हाकिम-अफसर देख वह हैरान थी।

□

सजा

'उमा आई है।' किसी ने ये तीन शब्द उस शोक-सभा में ऐसे परोसे, मानो वहाँ लोग मौत में इकट्ठे नहीं हुए हैं, बल्कि वहाँ कोई पंचायत बैठी है और ऐलान किया जा रहा हो कि मुलजिम हाजिर है।

सभी बैठे लोग, जो नीचे मुँह किए बैठे थे, सबने चौंककर अपने सर ऊपर किए और सबकी दृष्टि बोलनेवाली के मुँह पर टिक गई थी। बोलनेवाली कमला मौसी ने दन से जैसे तीन शब्दों के गोले दागे थे और अब वह भेदभरी मुसकान के साथ खड़ी थी।

वह ठीक अम्मा के पीछे दीवार से टिकी बैठी थी। अम्मा ने उसका टेका ले रखा था। अम्मा को वह अपना टेका देकर अब तक महसूस कर रही थी, कि अम्मा को ऐसे दु:ख में वह सहारा दिए है। अम्मा का बूढ़ा शरीर भी जैसे उससे सहारा माँग रहा था।

उमा के आने के समाचार ने शिथिल वातावरण में सरगरमी ला दी थी और अब सारे लोग सतर्क तथा उत्सुकता से बाहर के दरवाजे की तरफ देखने लगे थे। उमा का समाचार सुन उससे ज्यादा देर बैठा नहीं गया, वह झट से दीवार का सहारा छोड़कर खड़ी हो गई। अम्मा, जो उससे टिकी बैठी थीं, अब खुद सचेत होकर बैठ गई थीं। किसके चेहरे पर क्या भाव आए, वह हड़बड़ी में देख नहीं पाई, पर जाते-जाते उसने अम्मा के दु:खी चेहरे पर गुस्से के भाव पढ़ लिये थे।

"कहाँ जा रही है?" अम्मा ने पूछा। वह समझ चुकी थी कि वह उमा का समाचार पाकर उठकर जा रही है।

"अम्मा, जरा बाथरूम जाना था।" कहते हुए वह अम्मा की अवहेलना कर पीछे की तरफ निकल गई। पीछे से अमरूद के पेड़ के नीचे से होती हुई वह सामने आ गई।

उमा बाहर बगीचे में रखी कुरसी पर गुमसुम अटैची लिये बैठी थी। उसके

साथ एक पुरुष भी सहमा सा, भयभीत आँखों से सामने की सड़क पर देखता बैठा था। उमा के साथवाले व्यक्ति का उसने मुसकराकर स्वागत किया। वह समझ गई कि वह व्यक्ति और कोई नहीं, उमा का पति दिनेश है। उसे देखते ही दोनों उठ गए।

''कैसी है रे?'' उसने बरसों बाद उमा की पीठ पर हाथ रखा तो उसे लगा, जैसे सुकोमल उमा की पीठ अब खुरदरी सी हो गई। उसे देखते ही उमा की आँखें डबडबा उठीं। बरसों बाद मिलने का वह क्षण था, जो हरेक का मन रुला देता है।

''दीदी, ये मेरे पति दिनेश हैं।'' उमा रोते हुए उससे लिपटकर बोली।

उसने ध्यान से उमा को देखा। उमा की माँग के दोनों तरफ से उड़ते कई-कई बाल सफेद हो गए थे। आँख के नीचे बड़ा सा कालापन उसकी बीमार और कमजोर काया का परिचय दे रहा था। उसने हैरानी से एकदम से बुढ़ाती उमा को देखा।

''दीदी, बाबूजी के देहांत की खबर मुझे तीसरे दिन लगी, तो मैं अपने को रोक नहीं पाई और चली आई। उमा रोते हुए बता रही थी।

''ठीक है रे, तू कैसे नहीं आती? तू तो उनकी लाड़ली थी। चल, पहले थोड़ा हाथ-मुँह धो लेना, फिर अम्मा से मिलना।'' कहकर वह दोनों को बगलवाले घर में ले आई, जो मेहमानों के लिए ही खाली करवाया गया था। उमा मेहमान नहीं थी, पर उमा को एकदम से आते ही उत्तेजित वातावरण में ढकेला भी तो नहीं जा सकता था।

''दीदी, बरसों बाद मायके से दो लाइनों की पाती भी आई तो काले अक्षरों वाली, शोक-संदेश वाली। वह भी जाने कैसे किसी ने भेज दी थी,'' उमा कहते रो रही थी और उसने अपना सर झुका लिया था।

''फोन करने का मुझे ध्यान था रे उमा, पर हड़बड़ी में किसी को ध्यान नहीं रहा,'' उसने अपनी सफाई देते हुए कहा, ''सबकुछ अचानक हुआ और सब अचानक करना पड़ा था न,'' उसने अपनी सफाई देते हुए यह बात कही, तो लोहे के पलंग पर बैठती उमा ने उसे इस तरह देखा जैसे कह रही हो, बाप के मरने का समाचार पाने की भी हकदार नहीं रही? जीते-जी इतना वंचित कर दिया तुम लोगों ने? उसकी चुप आँखें ढेर सारे प्रश्नों के साथ उस पर टिकी थीं।

''अम्मा से मिलना है दीदी।'' चाय की प्याली के लिए उमा मना करते बोली। उसकी छटपटाहट को वह देख-समझ रही थी। जितनी वह बाहर से व्याकुल दिख रही थी, उससे कई गुना वह भीतर से बेचैन थी। उसकी सारी उथल-पुथल से अनभिज्ञ दिनेश लगातार चुप बैठा जल्दी-जल्दी चाय पी रहा था। कभी वह उसे, कभी उमा को देख लेता था। दिनेश की आँखों में भय तथा लाचारी थी। यहाँ से

चले जाने की उतावली भी थी। उसे बार-बार यह भय सता रहा था कि जाने उसके साथ क्या व्यवहार हो। ससुराल में पहली बार आए दामाद की आँखों में चंचलता और प्रसन्नता होती है, पर उसकी आँखों में भय समाया था, जैसे किसी कसाई बाड़े का बकरा हो।

"चाय ले-ले उमा, फिर अम्मा के पास चलते हैं।" उसने उमा को समझाया। उसे लगा, चाय पीकर थोड़ा वह स्वस्थ हो जाएगी। वह अम्मा से मिलने का क्षण जितना हो, टालना चाह रही थी।

चाय पीकर उमा उसे खाली-खाली आँखों से देखने लगी। उसे भी लगा, उमा को इस तरह ज्यादा देर टालना ठीक नहीं होगा।

"चल रे, अम्मा से मिल लेते हैं।" उसने अचानक कहा तो दोनों एकदम से खड़े हो गए। उमा तो देर से इसी क्षण के लिए जैसे आतुर सी थी। दिनेश को साथ ले जाना ठीक होगा या नहीं? वह सोचती रही, पर जैसे दिनेश तो उमा का आँचल छोड़ना ही नहीं चाहता था। तब उसे ऐसा लगा, जैसे नए घर में किसी के घर मेहमानी पर बच्चे जब माँ के पास मँडराते रहते हैं।

घर मेहमानों से भरा था। सभी लोग भरे थे। अम्मा की तरफ से, बाबूजी की तरफ से और भी सारे खानदान के लोग थे। बस एक उमा नहीं थी, और किसी ने उमा की गैरहाजिरी को महसूसा भी तो नहीं था। वह तो जाने कैसे उसने शोक-पत्र उमा के नाम भी पोस्ट कर दिया था चुपचाप।

कोने की दीवार से टिकी एक तरफ अम्मा चुप बैठी थीं। उसने कमरे तक उमा को लाकर छोड़ दिया और दरवाजे की आड़ से चली गई। अब आगे की भूमिका खुद उमा को निभानी थी। पहले तो उमा अकेले होकर घबराई, पर फिर तुरंत सँभली। भीड़ को एक तरफ हटाती, वह अम्मा के सामने जाकर बैठ गई। अम्मा पहले तो हक्की-बक्की सी सिकुड़कर रह गईं, फिर उन्होंने उमा को एक नजर देखा। उमा के आँसू धार बँधकर बह रहे थे। चाहे कितना हो अम्मा का कलेजा, आखिर माँ का कलेजा था। उनकी ममता उमड़ी और वे उमा से बोलीं, "बाप के मरने पर आई मोड़ी।"

अम्मा का इतना कहना था कि उमा के बेजान शरीर में प्राण आ गए और वह लपककर अम्मा से कटे वृक्ष की तरह लिपट गई और उनकी गोद में पछाड़ खा-खाकर रोने लगी। लगा, जैसे उसने इतने बरसों से आँसुओं की गठरी बाँधकर रख रखी थी और आज जैसे सारे बाँध टूट गए थे, सैलाब उमड़ आया था। बाँध के सारे द्वार खुल गए थे। उमा का वह दर्दनाक कलेजा फाड़ रोना सड़क तक सुनाई दे

रहा था। सारे लोग हिल गए थे। सारे घर पर भूकंप आ गया था। हर ओने-कोने में बैठा व्यक्ति सिमट आया था, भीड़ सी लग गई थी। अड़ोस-पड़ोस की औरतें भी हड़बड़ाकर आगे-पीछे खड़ी हो गई थीं और किसी-किसी से पूछ रही थीं, क्या उमा आई है ? उमा ने अपने आने की जैसे खुद ही मुनादी कर दी थी।

उमा पछाड़ खा-खाकर, तड़प-तड़पकर रो रही थी। उसे अपने साड़ी, कपड़ों तक की सुध नहीं थी। वह नीम पागलपन की अवस्था में चली थी। दिनेश हक्का-बक्का अपराधी की तरह दरवाजे के कोने से चिपका घबराया सा उमा को रोता देख रहा था। उसके चेहरे को देख लग रहा था, जैसे उसने उस दृश्य की कल्पना नहीं की थी। उमा भीतर से इतनी भरी है, उसने नहीं सोचा था। उमा तो जैसे माँ की दहलीज पर बूँद-बूँद बरस जाना चाहती थी। उमा के रोने ने सबको अपना रोना भुला दिया। जो पहाड़ बीच में आड़े था, वह भरभराकर ढह गया था। उमा के अपराध की अपने आप जैसे माफी हो गई थी। सब उसे समझाने-बटोरने में लग गए थे। अम्मा खुद उमा की पीठ पर लोटकर रो रही थी। सारी जमा गंदगी, कूड़ा-करकट जो संबंधों के बीच आ गया था, सब बह गया। उमा जब रोते-रोते थक गई और लगभग बेहोश सी हो गई, तब उसने जल्दी से बढ़कर उमा को लिटाया। उसके बिखरे बालों को समेटकर हाथ में पानी लेकर उसके मुँह को धुलाया, मुँह पोंछा। बेहोशी में भी रह-रहकर वह रो उठती, फिर बेहोश हो जाती थी।

"भीड़ कम करो, तनिक हवा आने दो, लड़की हलकान हो उठी है।" कहते मौसी उसे हाथ का पंखा करने लगी। बिजली का पंखा चल रहा था, पर इतनी भीड़ में उसका असर नहीं हो रहा था। उमा पसीना-पसीना हो रही थी।

दिनेश भयभीत, एकदम अपरिचित सा मुँह बाए उमा को निहार रहा था। उमा इतने भयानक ढंग से टूटकर बिखरेगी, इसकी उसने कल्पना नहीं की थी।

"अम्मा, यह दिनेश है।" उसने दिनेश का परिचय अम्मा से कराया।

दिनेश हाथ जोड़कर अपराधी की सी मुद्रा में खड़ा हो गया था। अम्मा दिनेश को थोड़ी देर ताकती रही शून्य आँखों से, पर मुँह से कुछ नहीं बोली। उसने दिनेश को बाहरवाले कमरे में बैठाया, जो बाबूजी का था। अम्मा के मौन ने जैसे स्वीकृति दे दी थी, उनके आदर के लिए। बाबूजी के कमरे में सहमा सा दिनेश सोफे पर बैठा बाबूजी के लगे चित्रों को देख रहा था। बाबूजी नहीं थे, पर उनके कमरे में उनके होने का आभास अभी भी पूरी तरह जीवित था। लगता था, बाबूजी कहीं यों ही चौराहे तक टहलने निकल गए हैं। बाबूजी को इस दुनिया से गए पूरे आठ दिन हो गए थे, पर अभी तक यह विश्वास ही नहीं होता था कि बाबूजी नहीं रहे।

लगता था, उस अरथी, उस जलती चिता, सोए पर चुप से पड़े बाबूजी नहीं, कोई और था। किसी दूसरे का सारा क्रिया-करम। बाबूजी तो बस रोज की तरह टहलकर आ जाएँगे। जूते उतारकर, चश्मा लगाकर, मसनद पर बैठकर कोई किताब पढ़ने लगेंगे और फिर बीच में सिर उठाकर कहेंगे कि क्या शोर मचा रखा है? कभी-कभी कितना अविश्वसनीय सा घट जाता है न!

बाबूजी वीर सिपाही थे, जिन्होंने कभी अपने हथियार नहीं रखे थे। सारी उम्र वे एक योद्धा की तरह मुस्तैद और सतर्क रहे। रिटायर होने के बाद भी उसी तरह चुपचाप साढ़े दस बजे तैयार होना। चुपचाप खाकर ठीक दफ्तर के समय घर से निकलना, फिर सारा दिन इसके-उसके घर, दुकान पर बैठकर ठीक पाँच बजते ही घड़ी की सुई के साथ घर लौटना यह उनकी आदत में शामिल हो गया था। बाबूजी के इस रोजाना के कार्यक्रम से सबको आपत्ति थी, पर किसी में साहस नहीं था उन्हें टोकने का, इसलिए सब काम पहले की तरह ही होता था। साढ़े-नौ पर कोई बाथरूम में नहीं घुसता था, क्योंकि बाबूजी को जाना होता था। दस बजे बाबूजी की थाली ढककर उनके कमरे में रख दी जाती थी। ठीक साढ़े दस बजे वे पहले की तरह सजे-बजे घर से निकल पड़ते। जब शाम को लौटते तो जाने क्यों वे खोए-खोए से रहते, थके-थके से लगते। काफी देर आकर अपने कमरे में चुप से कुरसी पर बैठे रहते। काफी देर तक कोई भी उनके कमरे में जाने का साहस नहीं करता, फिर अम्मा हाथ में चाय का प्याला लेकर कमरे में देने जाती थीं। तब वे चौंककर सतर्क होते और फिर अपने को ढकने लगते। बातचीत करने लगते पर उनकी गतिविधियों पर तो सभी की नजर रहती थी, पर सब अनजान बने रहते।

इधर काफी दिनों से बाबूजी का ब्लडप्रेशर बढ़ गया था। डॉक्टर चाचा, जो बाबूजी के बचपन के सहपाठी थे और वे ही सारी उम्र बाबूजी की देखभाल करते थे। बस केवल उन्हीं का कहा मानते थे, वरना बाबूजी किसी की नहीं सुनते थे। चोरी-छुपे अब वे घुमा-फिराकर कहने लगे थे, ''भाभी, इन्हें बाहर जाने से रोको, दिन में घर में आराम करें।''

किसी में भी हिम्मत नहीं थी, कि उनके टाइम-टेबल में जरा भी कोताही करे। एक दिन दाल नहीं बन पाई या अम्मा ने जानबूझकर देर कर दी, तो बिना खाए-पीए चले गए। एक दिन खुद जब अम्मा ने डॉक्टर चाचा से कहा कि आप खुद इन्हें बाहर न भटकने और घर में आराम करने की कहो? तो डॉक्टर चाचा अकबकाकर कन्नी काट गए।

सब जानते थे, बाबूजी को रोकना या टोकना एक बड़े काल को, विपत्ति

को न्योता देना था। जिस व्यक्ति ने पूरे चालीस बरस नौकरी की हो, पानी-आँधी, बीमारी-मौत में भी एक दिन की छुट्टी नहीं ली, घर में नहीं रुका, उस व्यक्ति को इतने बरस बाद रोकना, यानी समय को रोकना था। बाबूजी को घर-परिवार, मोहल्ले, नातेदार, दोस्तों ने, सबने घड़ी की सुई की तरह चलते देखा था, रुकते नहीं देखा था। उनका रुकना तो घड़ी की बैटरी खत्म होना था। बाबूजी जेबवाली घड़ी रखते थे, जो कभी बंद नहीं हुई। मरने के बाद भी जब उनकी धड़कन बंद हो गई, तब उनके जेब की टिक-टिक कई बार भ्रम में डाल देती थी। उनके बगलवाला छात्र हमेशा उनका सहपाठी रहा। सर्दी, गरमी, बरसात—हमेशा साथ रहता, कभी कहीं नहीं छूटा, न ही कभी चोरी हुआ।

समय के पाबंद बाबूजी को किसी ने बिस्तर पर पड़े नहीं देखा, रुकते नहीं देखा। चलते तो इतना तेज कि कोई उनके साथ नहीं चल पाता। अम्मा कभी साथ होतीं तो अम्मा और बाबूजी में आधा फर्लांग का फासला होता, कभी तो इससे भी ज्यादा। अम्मा नाटे कद की, भारी शरीर की थीं। चलतीं तो बहुत ही धीरे, चींटी की चाल की तरह। वह या और भाई-बहन कोई भी उनके साथ नहीं चल पाता, सबको दौड़ लगानी पड़ती। उसे बचपन से ही हमेशा हैरानी होती कि बाबूजी इतना तेज कैसे चल लेते हैं।

अम्मा कभी बाबूजी के साथ जातीं तो बाबूजी पंद्रह मिनट में घर पहुँच जाते और किसी को चौगड्डे तक दौड़ाते अम्मा को देखने के लिए। अम्मा हाँफती सी घिसिटती आतीं। घर आकर इन्हें तुरंत पानी का गिलास चाहिए होता, इसलिए कोई-न-कोई लिये तैयार रहता। पानी को गले के नीचे उतारकर वे बड़बड़ातीं कि कोई ऐसा भी चलता है कि पीछेवाले की जान निकल जाए?

अम्मा की घुड़की को बाबूजी हँसकर झेलते और काले चश्मे के ऊपर से शरारत से उन्हें देखते मुसकराते, ''क्या बढ़िया जोड़ी है। अरे, अब तुम्हें भगवान् ने पॉकेट एडीशन बनाया तो क्या करें, कितना धीरे चलें? धीरे ही तो चले, धीरे चलते-चलते तो ससुरे पैर पिरा गए। इनसान को कड़क सिपाही की तरह रहना चाहिए, क्या कीड़े घाई साला रेंगते चलो? बनाओ बिटिया चाय, तुम्हारी अम्मा थक गई हैं।''

बाबूजी जिस दिन हँसी-मजाक करते, सारे घर पर जैसे रौनक सी बनी रहती। शादी-ब्याह के घर जैसा उत्साह बना रहता और जब नाराज होते तो लगता, धरती में भूकंप आ गया है। लोटा-गिलास से लेकर घर का हर सामान, सदस्य तक लड़खड़ाने लगता। जब मस्त मूड में रहते तो बड़ी-से-बड़ी गलती के लिए कुछ

नहीं कहते। पर जब नाराज रहते तो छोटे-से-छोटे अपराध को भी क्षमा नहीं करते। उनके मिजाज के रुख को देखकर, यानी हवा किस तरफ की है, तभी कोई-कोई बात रखी जाती।

दुनिया में क्या हो रहा है, दुनिया प्रगति कर रही है, इससे उन्हें कोई लेना-देना नहीं रहता। उनका अपना घर, वही पुराना सामान, जीने का अपना तरीका और मिलनेवाले भी वही लोग। सब जैसे बँधे-बँधाए थे। बाबूजी घर में नहीं हैं और उन्हें बुलाना है तो घड़ी देखकर अंदाजा लगाया जाता कि अभी, इस समय कहाँ होंगे या फलाँ के घर या दुकान पर और वे वहीं मिलते भी थे। सब जैसे तयशुदा रहता था। रात कभी देर हो जाती तो अम्मा भैया को सायंकाल पर डॉक्टर चाचा के घर दौड़ातीं तो वे वहाँ आराम से कोई इंजेक्शन लगवाते मिलते। छोटी-मोटी दवा पर तो जैसे उन्हें विश्वास ही नहीं होता, सर से निकल जातीं। उन्हें तो बस इंजेक्शन पसंद था। घबराहट हो रही है तो इंजेक्शन, कमजोरी आ रही है तो इंजेक्शन। अकसर वे डॉक्टर चाचा से मजाक करते, ‘‘ससुरी, पहाड़ जैसे शरीर में भला छोटी-मोटी गोली क्या काम करेगी?’’

भगवान् के दिए पाँच भाई-बहन थे। जब सब छोटे थे, तो ठीक-ठाक थोड़े में गुजर हो जाती थी। जब लड़कियों ने बगल से सर निकालना शुरू किया, तब बाबूजी के माथे पर चिंता उभर आई। तीन लड़कियों को निपटाना कोई दिल्लगी नहीं थी। उसका अपना ब्याह तो देखते-देखते हो गया, क्योंकि बाबूजी के दोस्त ने अपनी बहू बनाने की पहल कर दी थी। पहली बिटिया का ब्याह तो ओने-कोने झाड़ने से भी हो जाता है। नातेदार भी देने-दिलाने में अपना रोल अदा कर देते हैं। बाबूजी को पता भी नहीं चला और ब्याह हो गया। कर्जा भी लेना नहीं पड़ा। अम्मा के गहने थोड़ी-बहुत जमा पूँजी और गाँव की खेती की फसल से ही ब्याह निपट गया। दूसरी उमा के समय तो जैसे सबकी आँखें बाहर निकल आईं। जमाना भी आगे सरक गया था। इस बार बाहर के रिश्ते आते और उनकी बेशरमी से माँगी रकम सुनकर सब दंग थे।

पहले तो एम.ए. करने के बाद बाबूजी ने उमा को दो बरस ब्याह के लिए रोक रखा, पर जब कहीं जुगाड़ नहीं जमा तो उसे बहुत ना, नू करके नौकरी की इजाजत दे दी गई। उमा ने भी रो-रोकर नौकरी के लिए हामी भरवा ली थी। उमा को बैंक की नौकरी से पूरे तीन हजार नकद जो हाथ में आते, उसने सबके मुँह बंद करवा दिए थे। तीन हजार का आकर्षण बहुत बड़ा था। जब उमा पहली तारीख को पूरे तीन हजार बाबूजी के हाथ में लाकर रखती तो बाबूजी और अम्मा के चेहरे चमक उठते थे।

बरसों के पुराने घिसे-पिटे सामान से मुक्ति मिली थी। पुराना सोफा बेचकर नया आ गया था, घर में गोदरेज की अलमारी तथा फ्रिज, जो सपना थे, वह भी उमा ने बैंक से लोन लेकर खरीद लिये थे। अम्मा के पास अच्छी ढंग की साड़ियाँ आ गई थीं। घर की दशा में सुधार आ गया है, यह कोई आँख का अंधा भी भाँप सकता था। लोगों को यह परिवर्तन स्पष्ट दिखता था। मोहल्ले में दबी जबान से चर्चा करते, ''देखो फलाँ की बेटी बेटे से बढ़कर गुणी निकली, कैसे बेटे के बराबर कमाकर बाप को दे रही है।'' उमा सारे मोहल्ले में उदाहरण बन गई थी। अम्मा तथा बाबूजी बहुत प्रसन्न रहने लगे थे कि उनके भी दिन फिर गए। उनकी कोख से ऐसी सुघड़ कन्या ने जन्म लिया।

उमा के ब्याह की चर्चा, जो नौकरी के पहले घर, मोहल्ले, रिश्तों में चलती थी, वह अकस्मात् बंद हो गई थी। इस प्रकरण की नस्ती को ही जैसे बंद कर दिया था। अब इस विषय पर कोई चर्चा नहीं होती, कोई टिप्पणी नहीं करता था। पहले तो बिस्तर से उठते ही अम्मा उमा के ब्याह की चर्चा का विषय खोलकर बैठ जाती और फिर रात तक एक विषय के कारण गरमी रहती। हर लड़के की खोज-खबर अम्मा रखती थीं।

उमा अपने कमरे में अपराधी की तरह सिकुड़ी बैठी रहती थी। पर अब इन सब बातों को लोग भूल गए थे। इस विषय पर चर्चा ही नहीं होनी है, यह बात सब मान चुके थे। सबने सर्वसम्मति से जैसे यह प्रस्ताव पास कर दिया, कि इस प्रकरण पर चर्चा न हो। उमा भी दबे-घुटे वातावरण से निकलकर खुलकर साँस लेने लगी थी।

जब उमा ने पहली बार स्कूटर लिया, तब तो जैसे सारे मोहल्ले की औरतों ने भगवान् के आगे उलाहना भरे आँसू चढ़ाए कि ऐसी सुघड़ कन्या उन्हें क्यों न दी? वह जब भी स्कूटर पर निकलती तो औरतें, बूढ़े, मर्द, जवान सब मुँह फाड़कर देखते, मानो कोई किसी अजूबे को देख रहे हों।

पूरे दो साल बड़े अच्छे गुजरे, घर में कोई परेशानी, कलह नहीं थी। एक दिन जब ऑफिस से लौटकर उमा ने अम्मा के आगे रसोई में खुद खड़े होकर अपनी ब्याह की चर्चा चलाई तो जैसे कई-कई नाग फन काढ़कर खड़े हो गए चारों तरफ। उस दिन सारे घर पर बदली छाई रही। रात किसी ने खाना नहीं खाया। सारे घर में सुगबुगाहट सुलगती रही कि उमा ब्याह करना चाहती है, वह भी अपने मनपसंद हीरो से, जो दूसरी जात का है। उमा के ब्याह की बात घर में दोबारा शुरू होते ही जैसे हंगामा सा खड़ा हो गया। जो चर्चा पहले सुखद लगती थी, वही अब दु:खद लगने लगी थी।

रात भर के बाद चर्चा सुबह बंद पिटारी में धर दी गई, यह टीप लगाकर कि बेकार के विषय, जिनका अब इस घर से कोई संबंध नहीं है, उन मुद्दों को बार-बार उठाने से कोई लाभ नहीं है। सुबह घर का वातावरण फिर पहले जैसा सामान्य हो गया। उमा भी समझ गई थी कि घरवाले उसकी बात को मान्यता नहीं देंगे। जाने कैसे इस विषय की भनक सारे मोहल्ले में लोगों को लग गई थी और लोग दबी जबान से विचार करने लगे थे।

उमा यदि शाम को देर से घर लौटती तो घर पर कोई प्रश्न नहीं पूछता, पर शंका से सब उसके शांत चेहरे पर कुछ अशांत भाव को ढूँढ़ने लगते। उमा को देख कहीं से यह नहीं लगता कि वह भीतर से कहीं अशांत है। मोहल्ले वालों की नजर भी बराबर उसके आने और जाने के समय पर लगी रहती।

उस दिन तो जैसे घर में कोहराम सा मच गया, जब उमा ग्यारह बजे रात तक भी नहीं लौटी। घड़ी की सुई आगे और आगे बढ़ती गई, पर उमा का कहीं पता नहीं था। बाबूजी कई बार जूते पहनकर चौराहे तक देख आए। अम्मा तक जब रास्ता देख-देख थक गईं तो चप्पल पैरों में डाल गली की आखिरी छोर तक डोल आईं चुपचाप, ताकि कोई देख न ले। देखते ही मोहल्ले के लोग पूछ-परख शुरू कर देते हैं।

रोज सुबह अम्मा शंकरजी के मंदिर में जल चढ़ाने जाती थीं, पर दूसरे दिन नहीं गईं। बाबूजी दो बार उमा के दफ्तर चक्कर काट आए। उमा के दफ्तर से पता चला कि उसने एक महीने की लंबी छुट्टी ले रखी है। सुनकर बाबूजी हक्के-बक्के रह गए। उनका मुँह उतर गया। दफ्तर वाले भी दंग थे कि बेटी की लंबी छुट्टी की खबर बाप को कैसे नहीं थी? जबकि दरख्वास्त में उमा ने बाप की बीमारी का ही उल्लेख किया है।

बाबूजी किसी तरह हाँ-हूकर खुलती बात को ढकते लौट आए। उनके लौटते ही अम्मा को चक्कर आ गया, उनका ब्लडप्रेशर एकदम 'लो' हो गया था। डॉक्टर चाचा के लिए तो जैसे घर में ही अस्पताल खुल गया था। अम्मा को सँभालें या बाबूजी को, घर एकदम मनहूस सा लगने लगा था। खाना पकता था, कभी खिचड़ी तो, कभी दलिया। वह भी डॉक्टर चाचा की डाँट पर खाया जाता।

एक दिन, दो दिन और फिर पूरा सप्ताह ही बीत गया। आखिर कितने दिन और बात दबकर रह सकती थी? लोग दबी जबान से बात को उधेड़ने लगे थे। कोई-न-कोई व्यक्ति बाहर दिखता तो पूछ बैठता, "उमा दिखती नहीं, क्या बात है? क्या बीमार है?" जाने कितने प्रश्न रोजाना घुमा-फिराकर पूछे जाते। पहले तो धड़ल्ले से उसके स्कूटर को लोग आते-जाते देखते थे। अब क्या हुआ।

ठीक आठवें दिन उमा का टेलीग्राम दिल्ली से आया कि उसने आर्य समाज के मंदिर में दिनेश से ब्याह कर लिया है। टेलीग्राम की सूचना ने जैसे घर पर बिजली गिरा दी थी। सब भौंचक्के! मुर्दानी सी छा गई। उमा ऐसा करेगी, किसी ने भी नहीं सोचा था। बात धीरे-धीरे बंद दरवाजे से निकलकर हवा के साथ बाहर मोहल्ले में फैल गई।

जब पहली बार मामी की सास ने आकर पूछा तो सबने सोचा, महरी ने बताई होगी पर आखिर कब तक बात ढकी-मुँदी रहती? आखिर एक दिन तो सबको पता लगनी ही थी।

और उस दिन तो हद हो गई, जब उमा ठीक संध्या के छुटपुटे में लाल बनारसी साड़ी बाँधे, गहने पहने, सिंदूर-महावर लगे पैरों से जब टैक्सी से पति के साथ उतरी तो उमा की दिलेरी ने सबको पत्थर बना दिया। छोटी रीतू ने जब दौड़कर भीतर अम्मा को समाचार दिया तो झट से बाबूजी की सलाह पर बाहर का दरवाजा बंद कर दिया।

उमा सड़क पर हक्की-बक्की खड़ी रह गई। पड़ोस की वर्मा चाची ने उमा को और दिनेश को अपने घर बैठाकर एक गिलास पानी पिला दिया था, पर जैसे उन्होंने इतना करके दुश्मनी मोल ले ली थी। फिर कभी अम्मा-बाबूजी उनसे नहीं बोले।

उमा पति के साथ जैसे आई थी, वैसे ही लौट गई। वह समझ गई कि यह दरवाजा उसके लिए हमेशा-हमेशा के लिए बंद हो गया था। सारा मोहल्ला अपने-अपने दरवाजे के सामने खड़ा तमाशा देख रहा था। उमा रोते हुए लौट गई थी, अब उसकी गिनती 'कुलछनी' की हो गई थी।

चील चाहे मीलों चक्कर लगाकर अपना दायरा बढ़ा ले, पर वह उसी दायरे से वापस अपने बिंदु पर भी पहुँचती है, जहाँ से उसने चलना शुरू किया था। उमा भी उसी मोह में बँधी घर लौटी थी।

मनुष्य की मानसिक और सामाजिक व्यवस्था ऐसी है, कि वह सामनेवाले को कभी माफ नहीं करता। खुद तो रोज मंदिर और मसजिद में जाकर रोता, गिड़गिड़ाता है, माफी माँगता है, पर खुद दूसरे को क्षमा करने की क्षमता नहीं रखता। मनुष्य की याद रखने की मनोवृत्ति और वह भी दूसरों की गलतियों को याद रखने की मनोवृत्ति, बड़ी गजब की है। वह सामनेवाले के गुण तो कभी याद नहीं रखता, पर उसके अवगुणों का लेखा-जोखा हनुमान् चालीसा की तरह याद रखता है। क्षमा करने की योग्यता उसमें नहीं है, है भी तो वह इस योग्यता को पनपने नहीं देना चाहता। बस इसी स्वभाव के कारण उमा का अपराध कभी क्षमा योग्य नहीं माना गया।

उमा को पहले घर से, फिर रिश्ते से, फिर दिमाग से, यादों से निकाल दिया गया था। कोई भूले से भी उमा का नाम नहीं लेता था। बाबूजी ने जीते-जी तो कभी उमा को क्षमा नहीं किया, पर जैसे मरकर उसके लिए जगह खाली कर दी थी।

शाम को जब उमा उसके पास बैठी थी तो अचानक बोली, ''दीदी, तुम सोचती हो कि मैं इस घर से चली गई थी? नहीं, मैं तो इन्हीं किवाड़ों से लगकर बरसों खड़ी रही कि शायद कोई द्वार खोल देगा। ठंड, बरसात और गरमी, यानी हर मौसम में मैं यहीं बाहर खुले में खड़ी रही।

उसने चौंककर उमा को देखा और सोचने लगी, उमा को दी सजा क्या किसी आजन्म कैद से कम थी?''

□

कोई नहीं

कोने में पेटी के पास चप्पल उतारकर जैसे ही वह मुड़ी कि देखा, गुड्डू हाथ में रबड़ का बड़ा सा नया खिलौना लिये सहमा-सा उसे देख रहा है, फिर वह धीरे-धीरे उसके पास आया और उसके हाथ में रबड़ का कुत्ता देता हुआ बोला, "मम्मी, अंकल आज भी आए थे।"

थके पैरों में झुरझुरी-सी आ गई। उसने कुरसी को पीठ के सहारे के लिए जोर से पकड़ लिया और बहुत हारे-हताश अंदाज में गुड्डू के नन्हे-मासूम चेहरे को देखा। जी चाहा, उसे दो झापड़ रसीद कर दे; पर मारने से वह और दुःखी हो जाएगा। वह कुरसी पर बैठ गई और उसे गोद में उठाते हुए बोली, "बेटा, मना कर देना था न, मैंने कल तुम्हें कितना समझाया था।" "मगर मम्मी, ऐसे ही तो गोद में उठाकर प्यार से अंकल बोले थे, 'ले लो बेटा, अपनों से कोई चीज लेना बुरी बात नहीं होती।' " गुड्डू ने मासूम सी आँखों को जल्दी-जल्दी झपकाकर उत्तर दिया।

ओह! तो विवेक की यह नई चाल है। कितना होशियार है! जब वह घर पर नहीं होती तब आता है और अब इस मासूम बच्चे के सहारे उस तक आना चाहता है।

गुड्डू को गोद से उतारकर वह रसोई में चली गई और स्टोव पर अपने लिए चाय का पानी चढ़ाकर वापस गुड्डू की ओर मुड़ी। गुड्डू रोज की तरह आज भी सोच रहा था कि तूफान शांत हो गया। मम्मी का गुस्सा उतर गया है और वह इत्मीनान से रबड़ के खिलौने में रस्सी बाँधकर चला रहा था, निश्चिंत-सा।

"मैंने तुमसे कहा था न कि अंकल को साफ मना कर देना।" उसने स्टोव बंद कर चाय कप में छानते हुए कहा।

"मम्मी, मैंने तो दरवाजा ही नहीं खोला था। दरवाजे को भीतर से अच्छी तरह बंद कर दिया था और खिड़की से झाँककर बोला था कि आप रोज-रोज मत आइए और खिलौना भी मत लाइए।"

"क्या?" चाय पीते उसके हाथ काँप गए और चाय साड़ी पर छलक आई,

''तूने अंकल के लिए दरवाजा नहीं खोला था?''

''हाँ मम्मी, बाई गॉड।'' गुड्डू गले को छूता कसम खाता बोला, ''मम्मी, फिर उन्होंने मुझे पुचकारा, फुसलाया, मनाया था, तब कहीं जाकर मैंने एक घंटे में दरवाजा खोला था।''

''एई, कसम नहीं खाते।''

''मम्मी, कल भी अंकल आएँ तो दरवाजा नहीं खोलूँ न?''

''न-न, ऐसा नहीं करते, बेटा।'' उसने कप को टेबल पर रख दिया, ''घर आए मेहमान का अपमान नहीं करते। पर तुम उनसे कुछ मत लेना, साफ-साफ इनकार कर देना। कहना, लेने से मम्मी मारती हैं।'' कहते हुए उसे लगा, विवेक के लिए आज भी उसके मन में प्यार है, तभी तो वह गुड्डू से यह नहीं कह पाई कि दरवाजा ही मत खोलना।

''मारनेवाली बात कही थी तो बोले—तुम्हारी मम्मी को हम समझा देंगे।''

''अच्छा।'' इस तर्क पर वह दंग रह गई, तो विवेक इस हद तक चतुराई कर रहा है, ''तो कल कहना, मम्मी ने मेरी खूब पिटाई की। और सारे खिलौने कल लौटा देना।''

''अच्छा।'' गुड्डू एकदम चाबीवाले गुड्डे की तरह सिर हिलाते हुए बोला।

गुड्डू खेलने चला गया और वह पीछे नल के पास आ गई। उसने ठंडे पानी से बार-बार अपने चेहरे को धोया; पर लगा, चेहरे की उदासी अब भी धुली नहीं है। साड़ी के ही छोर से मुँह पोंछती वह भीतर आ गई।

बाहर खिड़की से झाँककर देखा, गुड्डू अपने दोस्तों के साथ खेलने में व्यस्त हो गया था। उसने रेडियो खोल दिया, कोई अच्छा सा गाना आ रहा था, फिर उसने रेडियो भी बंद कर दिया। मन की उथल-पुथल के आगे रेडियो भी अच्छा नहीं लगा।

वह भीतरवाले कमरे में आ गई। तख्त पर फूलोंवाली वही चादर बिछी थी, जो उसने विवेक के साथ प्रदर्शनी से खरीदी थी। पीले-पीले बिखरे फूलोंवाली चादर को देख वह चौंक गई। विवेक अंदर तो नहीं आया था? जाने इस चादर को देख उसने क्या सोचा होगा? शायद हो सकता है, अब इतनी पुरानी बात उसे याद न हो। पुरुष छोटी-छोटी बातों को याद रखने के आदी नहीं होते, औरतें ही दुनिया भर का कूड़ा-करकट अपने भीतर समेटे-सहेजे होती हैं।

प्रदर्शनी में इस चादर को देख वह बच्चों-सी मचल गई थी और जिद कर बैठी थी कि मुझे यही चादर चाहिए। विवेक ने पैसों की कड़की बताई थी; पर

जब उसने जिद नहीं छोड़ी तो वह स्टॉल पर पूछ आया था। पूरे पचास रुपए की थी वह चादर। दूसरे दिन विवेक पैसे जुटाकर वह चादर खरीद लाया था। चादर खरीदकर वह बहुत प्रसन्न थी और उसने कहा था, 'विवेक, हम लोग पहले दिन घर में इसी को बिछाएँगे।'

विवेक हँस दिया था।

पिछले महीने की ही तो बात है, ऑफिस में अपने नाम एक लिफाफे पर जाने-पहचाने अक्षरों को देख वह चौंकी थी। पत्र विवेक का था। खोलकर पढ़ा था। निहायत सादा पत्र था, जिसमें सिर्फ दो लाइनें लिखी थीं। यानी केवल सूचना मात्र थी। पत्र पढ़कर उसे लगा था कि विवेक ने उसे अपमानित करने के लिए ही यह सारा कुछ लिखा है।

वह यहाँ क्यों आ रहा है? हथौड़े की तरह एक ही प्रश्न बार-बार उसके सामने उभर आता। सारे दिन ऑफिस में उसका मन किसी काम में नहीं लगा। बस, बार-बार एक ही प्रश्न तंग करता रहा कि वह इस शहर में क्यों आ रहा है? उसकी यहाँ क्या जरूरत है? वह यह बात भूल गई थी कि सरकार की फाइल में ऐसा कुछ नहीं कि उसे यहाँ नहीं आना चाहिए। ठीक है, सरकार को पता नहीं था, पर जब वह यहाँ आ ही रहा था तो उससे क्यों मिलना चाहता है? क्यों गड़े मुरदे उखाड़ना चाहता है? उसे बार-बार यह बात महसूस होती रही कि विवेक जान-बूझकर यहाँ आ रहा है...महज उसे अपमानित करने को, और कुछ नहीं। वह उसे अपना अफसरी रोब दिखाना चाहता है और उसकी लाचारियों पर तरस खाना चाहता है।

पत्र पकड़े वह काँप-सी गई थी। कभी इसी पत्र के लिए वह घंटे, पहर और दिन बरबाद करती थी। बड़ी ही बेसब्री से पत्र का इंतजार करती थी। आज उसी व्यक्ति के पत्र को पाकर उसे कोई प्रसन्नता नहीं हो रही थी। उसे अपनी स्थिति बहुत बौनी लग रही थी। विवेक उसके शहर आ रहा था। कभी विवेक के साथ उसने भविष्य के सपने सँजोए थे, दमखम से वह सोचती थी कि हाथ की रेखाओं में यदि विवेक के साथ जीवन जीने की लाइन नहीं होगी तब भी वह हाथ की लाइनों को बदल देगी। इतना-इतना विश्वास लिये वह चली थी।

अकसर जब वह और विवेक मिलते तो विवेक कोरे कागज पर सुंदर-सा बँगला बनाता, उसे फूलों से सजाता और लॉन में उसे खड़ी कर चित्रित करता और लिखता—'शुभदा'। वह खिलखिला पड़ती और विवेक कागज मोड़कर जेब में ऐसे रख लेता कि बस, इस नक्शे को वह किसी ठेकेदार को दे देगा कि काम शुरू कर दो।

पर आज वे बातें, वह विश्वास कित्ता-कित्ता बौना हो गया था।

☐

सूरजमुखी के फूल की तरह जो महज एक ही दिशा में निहारता, एक ही केंद्रबिंदु पर नजरें जमाए-जमाए ही मुरझा जाता है, झर जाता है। अपनी ही डाल पर फूल एक दिन मुरझा जाता है, तब उसे हरा-भरा वृक्ष तथा पुष्ट जड़ें भी जीवित नहीं रख पातीं। जाने एकबारगी कौन झटके से सारी नसों को काट देता है। सबकुछ वही है, पर कितना बदला हुआ, कितना अनजाना सा!

तब लगता है, सबकुछ मरता जा रहा है—भीतर भी, बाहर भी। जैसे किसी हादसे के पूर्व की सूचना हो।

किसी के भी मन के घर में रहने से पहले उस घर की सफाई जरूरी है; जाला, कूड़ा-करकट साफ करना चाहिए, जैसे मकान में रहने के पहले पिछले रहनेवालों के निशान मिटाने पड़ते हैं न, बिलकुल उसी तरह।

पर वह प्यार के नशे में, जोश में इतनी उतावली थी कि उसने इस आवश्यक प्रक्रिया को भी गैर-जरूरी समझा और विवेक के साथ धूल भरे घर में, कूड़े-करकट से भरे घर में रहने चली आई। तब उसने यह सोच रखा था कि वह एक ही बुहारी से सारे कूड़े को बुहारकर फेंक देगी···और बस, यहीं आकर धोखा खा गई।

पहला झटका उसे तब लगा जब वह विवेक के साथ ससुराल जा रही थी। ऊँचे पहाड़ी रास्ते पर जीप तेज-तेज दौड़ रही थी। रास्ता निहायत कच्चा था। दचकों से जीप उछल-उछल पड़ रही थी। सड़क के दोनों छोरों से लगे खेत थे, जिनमें सरसों, अरहर, गन्ने की फसल एकदम तैयार खड़ी थी। सरसों के चटक पीले फूल अपनी डाल पर मस्ती से झूम रहे थे।

सड़क के किनारे लगे बिजली के तार पर ढेर-ढेर चिड़ियाँ विश्राम कर रही थीं। सर्दियों के दिन, जो जवानी की चंद घड़ियों की तरह होते हैं, अपनी चमक दिखाकर ढलने लगे थे। धूप की आँच मध्यम पड़ने लगी थी, जैसे सूरज की बैटरी कम हो रही हो। उस सूने रास्ते पर जीप दौड़ी जा रही थी।

वह और विवेक दोनों अपने विचारों में चुप से बैठे थे। यह ब्याह के बाद उनकी पहली यात्रा थी। यों तो दोनों पास-पास बैठे थे, पर अपने-अपने विचारों में खोए होने के कारण दोनों एक-दूसरे से काफी दूर लग रहे थे। उसने दो-तीन बार सिर का आँचल ठीक करते विवेक को देखा। उसके हाथों की चूड़ियाँ और कंगन की खनक से विवेक ने भी चमककर उसे निहारा और हलके से मुसकरा दिया,

फिर वह अपने विचारों में खो गया। उसे लगा, जैसे विवेक ने अपनी मुसकराने की ड्यूटी पूरी कर ली हो। उसने भी अपनी आँखें खेत की ओर मोड़ लीं और वह भी अपने विचारों में खो गई। वह पहली बार ससुराल जा रही थी। उसके मन को भय और चिंता घेरे थी कि पता नहीं वे लोग उसके साथ कैसा व्यवहार करेंगे? करेंगे भी या नहीं? कैसी होगी विवेक के पीछे की दुनिया?

विवेक की चिंतित मुद्रा उसे और चिंता में डाल रही थी कि पता नहीं क्या होगा? दोनों की चिंता का कारण एक ही बिंदु था, पर दोनों के सोचने व विचार करने का ढंग अलग-अलग था। उसके मन में अपनी सौत को देखने की जहाँ उत्सुकता थी वहीं भय घेरे था। विवेक बार-बार ठंडी साँस खींचता और माथे का पसीना पोंछ लेता। उसकी आँखें दूर कहीं अपने अतीत में डूबी थीं।

उसे धक्का-सा लगा। यह वही गुमसुम बना विवेक है? नहीं, शादी से पहलेवाला विवेक तो बहुत बोल्ड और विद्रोही विवेक था। उसके अपने दब्बूपन के कवच को उसने छीलकर फेंक दिया था। विवेक ने उसे अपनी परिस्थितियों से लड़ना सिखाया था, उसे विद्रोही बनाया था, उसे अपने परिवार के खिलाफ मोरचा लेकर लड़ना सिखाया था। वरना उस जैसी दब्बू एवं बुद्धू-सी लड़की माता-पिता के खिलाफ जा सकती थी! बूढ़े बाप की जिम्मेदारी को उसने नकारा था, महज विवेक की खातिर—कि नहीं, उसे भी जीने का हक है।

उस दिन जब विवेक उसे लाइब्रेरी के लंबे बरामदे में मिला था, तब दोनों भीड़ से हटकर बाहर लॉन में आ गए थे, जहाँ दरख्तों की छाँव थी।

□

'सुनो सुभदा, इक्कीस वर्ष के बाद हर आदमी को अपनी जिंदगी अपने ढंग से जीने का हक है और एक तुम हो कि अपने परिवार के लिए तिल-तिल मिटती जा रही हो।' विवेक ने एक हाथ उसके कंधे पर रख दिया था।

'बड़ी सीधी सी बात है। बूढ़े परिवार का बोझा ढोने को तुम नहीं हो। जो लोग तुम्हारी जिम्मेदारी उठा नहीं सकते, निभा नहीं सकते, उनसे तुम्हें खुद मुक्ति लेनी होगी, वरना उम्र की सरहदों को जब तुम्हारी उम्र पार कर जाएगी तब तुम पछताओगी।'

वह अवाक् रह गई थी। चकराकर विवेक के चेहरे को देखने लगी, तब विवेक का खुला-साफ रंग कितना चमक रहा था। जूते की नोक के पास पड़े ढेले को किक मारते हुए विवेक ने उसकी तरफ देखा था, 'बोल्ड बनो शुभदा, दुःखों

को किक मारो। अब तक पता है, क्या होता रहा है ? दु:ख तुम्हें किक मारते रहे, इसलिए तुम नर्वस, कमजोर पड़ गई हो। अब तुम इन्हें किक मारो तो देखोगी कि वाकई जिंदगी खूबसूरत है। जिन लोगों ने तुम्हारी आजादी छीनी, तुम्हें कैद में रखा, जिनसे तुम जीवन भर भय खाती रहीं, देखोगी कि उनका दबदबा कुछ नहीं, रोब कुछ नहीं, सब फुसफुसा है। तुमने जान-बूझकर इनकी दासता स्वीकारी है और इन लोगों ने तुम्हारी कमजोरी का, तुम्हारी भावुकता का फायदा उठाकर तुम्हें गुलाम बनाया था। अब इनसे उबरो, जिंदगी के और रंग भी देखो। बेटी होने के नाते तुम्हारा कुछ फर्ज जरूर बनता है, पर तुम्हारा अपनी जिंदगी के लिए भी तो कोई फर्ज है।'

उसके चेहरे का धुँधलापन छँटने लगा था। उसने तब विश्वास से भरकर विवेक को निहारा था। विवेक की बातों में गहराई थी, अनुभवों का निचोड़ था। तब उसे लगा था, विवेक ने बरसों से उसकी कमजोरी की परत-दर-परत जमी बर्फ की सिल के टुकड़े-टुकड़े कर दिए थे। बर्फ की सिल टूटकर बिखरने लगी थी और उसके नीचे से झाँकने लगा था एक नए सिरे से बल, उत्साह और आत्मविश्वास। और उसे लगने लगा था कि उसका भी स्थान है, उसकी भी कहीं अहमियत है।

और उसने बूढ़े पिता से विद्रोह कर विवेक से ब्याह किया था। विवेक ने उसे अपना पिछला बताया था; पर इस तरह जैसे हलकी सी धूल हो, जो हलके से झटके से साफ हो गई हो। विवेक का बचपन में ब्याह हो गया था, पर विवेक के शब्दों में वे रिश्ते उसके लिए कोई अर्थ नहीं रखते।

पर ब्याह के बाद अचानक उसने महसूस किया कि बोल्ड दिखनेवाला विवेक भीतर से फुसफुसा है। उसका अतीत एक बिंदु नहीं, एक बड़ा दायरा है, जो विवेक के इर्द-गिर्द चारों ओर से फैला है।

और ढेर सारे सपनों से लदी-फदी जब वह ससुराल की ड्योढ़ी पर उतरी थी तो ननद ने उसके और विवेक के कपड़ों को दोनों हाथों में पकड़कर साथ-साथ भीतर ले जाना चाहा था। तब विवेक बहन के हाथ से अपनी शर्ट का छोर छुड़ाकर पीछे हो गया था और उसने ठिठककर पहली बार पति के बदले हुए रूप को निहारा था। वह अकेली ननद के साथ आगे बढ़ गई थी। उसे बोल्ड बनानेवाला विवेक खुद इतना कमजोर है, तब उसने झटके से महसूस किया था।

□

सितंबर के अंत के दिन। बारिश समाप्त हो चुकी थी और सर्दियों के आगमन का अभी दूर तक पता नहीं था, इसलिए वातावरण में इतनी ज्यादा उमस, गरमी आ

गई थी कि लगने लगा था जैसे गरमी का मौसम हो।

नया शहर, नए लोग, नए शहर की आबोहवा थी, जिससे सब अजीब सा, उखड़ा-उखड़ा सा लग रहा था। वह विवेक के शहर में रहती थी। रात में चारों तरफ सन्नाटा सा छा गया था। चारों तरफ लाइटें जल गई थीं, जो निहायत अच्छी लग रही थीं। शहर यहाँ से काफी दूर था, शहर की जगमगाहट वहाँ से देखी जा सकती थी। सड़कों पर कतारों से सजे लाइट के ढेर-ढेर लट्टू दूर से सुंदर लग रहे थे।

कमरे में काफी गरमी थी, इसीलिए उन लोगों ने अपना बिस्तर छत पर खींच लिया था और खाट के अभाव में नीचे ही अपना बिस्तर बिछा लिया था। विवेक के आलिंगन में वह अपना सारा दुःख भूल गई थी।

रात काफी गहरी हो गई थी। पहाड़ पर से ऊपर उठता चाँद पेड़ के सहारे किसी चोर की तरह धीरे-धीरे ऊपर सरक रहा था। उजली रात की काली साड़ी में तारे बेतरतीब से ढके थे और चमक रहे थे।

आधी रात के बाद थोड़ी-थोड़ी ठंडक होने लगी थी। सितंबर का जाता हुआ महीना अक्तूबर की सरहद को छूने लगा था, इसलिए आधी रात के बाद ठंड लगने लगती थी।

उसने सिहरकर अपने ऊपर तक शॉल को खींच लिया। चादर खींचने से विवेक जाग गए थे। उन्होंने सिर घुमाकर उसे देखा और फिर लेट गए। दोनों हाथों को सिर के नीचे बाँधे ऊपर आसमान को चुप निहारने लगे।

वह भी विवेक की आँख का अनुसरण करते हुए अपने ऊपर टिके आसमान को भर आँख देखने लगी। चाँद अब काफी ऊपर आ गया था।

'शुभदा!' विवेक ने बिना हिले-डुले वैसे ही पड़े-पड़े उसे आवाज दी।

'हूँ, बोलो।'

'जाग रही हो?'

'हाँ।'

'देखो, चाँद कितना ऊपर आ गया है!' विवेक उसकी ओर करवट होकर मुड़े और उसकी बाँह सहलाई, 'तुम्हें बताऊँ, गाँववाले घर की छत पर मैं और गोदावरी लेटे-लेटे ऐसे ही चाँद को देखा करते थे और एक-दूसरे को बताते रहते थे कि देखो, चाँद इत्ता ऊपर आ गया, अब इत्ता आया। अच्छा लगता है न ऐसा सोचना?'

'हाँ।' वह उठ बैठी और अपने बिखरे बालों को बाँधा। शाम को सिर धोने

के कारण बाल अभी भी थोड़े-थोड़े नम ही थे। उसने उन्हें समेटकर रबर में कैद कर दिया और चुपचाप विवेक को निहारने लगी।

मन के भीतर जो शरीर का पावर हाउस है, लगा, वहाँ कहीं नन्हा सा तार खट से टूट गया है। पर उसने अपने आपको बुझने नहीं दिया। अपने को सँभाले, सहेजे हुए वह चुप रही और चुपचाप विवेक को निहारने लगी। खुली चाँदनी में विवेक का साफ-उजला चेहरा और साफ होकर चमक रहा था।

लगा, अभी जो विवेक उसके पास था, जिसके आलिंगन में वह बँधी थी, वह विवेक दूसरा था और अभी उसके पास लेटा आदमी अनजान-अजनबी है, जिसे वह नहीं जानती। पता नहीं क्यों अकसर उसे लगता है कि विवेक के दो रूप हैं। एक, जो वह उसके साथ जीता है, दूसरा वह, जो अपने आप में गुँथा है और इस दूसरे आदमी को स्पर्श भी करते हुए वह डरती है। कभी विवेक उसके साथ खुलकर हँसता है और कभी लगता है कि वह अपने आप में बँधी कोई गठरी है।

'सुनो, तुम्हें ऐसे पुराने किन्हीं भी क्षणों की याद नहीं आती, जब तुम अपने प्रिय के साथ लेटी रही हो?' विवेक ने उसे निहारा।

विवेक की इस बात से उसे बुरा सा लगा। लगा, भीतर कोई नस चटक गई है। यदि उसके जीवन में मधुर क्षण आए होते तो शायद आज वह विवेक के हाथ नहीं पड़ती और जब विवेक के अपने खुद के जीवन में इतने मधुर क्षणों का लगातार जमघट रहा था तो उसे फिर यह नया खेल शुरू करने की क्या सूझी? क्या विवेक ने उससे ब्याह कर केवल खाना-पूर्ति की है? उसे बस साहचर्य और घर की देखभाल के लिए औरत चाहिए थी! रबर की गुड़िया, जिसमें अहसास, मन, सोचने की शक्ति नहीं होती?

उसने बेबसी से चाँद को देखा; पर उसे तो सबकुछ चाहिए था—इंद्रधनुष के सात रंगों की तरह हर चीज चाहिए थी।

□

उस दिन लक्ष्मी-पूजा का दिन था। सुबह से ही विवेक उदास तथा उखड़े-उखड़े दिख रहे थे। हर साल वह लक्ष्मी-पूजा के दिन घर जाते थे यानी गाँववाले घर। गाँव के लोग जो पढ़ने या नौकरी करने शहर आते हैं, गाँव को घर कहते हैं और यह घर उनके लिए मंदिर से कम नहीं होता। साल भर भले ही वे इधर-उधर भटकते हैं, पर त्योहार के दिन घर जरूर जाते हैं या सही शब्दों में, उनके पहुँचते ही त्योहार मनाया जाता है। गाँव में हर परदेशी अपने घर लौटता है। विवेक बहुत व्याकुल थे।

वे घर जाना चाहते थे, पर कह नहीं पा रहे थे। ब्याह के बाद उसने गाँव जाने से मना कर दिया था, इसलिए स्पष्ट शब्दों में वे उसे जाने को कह नहीं पा रहे थे।

विवेक के साथ उसकी यह पहली दीपावली थी। उनके गृहस्थ जीवन का पहला त्योहार था। वह सुबह से ही प्रसन्न थी। उसने पड़ोस में रहनेवाली भाभीजी को त्योहार के लिए सामान लाने को कुछ रुपए भी दे दिए थे। वह शाम को कौन सी साड़ी पहनेगी, यह भी उसने सोच लिया था।

अचानक नौ बजे के लगभग गाँव से विवेक का भाई विवेक को लिवाने आ पहुँचा। विवेक के चेहरे की धुंध अपने आप छँटने लगी थी।

"भैया, माँ ने पूजा के लिए बुलाया है, तुम अब तक नहीं पहुँचे तो सब चिंतित हैं। तुम नहीं पहुँचोगे तो पूजन कौन करेगा?"

विवेक चुपचाप अपनी तैयारी करने लगे। उसका मन बार-बार हो रहा था कि विवेक गाँव न जाएँ, यह उनकी पहली दीपावली है। पर विवेक को रोकने की उसकी हिम्मत नहीं हो रही थी। वह नहीं चाहती थी कि विवेक यह समझें कि वह उनको सारे रिश्तों से अलग कर रही है, फिर वह रोके क्यों? क्या विवेक को खुद यह नहीं समझना चाहिए? क्या वे नासमझ हैं, गँवार, अनपढ़ हैं, जो उसके मन की भाषा नहीं पढ़ सकते? वह चुप-सी रही।

उसने जल्दी से भोजन तैयार कर दोनों को खिलाया। उसका मन भरा हुआ था। पर वह जबरदस्ती मुसकान लादे रही। जबरदस्ती की लादी मुसकान कितनी कष्टदायक होती है, इसे वह महसूस कर रही थी।

'मैं कल आ जाऊँगा, शुभदा।' विवेक बार-बार उसे समझा रहे थे, 'वहाँ घर पर पूजा करना जरूरी है, वरना वे लोग और नाराज हो जाएँगे। मेरे हाथों से ही पूजा होती है।'

विवेक उसे समझा रहे थे और वह मन-ही-मन मुसकरा रही थी। कल किसने देखा है? जिस आदमी के सामने आज का महत्त्व नहीं, उसके लिए कल का क्या महत्त्व?

विवेक के जाने के बाद वह दरवाजा बंद कर रोती रही। पहली बार उसे अपने माँ-पिता से बिछुड़ने का दुःख रुला रहा था। उत्तेजना में लिये अपने गलत निर्णय पर पश्चात्ताप हो रहा था।

दूसरे दिन विवेक लौटा था, खूब भरा-पूरा सा। उसके साथ घर से लाई ढेर सारी शुद्ध घी की पूड़ियाँ, अनरसे, पूए और अचार था। विवेक ने उससे कुछ नहीं

कहा था और भरा-पूरा सा आते ही लेट गया। उसकी खोई-खोई आँखें सूचना दे रही थीं कि वह किस दुनिया में है। वह अकेला पड़ा बीते हुए दिनों को याद कर जुगाली कर रहा था।

उसने उसे डिस्टर्ब नहीं किया। रात को जब उसने उसे अपनी ओर खींचना चाहा तो उसने साफ मना कर दिया। विवेक समझ गया कि वह गाँव जानेवाली बात पर रूठी बैठी है।

'क्या बात है, बहुत नाराज हो?'

'नहीं, भला तुम पर मुझे नाराज होने का क्या अधिकार! मना लिया त्योहार? रह आए पत्नी के संग? जब उन सबकी भावना का इतना खयाल था तो मुझे क्यों लाए? मेरी जिंदगी क्यों बरबाद की? मेरे परिवारवालों से मुझे बुरा बनाकर तुम अब यहाँ मनमानी कर रहे हो? मैं तुम्हारी कौन लगती हूँ, जो तुम यहाँ त्योहार मनाते?' वह उबल-उबलकर बोलती गई, चीखती गई।

'शुभदा, तुम्हें इस बात का खयाल रखना चाहिए कि पहले वे लोग मेरे जीवन से जुड़े हैं, इसलिए पहले उनकी भावनाओं का मुझे खयाल रखना चाहिए; फिर मैं तो तुम्हारे साथ रोज हूँ। एक दिन यदि उसके हिस्से में आ गया तो तुम्हें इस तरह शोर नहीं करना चाहिए। फिर मुझे सामाजिक मर्यादाओं का भी ध्यान रखना होगा न!'

विवेक उठकर बाहर छत पर सोने चले गए और वह चुप, ठगी-सी बैठी रही। विवेक ने उसे उसका कड़वा सत्य बता दिया था कि वह महज एक खाली स्थान की पूर्ति है। ऐसा खाली स्थान, जिसका शब्द निकाला नहीं गया हो, बस पहेली की तरह छुपा दिया हो। पर शब्द कहीं-कहीं छुपा है, उसने उस दिन महसूस किया। वह खाली स्थान की पूर्ति भर है और इससे अधिक की उसकी हैसियत नहीं है।

विवेक छत पर सो रहे थे। कमरा पूर्ण रूप से खाली था; पर नहीं, कमरा खाली नहीं था। वहाँ अभी भी बातों की चुभन थी। उसके साथवाली जगह खाली थी; पर लग रहा था, अभी भी वहाँ कोई है और उसे देख रहा है। विवेक ने कितनी सच्चाई से उसके छिलके को उतारकर उसकी आँखों के सामने रख दिया था। उसे उसकी हैसियत बता दी थी, उसका अपना दायरा समझा गए थे, उसकी लक्ष्मण-रेखा की हदें बता गए थे कि इससे आगे पैर न निकालना।

अनायास बचपन की एक घटना उसे याद आ गई। वह छोटी सी थी, शायद चौथी जमात में पढ़ती थी। वह अपने परिवार के साथ एक ब्याह में शामिल हुई थी। वह बेहद उत्सुक आँखों से शादी की सारी रस्मों को देख रही थी तथा दूल्हे-

दुलहिन के चेहरे का भी निरीक्षण कर रही थी। उसकी आँख पूरे समय दुलहिन के शरमाए चेहरे पर थी। दूल्हे का चेहरा उदास तथा काफी गंभीर-सा था, उस पर कोई भाव नहीं दिखते थे। उसने एक बार भी अपनी दुलहिन की ओर नहीं देखा था, जबकि दुलहिन कनखियों से जब भी मौका लगता, पति को देख लेती थी।

शादी के बाद खाना खिलाया जा रहा था। दूल्हा-दुलहिन भी बैठे थे। दूल्हे से कहा गया कि दुलहिन को खिलाए। दो-तीन बार कहने के बाद भी उसने दुलहिन को नहीं खिलाया। बस, चुपचाप दुलहिन की थाली में कौर रख दिया। कौर रखते समय दूल्हे का चेहरा काफी तना हुआ था। अब सब औरतें दुलहिन से कहने लगीं। दुलहिन शरमाकर दोहरी हो रही थी, अपने घुटनों में सिर रखकर वह सिमटी जा रही थी। उसका सारा शरीर काँप-सा रहा था। सब औरतें एक साथ उसके पीछे लग गईं। फिर उसने काँपते हाथों से धीरे से कौर बनाया और हाथ में लिये ठिठक गई। लाज के कारण उसका हाथ दूल्हे की ओर उठ ही नहीं पा रहा था और इस सारी प्रक्रिया में काफी समय लग रहा था। ले-देकर उसने अपना हाथ दूल्हे की ओर उठाया कि अचानक दूल्हा पटरा छोड़कर उठ गया और बाहर चला गया।

सहसा हँसी-मजाक के वातावरण पर जैसे बिजली गिर गई। कौर हाथ में लिये दुलहिन अपमान, बेबसी से फक पड़ गई। उसकी लाज भरी आँखें डबडबा आईं और वह घुटने पर सिर रखे रोती रही। भरी सभा में पति ने उसका अपमान कर दिया था। उसके आँसू थाली पर गिरते जा रहे थे। उसके हाथ में अभी भी कौर वैसे ही रखा था।

'अरे, उसे अपनी मरी हुई पत्नी का ध्यान आ गया!' औरतों के कमेंट शुरू हो गए थे।

'दूसरी पत्नी के भाग्य में यही दुःख बदा होता है।' कोई कह रहा था, 'पहले जमाने में दूसरी पत्नी होना सौभाग्य की बात होती थी, आते ही सब पर अपना अधिकार जमा लेती थी; पर अब दूसरी पत्नी होना सबसे बड़ा दुर्भाग्य होता है।'

पल भर में सारे मंडप में इस घटना की चर्चा होने लगी थी। आज इतने-इतने बरसों बाद भी जाने क्यों, वह घटना उसे याद रह गई थी और उस दुलहिन की फक पड़ी आँखें, बेबसी से दंग आँखें उसकी स्मृति में अटकी रह गई थीं और आज उसे अहसास हो रहा था कि उस नव-ब्याहता ने इत्ते-इत्ते लोगों के बीच शादी का जोड़ा पहने उस अपमान को कैसे सहा होगा? उसपर क्या गुजरी होगी?

□

उसने जब-तब महसूस किया कि विवेक की बाँहों में जब किन्हीं अंतरंग क्षणों

में वह डूबी रहती तब विवेक की आँखें कहीं भटकी हुई होतीं। लगता, तब उसकी आँखों में कोई समाया हुआ है। वह सामने उसे नहीं देख रहा है। वह किनारे बड़ी गहराई से देख रहा है और उसकी आँखों में शिद्दत से कोई समाया हुआ है। वह सिर्फ उसके हाथों में हाड़-मांस का शरीर थी, जिससे वह खेल रहा था या वह रबर की कोई गुड़िया थी, जिससे उसका कोई ताल्लुक नहीं था। ऐसे क्षणों में उसका शरीर बेजान लाश बन जाता था। यह कैसा प्यार था? यह कैसा प्रेम था? दोनों के बीच कितनी दूरियाँ थीं। इन दूरियों को विवेक कभी पाट नहीं सकता था और वह विवेक के लिए रोज अपनी बलि नहीं दे सकती थी। उसे कितना मानसिक कष्ट रहता था, यह कभी विवेक सोच भी नहीं सकता था।

ठंड शुरू हो गई थी। रात काफी ठंड पड़ी थी। सुबह जब वह उठी तो देखा, सामने गैलरी में एक गिलहरी मरी पड़ी थी, जिसे कौए नोच रहे थे। ठंड की अधिकता से गिलहरी मर गई थी। उसे बड़ा तरस आया। उसने सिर उठाकर देखा। ईंटों की बनी हुई नई दीवार में एक बड़ा सा छेद था। घर बनाते समय शायद किसी कारण से उसे छोड़ दिया गया था। वहाँ पर गिलहरी ने घोंसला बना लिया था, वहीं से शायद वह गिर पड़ी होगी और बेहोश हो गई होगी और ठंड ने उसकी जान ले ली। नन्हे-नन्हे बच्चे घोंसले से निकलकर अपनी माँ को उतर-उतरकर देख रहे थे। वह देर तक खड़ी उस दृश्य को निहारती रही। आदमी मर जाता है तो अपनों से, अपने परिवेश से, जिंदगी से कैसा कट जाता है। वह भी क्या अपनों से, अपने परिवेश से कट नहीं गई है? आज वह किस तरह मुँह उठाए बस एक ही चेहरे को निहार रही है। उसी से सबकुछ की आशा किए है; पर विवेक के पास अपना भरा-पूरा अतीत है। वह या तो अपने काम में लगा रहता है या याद करता है तो अपने पिछले को। वर्तमान के साथ तो उसका रिश्ता वैसा ही है जैसे किसी प्लेटफॉर्म पर दो यात्री बैठे हों—दोनों यात्रियों की अपनी अलग-अलग दिशा हो; पर दोनों एक साथ, एक जगह बैठे ट्रेन का इंतजार कर रहे हों।

जिंदगी ने कितनी सच्चाई से परत-दर-परत उसे छीलकर नंगा कर दिया था। उसे उसकी हैसियत समझा दी थी और वह जिंदगी में अपने खूबसूरती से ठगे जाने पर दंग थी, चुप थी। उसकी स्थिति कमरे में फड़फड़ाती चिड़िया से अधिक नहीं थी, जिसने पहले उड़ना सीखा और बाहर निकलते ही उसके पंख तेज कैंची से कतर दिए गए। मन रोने को होता, पर आश्चर्य, बात-बात पर रो लेनेवाली उसकी आँखों में एक भी आँसू नहीं होता, जैसे मन का वह गीला कोना अचानक सूख गया

हो, रेगिस्तान हो गया हो। अपने आपको वह चलती-फिरती लाश महसूस करती थी। किसी के अदृश्य हाथ उसे लमहा-लमहा मौत की ओर ढकेलते ले गए थे।

और जब गुड्डू उसके गर्भ में आया तो वह चौंक उठी थी। नहीं, बच्चा यहाँ नहीं होना चाहिए। जो कष्ट-यातना वह सह चुकी थी, वह अपने बच्चे को भुगतने नहीं देना चाहती थी। और बिना इस बात की जानकारी विवेक को दिए वह चुपचाप अपनी दोस्त के घर चली गई थी मद्रास और फिर वहाँ उसने नए सिरे से जिंदगी की यातना भोगी। पर इस यातना में जहाँ आर्थिक कष्ट था वहीं मानसिक शांति थी और फिर गुड्डू ने तो आकर उसके सारे जीवन को फिर से ममता से सींच दिया था और उसका बेजान चेहरा जिंदगी की चमक से फिर से चमकने लगा था। उसने गुड्डू में अपनी समस्त आशाओं को गूँथ दिया था और अब नहीं चाहती थी कि उसने जो अपना एकाकी महल खड़ा किया है, उसकी एक ईंट भी कोई खिसकाए। इस धक्के को वह सहन नहीं कर सकती थी।

□

खट! तेज हवा ने टेबल पर रखे कागज पर के पेपरवेट को नीचे पटक दिया। टेबल पर रखे सारे कागज तेज हवा के कारण कमरे में चारों ओर बिखर गए।

वह चौंककर उठी तो देखा, बाहर अँधेरा हो गया था। गुड्डू अब तक नहीं लौटा था। वह हड़बड़ाकर उठी और दरवाजा खोल बाहर आ गई। बाहर जोर से हवा चल रही थी। हवा के साथ आँधी भी थी, इस कारण हवा में धूल-ही-धूल भरी थी। अवश्य ही पानी आएगा और गुड्डू?

गुड्डू को अब तक आ जाना चाहिए था। यदि पानी आ गया तो वह फँस जाएगा। अभी वह निश्चित ही नहीं कर पा रही थी कि उसने देखा, सामने से गुड्डू दौड़ता आ रहा है।

''कहाँ थे अब तक?''

मुँह तक आए कलेजे को सही करने में उसे समय लगा।

''मम्मी, अविनाश के घर से लौट रहा था कि रास्ते में वही अंकल दिख गए थे, जो खिलौने देते थे।''

''क्या?'' वह चौंक गई, ''वह फरेबी फिर तुझे मिल गया था। वह धोखेबाज है। वह तुझे भी धोखा देगा, उससे मत मिलना।'' वह अपनी रौ में बोलती चली गई।

''हाँ, मम्मी।'' गुड्डू उससे लिपट गया। मैंने उससे साफ कह दिया, ''तुम हमारे कोई नहीं लगते, फिर क्यों रोज-रोज हमें खिलौने देते हो? हमें नहीं चाहिए

तुम्हारे खिलौने। कल आकर ले जाना।''

''न।'' वह आश्चर्य से फटी आँखों से गुड्डू को निहारती रह गई, ''तूने ऐसा कहा? तुझे कैसे मालूम, वह तेरे कुछ नहीं लगते?''

तभी जोर की हवा के साथ पानी बरसने लगा। वह गुड्डू के साथ जल्दी से भीतर हो गई। उसने जल्दी से सारे दरवाजे-खिड़की बंद कर दिए। पलटी तो देखा, गुड्डू एक सोफे पर ऊपर पैर किए उकड़ूँ-सा धँसा सहमा बैठा है।

''क्या बात है, गुड्डू, इतने सहमे क्यों हो?''

''पानी के साथ यह टप-टप काहे की आवाज है? मम्मी, क्या यह पानी का बीज गिर रहा है?''

उसे हँसी आ गई। बाहर पानी के साथ ओले गिर रहे थे। गुड्डू की नन्ही उम्र का शायद यह पहला दृश्य था, जब उसने पानी के साथ ओले बरसते देखे थे।

''नहीं बेटा, ये ओले बरस रहे हैं। जब हवा देर तक पानी को बरसने से रोके रखती है तब पानी बर्फ में बदल जाता है और फिर यह पानी के साथ बर्फ के छोटे-छोटे गोल-गोल टुकड़ों में बरसता है।''

''अच्छा!'' गुड्डू अभी भी सहमा बैठा था।

''अच्छा, चल, अब कुछ खा ले और सो जा।'' उसने गुड्डू के बिस्तर की चादर झटककर बिछाते हुए कहा।

''मम्मी।'' गुड्डू की सहमी सी आवाज गूँजी।

''हाँ, बोल।''

''मम्मी, वे अंकल मेरे क्या हैं?''

उसने ठिठककर, मुड़कर वापस गुड्डू को देखा। गुड्डू अब भी सोफे पर धँसा बैठा था। उसे लगा कि गुड्डू सब जान गया है। वह धीरे से गुड्डू के पास आ गई और उसके सिर पर हाथ फेरने लगी।

''बेटे, वे तुम्हारे···यानी हमारे कोई नहीं। उन्हें भूल जाओ।'' बोलते हुए उसे लगा, इन शब्दों के साथ उसके सारे शरीर की शक्ति निचुड़ गई है और वह बर्फ की तरह भीतर से जमने लगी है।

□

अपने होने का एहसास

उनके पैरों के पास छिपकली टप से आकर गिरी और झट से दौड़कर दीवार पर चढ़ गई। वह भयभीत-सी जहाँ-की-तहाँ खड़ी रह गई। छिपकली भी गिरते ही क्षण भर तो सकते में रह गई थी, पर सँभलकर दीवार पर चढ़ गई थी और चढ़ी-चढ़ी उसे घबराई-सी देख रही थी। उसका मुँह खुला था और उसका पेट लक-लक हो रहा था। इसका मतलब था कि छिपकली भी उसी की तरह घबरा गई थी। उसे हँसी आ गई, यह सोचते ही कि मनुष्य हर बात में शुभ-अशुभ सोचता है, क्या जानवर भी सोचते होंगे? क्या वे भी मनुष्य को अपना काल नहीं मानते होंगे?

अभी बुआ को खबर हो जाएगी तो वह जाने कितनी बातें कहेंगी! पहले तो स्नान करने को कहेंगी, फिर किसी पंडित से उसका शुभ-अशुभ फल दिखवाएँगी, दान करने को कहेंगी। यदि अशुभ हुआ तो घर में बवंडर अलग होगा। क्या इतना सब छिपकली के घर भी होगा?

सोचते ही उसे अपनी बात पर जोर से हँसी-सी आ गई और सुस्ताने के लिए वह वहीं मोढ़े पर बैठकर आँचल से अपने को हवा करने लगी। जाने इसका क्या हो! आज जबकि घर में राजन की सगाई का मुहूर्त था। लड़कीवाले आने वाले थे। अच्छा या बुरा शगुन नहीं होता, ऐसा नहीं है। अभी पिछले बरस की ही तो बात है, बड़े ठाकुर के सामने से साँप ने रास्ता काट दिया था। वह लोटा लेकर जंगल से वापस आ रहे थे। जैसे ही ऊँचे टीले से नीचे उतरे तो पगडंडी में वैसे ही सर्ररऽऽ करके बड़ा सा एक काला साँप निकल गया। लोटा हाथ में लिये वह हक्के-बक्के रह गए थे। घर आकर ढेर सारा दान-पुण्य किया, पर होनी को तो होकर ही रहना था न! वह किसी के टाले से थोड़ी टलती है! बस, बड़े ठाकुर ने दूसरे दिन का मुँह ही नहीं देखा। सोए तो सोते ही रह गए। सारे लोगों ने कहा, सोते में हार्ट-अटैक हो गया; पर जाने क्यों उसे तब भी लगा था कि बड़े ठाकुर भय के कारण ही खुद

मर गए थे, उनका काल नहीं आया था। पर गाँव में कोई भी उसकी बात पर राजी नहीं हुआ था। तब से वह भी अच्छे-बुरे का शगुन मानने लगी थी।

जाने इस छिपकली का शगुन क्या हो? अगर वह भी बड़े ठाकुर की तरह मर गई तो? सोचते ही उसे घबराहट होने लगी। फिर उसने आँचल से अपने मुँह को पोंछा, जैसे घबराहट की परत को पोंछ रही हो। फिर उसने सोचा—मर गई तो क्या हुआ, अच्छा ही होगा। जिंदगी की खिटखिट से तो बच जाएगी; पर अगर आज अभी मर गई तो? बेटे की सगाई टल जाएगी क्या? छोटा ठाकुर तो मरने के बाद भी उसे नहीं छोड़ेगा। नरक तक पीछा करता आएगा। बोलेगा, 'अरी डायन, जीते-जी तो तूने मुझे कोई सुख नहीं दिया, मरकर भी घर उजाड़ गई! बेटे का घर खाली कर गई! मेरे किए-कराए पर पानी फेर गई!'

सोचते ही उसकी आँखें भर आईं। उसने दोनों हाथ जोड़कर रामजी को याद किया, 'हे रामजी! तुम सब जानते हो, मेरा काल आ गया हो तो दो-चार दिन रोक देना। बेटे की सगाई हो जाने दो, फिर ले जाना। भले ही अगले जन्म के दिन कम कर लेना, पर ऐसी अनहोनी मत कर देना, नहीं तो मेरे मुँह पर लगा कलंक कभी नहीं धुल पाएगा।'

प्रार्थना करके जैसे उसके जी को चैन आ गया। उठकर उसने भीतर रखे घड़े से एक गिलास पानी लिया और बाहर आकर कुल्ला करके मुँह पर गीला हाथ फेरकर गट-गट कर पानी पी गई। पानी पीकर जी को चैन मिला। हाँ, पानी पी लिया, अच्छा हुआ, वरना अभी काल आ जाता तो प्यासी ही रह जाती न! सोचते ही उसे फिर घबराहट होने लगी। बचपन में सुनी एक कहानी याद आ गई। बचपन में माँ कहती थी, 'कभी भी प्यासा नहीं रहना चाहिए। पानी पीकर सोना चाहिए। एक बार एक घर में आदमी सो रहा था। सोते-सोते उसे बड़े जोर की प्यास लगी। वह नींद में बेचैन हुआ, पर उठा नहीं। इधर-उधर करवट होकर सोता रहा। नींद बड़े जोर की आ रही थी। आखिर उसकी आत्मा से रहा नहीं गया। उसने देखा, वह उठ नहीं रहा तो वह शरीर छोड़कर निकल गई और घर में पानी ढूँढ़ती रही, पर घर के सारे मटके ढके रखे थे। तभी कोई पानी पीने उठा और जैसे ही उसने पानी लेने के लिए मटका खोला, आत्मा पानी पीने के लिए मटके में प्रवेश कर गई। पानी लेकर उसने मटका ढक दिया। आत्मा मटके के भीतर रह गई। मटके पर ढक्कन लग गया था। कैसे निकलती? घर में रोना-पीटना मच गया। नाते-रिश्तेदारी में आदमी दौड़ाए गए। तैयारी होने लगी ले जाने की। तभी किसी ने मटके का

ढक्कन खोल दिया। ढक्कन खुलते ही आत्मा झट बाहर आई और अपने शरीर में प्रवेश कर गई। मरा आदमी उठ बैठा और सबको अपनी बात बताने लगा। सब हैरान रह गए।' इसलिए माँ कहती थी कि कभी बिना पानी पीए नहीं सोना चाहिए, आत्मा डोलती है।

पानी पीकर उसे जैसे चैन मिला। चलो, अब आत्मा पानी पीने तो नहीं निकल जाएगी।

□

आज राजन शहर से लौटने वाला था और आते ही उसकी सगाई पक्की होनी थी। सारे घर में धूम थी। मेहमानों से घर भरा था। घर का कोना-कोना हलचलों से भरा था। वही घर, जो कभी उदास-अकेला, मकड़ी के जालों से घिरा खड़ा रहता था, आज नया लिपा-पुता घर अलग ही चमक रहा था। राजन बस छुट्टियों में ही घर आता था, वरना पूरे साल हॉस्टल में ही रहता था; पर इस बीच उसे खास खबर कर छुट्टियों के पहले ही बुलाया गया था। खास उसके फूफा लिवाने गए थे और साथ लिये आ रहे थे। जल्दी का भी कारण था। पंडित ने बताया था, इस माह के बाद पूरे साल शुभ लगन नहीं है। बात दूसरे साल पर टल जाती और इतना सब्र छोटे ठाकुर यानी उसके पति में नहीं था। इतना बेसब्र तो वह शायद अपने ब्याह में भी नहीं था जितना बेटे के ब्याह में हो रहा था। खास शहर से हलवाई आया था, जो पकवान बना रहा था। लड्डू तैयार हो रहे थे, जो पूरे गाँव में बाँटे जाएँगे। एक घर भी छूट न जाए, इस बात की वह बार-बार ताकीद कर रहा था। आखिर वह इस गाँव का मुखिया, सरपंच, बड़ा सबकुछ तो था। फिर लड़की भी छोटे-मोटे घर की नहीं थी। घराना बराबर की टक्कर का था, इसलिए दोनों तरफ से बढ़-चढ़कर खुशियाँ होनी थीं।

राजन आई.पी.एस. की तैयारी कर रहा था। इस साल उसकी ट्रेनिंग का आखिरी साल था। लड़की भी बाहर कहीं रहकर अंग्रेजी पढ़ी-लिखी थी। सुना है, सिर्फ अंग्रेजी बोलती है, हिंदी तो जानती ही नहीं। बचपन से ही बाहर रहकर पढ़ी थी। अंग्रेजों की तरह रहती थी। पैंट-शर्ट, कटे बाल थे उसके; घुड़सवारी अच्छी करती थी। भला इतनी ऊँची उड़ान उड़नेवाली उसकी बहू, जो घर आते ही सबसे पहले अपनी सास को ही गंदे सामान की तरह निकालने वाली थी। अपनी पतली नाक को ऊँचा चढ़ाकर आते ही पूछेगी—यह गंदी-सी अनपढ़-सी दिखनेवाली औरत कौन है ? वह जो कभी ठीक से कुरसी पर भी बैठना नहीं जानती थी, इतनी

पढ़ी-लिखी बहू के आगे कैसे खड़ी रहेगी? ये सारी बातें सोच-सोचकर ही उसे बुखार-सा आ जाता था। जब पहली बार ठाकुर ने उसे बहू की तसवीर दिखाई थी, तभी वह डरकर काँप उठी थी। हे राम रे! ऐसी सुंदर अप्सरा जैसी लड़की तो उसने बस फिल्मों में ही देखी थी।

आज सवेरे से ही उसका मन घर में नहीं लग रहा था। हर काम से जी उचट जाता था। मन स्थिर नहीं हो पा रहा था। एक बिंदु पर टिक नहीं पाता था या जुड़ नहीं पाता था। हृदय की धड़कन शरीर के हर कोण पर उसे सुनाई दे रही थी। जैसे हृदय सारे शरीर में दौड़ रहा हो और बाहर भाग जाने का मार्ग ढूँढ़ रहा हो।

वैसे भी वह कभी संसार से जुड़ नहीं पाई। जहाँ रही, वैरागन की तरह रही, जीने का धर्म निबाहती रही; क्योंकि उसने नहीं सुना था कि मनुष्य को जब भगवान् ने धरती पर भेजा है तो उसे अपने जीने का धर्म पूरा करना चाहिए। बचपन में ही माँ मर गई। बुआ के घर पलकर बड़ी हुई तो उसने एक विधुर को देख उसे ब्याह दिया बिना दहेज के और बिना खर्च किए। बिना मेहनत किए जब कोई सामान घर लाता है तो उसकी कद्र भी नहीं कोई जानता। वह भी जिंदगी भर फालतू सामान की तरह पति के घर रही। जब भी वह सोई, इसी चिंता से कि पता नहीं सवेरा देख पाऊँगी या नहीं! और जब सवेरे आँखें खोलकर अपने आपको जीवित देखती तो सोचती—चलो, रामजी ने जीने के लिए एक दिन और दे दिया!

उसने कभी लंबी उम्र की बड़ी-बड़ी बातों की चाह नहीं की। लंबी उम्र, बड़ी-बड़ी बातों की चाहत भी वही लोग करते हैं जिन्हें झूठे ही सही, पर आश्वासन, प्रलोभन मिलते रहते हैं। रामजी ने यह शरीर, संसार भी कैसा बनाया है? इसके भीतर चाह, मोह कैसा जगाया है? उसी से बँधा रहकर तो मनुष्य जीवन के सारे ऊँचे-नीचे रास्ते पार कर लेता है। कोई तो कहनेवाला चाहिए कि तुम्हें जीना है, मेरे लिए जीना है। तुम्हारा जीवन मेरे लिए है, जरूरी है, अभी तुम्हारी उम्र ही क्या है? पर माँ के मरने के बाद ऐसा चाहनेवाला उसे कोई नहीं मिला। वह सारी उम्र इस एक झूठ को ही सुनने को तरसती रही, कलपती रही; पर कहीं नहीं लगा कि वह किसी के लिए जरूरी है। उसके लिए ही हर वह घर जरूरी रहा, जहाँ वह थी, वरना वह जाती कहाँ? इसीलिए जीवन के खूँटे से बँधी रही कि कोई चारा डाल जाएगा।

सारी उम्र वह खुद झूठ के घर में जीती रही, जहाँ रत्ती भर भी किसी ने उसकी परवाह नहीं की। पर मनुष्य का जीना भी कितना जरूरी है कि जीने के लिए मजबूर होना पड़ता है। यह बात उसने केवल अपने जीवन से ही सीखी थी। सारी उम्र

अपमान सहकर कोई नहीं जी पाता; पर उसे सहना पड़ा, जीना पड़ा।

जीवन के नाटक का असली परदा उठने वाला था। जिस भय से वह सारी उम्र भयभीत रही, आज जैसे वही उजागर होने वाला था।

जिस बेटे का, जिस झूठ का टेका लेकर वह आज तक खड़ी रही, आज जैसे वही टेका, वही लाठी उसकी मृत्यु का कारण बनने वाला था। अब जीवन में कुछ नहीं रह गया था। सब शेष होने वाला था।

सारी उम्र वह इसी अंत का ही तो उलाहना सुनती आई थी। आज उसका खून, उसका जिगर का टुकड़ा ही उसे लात मारने वाला था, अपमानित करने वाला था। आज राजन की सगाईवाला दिन था। जीवन भर कोसने-काटनेवाला पति, जो सारी उम्र उससे वैर-सा पाले रहा, आज अपने मन की करने वाला था।

उस दिन मूँज की खाट पर बैठकर हुक्का पीते हुए उसका पति चीख-चीखकर उससे बोला था, 'मैं जो खुद सारी उम्र नहीं पा सका, अब बेटे के माध्यम से पा जाऊँगा। सारी उम्र मैं जिस तृष्णा से प्यासा रहा, आज वही प्यास बुझाऊँगा। ऐसी बहू लाऊँगा, जो तुझे सिर्फ नौकरानी की तरह ठोकर मारेगी!'

वह धरती पर औंधी पड़ी रोती-सिसकती रही। जूते पहने लातों की मार ने शरीर का अंग-अंग दुखा दिया था। शरीर को इसलिए बेदम होकर धुना गया था, क्योंकि उसके हाथ से चिलम टूट गई थी। चिलम का बदला उसके शरीर को कूटकर निकाला गया था।

□

जनमते ही पिता मर गए, थोड़ी बड़ी हुई तो माँ चल बसी। बुआ ने 'मनहूस' कह-कहकर पाला। बड़ी हुई तो पति के घर भेज दिया गया, फिर पलटकर किसी ने मायके की दहलीज खूँदने नहीं दी। खरीदी लौंडी की तरह उसे लोग खरीदी पत्नी बनाकर ले गए, जिसकी बोटी-बोटी पर उसका अधिकार था। बस, केवल साँसें उसकी अपनी थीं, पर वह भी कभी-कभी उनके डर से उसके शरीर में ऐसी फड़फड़ाती जैसे पिंजरे में मैना फड़फड़ाती है। जीवन में दुःख-सुख सुनने-बतियानेवाला भी कोई होता है, यह उसने कभी नहीं जाना। बस, देह की भाषा ही वह जानती और पहचानती आई थी। जैसे यही उसने जीवन में पढ़ना जाना था।

पति रोबीला, ऊँची-पूरी काठी का मर्द था। अपने माँ-बाप का इकलौता बेटा होने के कारण सिर चढ़ा था, जिसने कभी अपनी जूती भी सीधी नहीं की थी। पति के रूप को उसने घर में चिल्लाते-दहाड़ते और मित्र-मंडली में बैठकर ठहाके मारते

ही देखा व जाना था। पति के सहज रूप को उसने कभी नहीं जाना था।

वह आदमी सिर्फ अपने दम पर जिंदा था और सिर्फ अपने लिए ही जीता था। औरत घर सहेजने के लिए तथा शराब का नशा उतारने के लिए होती है, बस वह यही बात जानता था। पति ने कभी आँख भर भी उसे देखा हो, उसे कभी नहीं लगा। बाहर की ही औरत देखने की चीज होती है, सिर पर चढ़ाने और आँखों में उतारने की चीज होती है। यह परिभाषा देख-सुनकर ही उसकी अपनी देह मुरझाने लगी थी। सारी उम्र वह घर सहेजती-जोड़ती रही, पर उसमें रहनेवाले ने कभी इस बात को महसूसा नहीं। हमेशा कहा, 'औरत का तो यही काम है!'

बचपन में माँ कहती थीं—दीमक घर बनाती है और उसमें रहता साँप है। दीमक सारी उम्र मेहनत करके घर बनाती है, पर जब वह तैयार हो जाता है तो साँप उसमें अपना डेरा डाल लेता है। उसे भी यही बात हमेशा औरत के लिए लगी। दीमक की तरह वह घर बनाती रही और साँप की तरह वह रहता रहा!

शब्दों की भाषा तो कभी पति ने जानी ही नहीं, वह तो बस लात, घूँसों और गालियों का प्रयोग ही जैसे जानता था। बाहरवालों के लिए वह रोबीला, शालीन, रुतबेदार, खर्चीला मर्द था, जो बात-बात पर हिसाब लेता था। मोहल्ले-टोले की औरतों से वह खूब आँखों की भाषा एवं मुसकराहटों का आदान-प्रदान करता था और घर आते ही उसका सिर चढ़ जाता था। सारी उम्र उसने उसे अनचाहे रूप से स्वीकारा और अनचाहे रूप से उसे खाने को टुकड़े देता रहा तथा बदले में उसे अपने एहसानों से कोंचता रहा और कहता रहा कि 'औरत को इतना ही तो चाहिए। इतने में ही तो वह निहाल रहती है!'

सारी उम्र वह बाहर रहा। बस, रात को सोने के लिए घर आता। मेलों-ठेलों में, नौटंकी में, महफिलों में, मित्र-मंडली में वह सबसे आगे रहता और घर की दहलीज के भीतर ही उसका रूप कँपाता था। वह हमेशा ऊँची उड़ान भरनेवाला बाज पक्षी था और उसके पंजे में फँसी-फड़फड़ाती एक चिड़िया मात्र थी वह।

जीवन के प्रति उसकी बड़ी-बड़ी उम्मीदें थीं। वह बहुत सुंदर, रूपवती कन्या से शादी करना चाहता था, परंतु भाग्य ने उसके साथ उस जैसी मामूली व साधारण सी कन्या को बाँध दिया था।

जब वह एक बेटे की माँ बनी तब उसे लगा था कि चलो, अब उसका जीवन सार्थक हुआ। कम-से-कम अपने बेटे की माँ के रूप में ही वह उसकी इज्जत करेगा; पर यहाँ भी भाग्य ने उसे मात दी।

जब भी उसकी गोद में राजन को देखता तो कहता, 'तेरे पल्लू से बँधा यह भी काठ का उल्लू बन जाएगा।'

वह लड़के को अपनी तरफ खींचकर अपनी गोद में बैठा लेता, उसे बाहर घुमाने ले जाता। हर समय उठने-बैठने के तरीके सिखाता रहता। जब वह उसे मारता या डाँटता तो राजन उसकी पीठ के पीछे या दरवाजे के पीछे छिपकर भयभीत-सा बाप को देखता रहता।

वह रात-दिन उठते-बैठते बेटे को डाँटता, सलीका सिखाता; पर वह किसी बात पर डाँटती तो झट उसे उलटा बेटे के सामने ही लज्जित कर देता, 'चल-चल, तू क्या जाने! तेरे बाप के घर ऐसा होता होगा, यहाँ तो जैसा हम चाहेंगे वैसा ही होगा, क्यों बेटा?'

बच्चा भी शह पाकर खुश होता। वह जानती थी कि गलत बातों की शह पाकर लड़का बिगड़ जाएगा, पर वह मुँह नहीं खोलती थी। कभी-कभी वह अकेले में बैठकर बेटे को समझाती-बहलाती, पर लड़का बाप को देख झट उलटा हो जाता। वह हर चीज की फरमाइश, जिसे वह अकेले में मना कर देती थी कि बिगड़ न जाए, बाप के सामने करता तो उसे हुक्म दिया जाता कि 'तुरंत पूरी करो।'

लड़के को अपनी तरफ मिलाकर वह जैसे उसे और कुचलना चाहता था और अपने मन की करके प्रसन्न रहता; पर कभी बेटे से यह नहीं कहता कि ऐसा मत करो, माँ को जवाब मत दो।

वह सहमी-सी अपनी दूसरी हार को भी स्वीकारती जा रही थी। पत्नी होने का अधिकार कभी उसने जताया नहीं, अब माँ होने का एहसास भी भूलने लगी थी।

पर जब लड़का उसकी मरजी के खिलाफ चलता तो वह उसे यह कह-कहकर खूब लताड़ता, 'ढीठ है, गँवार है। अच्छी औरत होती तो बच्चा भी लायक होता। डायन का बेटा डायन ही तो निकलेगा!'

यानी हर तरह से उसे ही कोंचा जाता, अपमानित किया जाता। अपनी दयनीय स्थिति पर बस रोकर चुप हो जाती। पति उसे अंग्रेजी बोलचाल, तहजीब सिखाना चाहता और वह उसे अपना घरेलू, धार्मिक ज्ञान। आखिर पति ने देखा कि घर में रहकर बेटा सुधर नहीं सकता, वह हाथ से रोटी खिलाती और अपने पास सुलाती थी तो उसने उसे पढ़ने शहर भेज दिया।

जिस दिन राजन गया, जाते समय उसका पल्लू पकड़ खूब रोया था; परंतु पति के आगे उसकी एक न चली और राजन को जाना ही पड़ा। वह भी चुप रह

गई थी। जन्म देना केवल माँ का धर्म था, पालन पिता का धर्म। नियम-कायदों में कैद वह सिर्फ छटपटाती रह गई थी।

राजन छुट्टियों में ही घर आता था, पर आते ही वह उससे लिपट जाता। वह ज्यादा-से-ज्यादा अपना समय माँ के साथ बिताना चाहता।

राजन जैसे-जैसे आगे पढ़ता गया, बाप का घमंड और बढ़ता गया। वह दम साधकर चुप हो गई थी, मानो उसे किसी से कुछ लेना-देना न हो।

पर जब राजन आई.पी.एस. में आ गया तो बड़े-बड़े घर की बात आने लगीं। बाप गज भर की छाती लेकर बड़ी-बड़ी बातें करने लगा। लोग उसके आगे-पीछे घूमते थे, तब वह सहम जाती। कहीं ऐसा न हो कि ज्यादा ऊँचा उड़ने की कोशिश में लड़के की जिंदगी बरबाद हो जाए!

'देखो, राजन की बात जहाँ कर रहे हो, क्या वह यहाँ निभ जाएगी ?' आखिर उसने एक दिन डरते-डरते कहा।

'उसे कौन यहाँ रहना है, बँगले में रहेगी।' पति ने जोर का ठहाका लगाया था। पति जब हँसते तो घर का कोना-कोना हिलता था। जब वह घर में होते तो घर की हर चीज उनकी मौजूदगी का एहसास कराती थी, मानो घर में भूकंप आया हो!

'अपनी बरसों की प्यास बुझाऊँगा। ऐसी लड़की के तो मैं सपने देखा करता था, परंतु मेरी तकदीर में तो तू ही लिखी थी। चाँद में दाग लग गया न! निपट गँवार, फूहड़ औरत मेरे गले पड़ी, जिसके साथ दो घड़ी भी न बैठा जाए। लड़के के लिए ऊँची सोसाइटी की लड़की लाऊँगा, जो तेरी नाक में नकेल डालकर फिराएगी चकरी की तरह। देखना, सारी संपत्ति उसके नाम कर दूँगा, तब तू देखेगी कि आदमी रूपवती अप्सरा पत्नी के तलवे कैसे चाटता है! एक घड़ी भी लड़का बाहर नहीं रहेगा। अरे, जब घर में ही जादू फेरनेवाला हो तो आदमी बाहर क्यों फिरे! ऐं!'

सुनकर वह पत्ते-सी काँपकर रह जाती। यह तो वही बात हुई, जैसे किसी के सिर खून चढ़ जाए और वह न आगे की देखे, न पीछे की। ऐसा ही खून पति के सिर चढ़ गया था।

बोतल खोलकर वह गटागट पी जाता और मेले की नौटंकी में देखी पतुरिया को याद कर-करके बर्राता, 'हाय जालिम! क्या नाचती है!...क्या बालिश्त भर की कमर है कि एक हाथ में सिमट जाए! क्या उठान है, क्या अदा है! कलेजा काटकर रख दे!'

पति बर्राता रहता और वह दरवाजे की दहलीज पर बैठी अँधेरे में पति का

सुनहरा सपना सुनती रहती। उसे पता है, अब थोड़ी देर बाद उसे उसकी आवश्यकता होगी। तब वह उसके इसी घिनौने शरीर से खेलेगा। चढ़ी पतंग को रोज उतारना ही उसका काम था।

घर! जाने किसने इसका नामकरण किया होगा; पर जिसने भी किया है, बहुत सुंदर नाम दिया है। जीभ पर आते ही शहद की एक मिठास सारे शरीर में उतर जाती है।

पर घर सिर्फ दीवारों का नाम नहीं है, घर तो बनता है घर में रहनेवालों से। बचपन से ही वह अपने घर की तलाश में थी, जहाँ की दीवारों का निर्माण घरवालों ने किया हो, जहाँ सब एक छत के नीचे माया-मोह में बँधे रहते हों···पर तकदीर का खेल देखो, रामजी ने संसार दिया, शरीर दिया, चाहत जगानेवाला मन दिया; पर रहने के लिए एक सुरक्षित घर नहीं दिया, जहाँ वह आँख भर सो सकती हो!

घर का चौका एक बार जलाया जाता है और सब इकट्ठे होकर भोजन कर लेते हैं तब उठा दिया जाता है। चौबीस घंटे नहीं जलता कि जब चाहा, होटल-मेले की तरह आकर खाते रहें। घर में रहने के लिए घर की मर्यादाओं को भी निभाना पड़ता है। घर और होटल के अंतर को समझना जरूरी है, वैसे ही जैसे पत्नी और पतुरिया में अंतर होता है। ये बातें वह कभी पति से कह नहीं पाई और न ही उन्होंने कभी इन बातों को समझना चाहा। बस, वह तो मन को यही कहकर समझा लेती कि रामजी ने उसे समझ दी है, इसीलिए तो दुःख भी दिए हैं।

□

"हरामखोर! कहाँ से ले आया रे यह पतुरिया?" पति की चीख सारे घर को कँपा गई थी।

वह अपने विचारों की धारा में बहती शायद बहुत दूर बह गई थी कि अचानक पति की कर्कश, रोबीली आवाज से अपने विचारों की तपस्या से जागी तो लगा, बाहर कुछ घटा है। पर क्या घटा है, यह बात वह समझ नहीं पा रही थी, न ही यह समझ पा रही थी कि पति, जो सुबह से ही धोती-कुरता पहने खुश घूम रहे थे, अचानक किस बात पर इतना गरम हो रहे हैं?

कहीं उस रसोइए ने लड्डू तो नहीं बिगाड़ दिए? पर यह पतुरिया शब्द किसके लिए कहा गया है?

"बापू, जबान रोक लो।" राजन की चीख सुनाई दी, "पतुरिया किसे कह रहे हो? यह नौटंकी की पतुरिया नहीं, तुम्हारी बहू है। मेरे सम्मान के साथ इसका

भी मान है। नहीं तो बेटे का मुँह उम्र भर देखने को तरस जाओगे।''

'हे रामजी! यह तो राजन बिटवा की आवाज है।' उसने जोर से अपने कलेजे को दोनों हाथों से दबा लिया, 'बाहर क्या हुआ रे? कोई तो कहे?'

''किसकी आज्ञा से तू इसे यहाँ लाया रे? क्या इसीलिए मैंने तुझे बाहर रखकर इतना पढ़ाया-लिखाया था कि तू बड़ा होकर बाप के सामने किसी का भी हाथ पकड़कर ले आएगा?'' पति दहाड़ रहे थे। जैसे शेर की दहाड़ सुनकर हिरन जान बचाकर जंगल में इधर-उधर भागते हैं, वैसे ही लोग जहाँ-के-तहाँ हैरान-परेशान खड़े रह गए थे।

''मैंने कोर्ट में इससे शादी की है। यह मेरे साथ पढ़ती थी। शादी मेरी होनी थी, सो मैंने अपने मन से कर ली। इसमें इतना बावेला खड़ा करने की क्या जरूरत है?''

''कोर्ट मैरिज!'' पति गरजे, ''अंग्रेजी पढ़ाई का यही नतीजा है क्या? गाँव में कोर्ट मैरिज को कोई मान्यता नहीं। हम लोग इसे ब्याह नहीं मानते।''

''बापू, जिस ऊँची पढ़ाई से आप मुझे बड़ा आदमी बनाना चाहते थे उसी पढ़ाई ने मुझे कम-से-कम इतनी समझ तो दी कि अच्छा और बुरा पहचान सकूँ। जिस औरत को आप उम्र भर चींटी समझकर पैरों तले रौंदते रहे, वही मेरी आराध्य देवी रही। माँ ही मेरा आदर्श रूप रही और मैंने उसी की तरह एक सीधी-सादी लड़की को अपना जीवन-साथी भी चुना है। तुम जीवन भर जिसके साए से मुझे दूर रखते आए, वही साया जीवन भर मुझ पर छाया रहा। मैं कभी उससे दूर नहीं हो सका। पतुरिया यह नहीं है, पतुरिया तो आप घर लाना चाहते हैं।''

''अरे बेटा, मर्द रास्ते चलता है तो उस पर तितलियाँ मँडराती ही हैं। इसका मतलब यह नहीं कि हर तितली को घर ले आओ।'' पति चोट खाए साँप की तरह घायल होकर नरम पड़कर कुंडली मारने लगे थे।

''बापू, हर फूल पर तितली नहीं मँडराती। मैं तो बस माँ से आशीर्वाद लेने आया था। मुझे आपका आशीर्वाद भी नहीं चाहिए।''

वह अवाक्, चुप, बेजान, शून्य-सी होकर मूक अपने उसी कोने में बैठी सब देख-सुन रही थी। उसमें जरा सा हिलने की भी शक्ति जैसे शेष नहीं रह गई थी। जीवन की हर घटना का हमेशा मुख्य मोड़ वही हो जाती थी, जैसे उसे ही चिढ़ाने-दिखाने के लिए सारी घटनाएँ घटती रही हैं और आज भी भरी बिरादरी में जैसे उसी को लेकर बातें कही जा रही थीं। उसे लगा, यह भी चिढ़ाने के लिए ही है।

''माँ, आशीर्वाद दो।'' कहता राजन उसके पैरों की तरफ झुक गया, ''माँ,

मैं तुम्हें लेने आया हूँ। मेरे घर को तुम अपने हाथों से सँवारोगी। मैं तुम्हें यहाँ अब रहने नहीं दूँगा।''

राजन के पीछे छींट के बूटोंवाली साड़ी पहने मासूम आँखोंवाली एक गुड़िया सीधी-सादी सी खड़ी थी। हू-ब-हू वैसी ही जैसी राजन जब छोटा था तो वह उसे दुलारते हुए कहती थी। ऐसी ही कबूतरी तेरे लिए लाऊँगी; पर घर में तो जैसे उसकी पसंद-नापसंद कोई अर्थ नहीं रखती थे।

बेटे के कहे शब्द अभी भी गरम सीसे की तरह उसके कानों में गूँज रहे थे। जैसे शब्द शब्द न थे, तोप के गोले हों, जो दुश्मन को तोड़ देंगे। बेटे ने जैसे सारी उम्र की हारी बाजी को जीत में बदल दिया था। माटी की धूल को जैसे चंदन बना दिया था। वह क्या सुन रही है? क्या देख रही है? जैसे उसे अभी भी विश्वास नहीं हो रहा था। बेटा बड़ा होकर उसे मान-सम्मान दिला सकता है, यह तो वह सपने में भी नहीं सोच सकती थी। इसी को कहते हैं—घूरे के दिन भी फिरते हैं।

उसने निहाल होकर दोनों बाँहों में बेटे और बहू को बाँध लिया। रोम-रोम में जैसे शंख बज रहे थे, आँखों में जैसे गंगा उमड़ पड़ी थी। उसे आज पहली बार अपने होने का, जिंदा रहने का एहसास शिद्दत से हुआ।

□

क्यों नहीं

कोई बड़ी जोर-जोर से दरवाजा पीट रहा था। नल के शोर में पहले मुझे कुछ सुनाई नहीं दिया, पर बाद में एहसास हुआ तो मैंने जल्दी से नल बंद किया। तब अंदाजा हुआ कि कोई दरवाजा पीट रहा है।

''क्या बात है ?''

''कई घंटों में नहाना बंद करो और जल्दी बाहर आ जाओ, गुड़िया आई.ए. एस. में आ गई है।'' इन्होंने कहा।

''क्या ?'' मैं चौंक पड़ी। मैंने जल्दी-जल्दी कपड़े पहने और बाहर आ गई। मेरा कलेजा मुँह में फँस रहा था। देखा, घर में हंगामा सा था।

ओह ! तो मैं एक आई.ए.एस. बेटी की माँ बन गई हूँ ? इतनी सारी खुशी ? एकाएक इतनी खुशियाँ मेरी झोली में कैसे आ गईं ?

मैंने गुड़िया को खींचकर सीने से लगा लिया और उसका माथा चूम लिया। उसकी आँखों में खुशी के ढेर सारे आँसू थे। मेरी यह नन्ही सी बिटिया आई.ए.एस. हो गई है ? मैं सोच-सोचकर ही पागल सी हो रही थी।

उसके पापा लगातार फोन लगा-लगाकर अपने सारे दोस्तों को खबर दे रहे थे। रामू जीप में मिठाई लाने बाजार दौड़ा था। सारा घर सिमटकर एक कमरे में आ गया था। बाई, दीनू, रामू सबने जैसे काम न करने की हड़ताल कर दी थी और सब काम-धाम छोड़कर गुड़िया को घेरे बैठे थे।

''ममी, क्या सच में मैं आई.ए.एस. हो गई ?'' गुड़िया अविश्वास से पागलों सी बार-बार मुझसे पूछ रही थी।

इतनी बड़ी खुशी जिंदगी में मैं देख सकूँगी, इसकी कभी मैंने कल्पना नहीं की थी। जिंदगी में सोचा कभी पूरा नहीं हुआ था, पर आज उसे होता देख मैं खुद हैरान थी। बाहर से भी ढेर सारे फोन आ रहे थे। जो सुन रहा था, वही फोन पर बधाई दे रहा था।

और इस ढेर सारी जश्नभरी खुशी के वातावरण में भी मुझे उस दिन की बरसती, निराश गुड़िया की आँखें याद आ रही थीं।

□

हमारे बँगले की एनेक्सी में रहने, ट्रेनिंग में आया दिनेश—निहायत शर्मीला सा सीधा-सादा लड़का था वह। पहले ही दिन जब वह मिलने हमारे यहाँ आया तो देर तक बैठा रहा। गुड़िया और नीतू को मसूरी अकादमी के किस्से सुनाता रहा। सब लोग उसकी बातों में दिलचस्पी ले रहे थे।

किचन में जाकर मैंने दो-तीन डिश बनाईं। कम-से-कम पहली बार खाना खा रहा है तो जरा ढंग से तो खा ले। देर तक खाना चलता रहा, बातें होती रहीं।

जब वह जाने लगा तो हम लोग बाहर बगीचे तक उसे छोड़ने आए। बाहर भी बातें चलती रहीं। हलकी-हलकी ठंड शुरू हो गई थी। आकाश पर बहुत सुदर चाँद उग आया था। मैं बिना शॉल लिये ही बाहर आ गई थी, इस कारण ठंड लगने लगी थी।

अचानक मैं अंदर की तरफ वापस उन लोगों को बातें करता छोड़ मुड़ी तो देखा, अँधेरे बरामदे में गुड़िया खड़ी थी और दिनेश को देख रही थी। बाहर क्योंकि लाइट नहीं जल रही थी इसीलिए उसने मुझे लौटते नहीं देखा था। अचानक मुझे पास देख वह हड़बड़ा सी गई और भीतर चली गई।

मैं भी क्षण-भर को सोच में पड़ गई। क्या वास्तव में क्षण-भर में ही कोई अपना लगने लगता है ?

दिनेश हमारे घर आता-जाता रहता था। दिनेश, गुड़िया, नीतू सब बैठकर घंटों बातें करते। कभी-कभी मैं भी बैठ जाती। इधर मैंने महसूस किया था कि गुड़िया अचानक बड़ी हो गई है। उसकी आँखों में बचपने की ठुमक कम हो गई थी। अब उसकी जगह लाज के साए उतरने लगे थे। वह अब चुप-चुप ज्यादा रहने लगी थी। उसकी हर आहट, सुगंध, चाल-ढाल मुझे बताने लगी थी कि वह सयानी हो गई है और जैसाकि मैं बड़ों के मुँह से सुनती आई थी कि लड़की जब सयानी हो जाती है तो माँ की नींद उड़ जाती है। मैं भी रात को सो नहीं पाती थी। दिल की धड़कन बढ़ जाती थी। सीने को तकिए से दबाए इस करवट से उस करवट होती रहती थी। अचानक मुझे लगने लगा था कि गुड़िया अब गुड़िया नहीं रही, सयानी हो गई है। जिम्मेदारी का एहसास मुझे दबोचे रहता था।

अब मैं बड़ी ही बारीकी से गुड़िया का अध्ययन करने लगी थी। मेरी आँखें सदा उसका पीछा करतीं। एक सयानी लड़की की माँ होने का एहसास मुझे हर क्षण सताने लगा था।

अचानक उसमें परिवर्तन देखकर मैं भी विचार में पड़ गई थी। गुड़िया अब ढंग से सजने-सँवरने लगी थी। घंटों शीशे में अपने को निहारती, घंटों में नहाकर निकलती। मैं बरामदे में बैठी स्वेटर बुनती रहती, पर लगता मैं सलाइयों पर अपने मन की उधेड़बुन को बुन रही हूँ, बाँध और खोल रही हूँ। आँख सलाई पर होती, पर मन भटकता रहता।

दिनेश का हमारे घर आना-जाना बढ़ गया था। वह कभी किताब के बहाने, कभी कैसेट सुनने के बहाने अकसर घर में आ जाता, फिर घंटों नहीं जाता।

उस दिन टी.वी. पर कोई फिल्म आनेवाली थी। दिनेश, गुड़िया, नीतू सब कमरे में बैठे फिल्म आने का इंतजार कर रहे थे। मैं भी तैयार होकर कमरे में आई। दिनेश ने उठकर मुझे नमस्ते की तो मेरी नजर एकदम से उसके नए स्वेटर पर गई। बड़ा ही सुंदर स्वेटर था।

''अरे, तुमने तो बहुत प्यारा स्वेटर पहन रखा है?'' मैंने कहा, फिर गुड़िया से बोली, ''देख गुड़िया, उस दिन मैं तेरे पापा के स्वेटर के लिए यही नमूना तो बनाने को कह रही थी। बनने पर कैसा अच्छा खिला है न?''

मैंने गुड़िया को देखा, पर उसकी हालत देखकर मुझे लगा, मैंने कोई गलत बात कह दी है। वह एकदम सकते की हालत में खड़ी थी। दिनेश भी परेशान सा खड़ा था। मुझे दोनों को देख बड़ी हैरानी हुई। भला, मैंने ऐसा क्या कह दिया?

तभी फिल्म शुरू हो गई। सब फिल्म देखने लगे, पर मेरा मन फिल्म में नहीं लगा। मैं उठकर अपने कमरे में आ गई और पलंग पर लेट गई।

क्या दिनेश का स्वेटर गुड़िया ने बनाया है? पर कब? ढेर सारे प्रश्न मुझे तंग कर रहे थे।

सहसा मुझे याद आया, कुछ दिन पहले गुड़िया ने कहा था, ''ममी, मुझे एक नए डिजाइन का सलवार-सूट सिलवाना है। कॉलेज में कई लड़कियों ने बनवाया है।''

मैंने हामी भर दी तथा उसे पैसे भी दे दिए कि अपने दोस्त के साथ जाकर पसंद का कपड़ा ले आओ। बाद में मैं व्यस्त सी हो गई और पूछना भूल गई। घर में कुछ मेहमान आ गए थे। मैं उनमें ही लग गई थी।

कई बार ध्यान आया था कि पूछूँ, गुड़िया ने सूट का कपड़ा लिया या नहीं? एक दिन ध्यान करके पूछा तो बोली, ''मम्मी, टेलर को सिलने दे दिया है।''

मुझे बड़ी हैरानी हुई। कपड़ा बिना मुझे दिखाए टेलर को दे दिया? यह लड़की इतनी बोल्ड कब से हो गई है? घर की स्वामिनी होने के गर्व को चोट भी लगी।

पर काफी दिन हो गए, सूट सिलकर आया नहीं। मेरे भी दिमाग से बात

निकल गई। एक दिन मैं डिजाइन की किताब में स्वेटरों की डिजाइन देख रही थी। एक डिजाइन पर मेरी नजर ठहर गई। मुझे डिजाइन पसंद आ गई। सोचा, इनके लिए नया स्वेटर बनाना है, क्यों न यही डिजाइन डालूँ? मैंने गुड़िया को आवाज दी और उसे डिजाइन दिखाते हुए उससे राय ली, ''देख गुड़िया, तेरे पापा के स्वेटर के लिए यह डिजाइन कैसी रहेगी?''

''अच्छी है, ममी,'' कहते हुए गुड़िया ने वह किताब उठा ली।

अपने आलस, जोड़ों के दर्द के कारण मैं तो स्वेटर बनाने की बात टालती रही, पर आज उसी डिजाइन का स्वेटर दिनेश को पहने देखकर मैं हैरान थी।

तो गुड़िया ने अपना सूट का कपड़ा नहीं लिया और ऊन ले आई, चुपके-चुपके अपने कमरे में स्वेटर बनाती रही और वह भी वही डिजाइन, जो मुझे अपने पति के लिए पसंद आई थी? उसने वही डिजाइन अपने खास उपहार के लिए चुना?

बातें मेरे सामने खुलती जा रही थीं, यानी चिड़िया के पंख तैयार हैं और वह अपना नया घोंसला बनाना चाहती है? मुझे बुरा भी लग रहा था और अच्छा भी लग रहा था। बुरा इसलिए कि गुड़िया बहुत बातें छिपाने लगी थी और अच्छा इसलिए कि वह स्वतंत्र हो रही थी, बराबर की हो गई थी।

मैं देखती, गुड़िया रात-रात भर अपने बिस्तर पर जागती रहती। मैं कभी कोई टेबलेट वगैरह ढूँढ़ने के बहाने उसके कमरे में जाती तो वह जागती मिलती।

एक दिन जब मैं उसके लंबे बालों में तेल डाल रही थी तो मैंने उसके मन को टटोला, ''गुड़िया, दिनेश कैसा लड़का है?''

पहले तो वह सकपकाकर मुझे देखने लगी, उसके चेहरे का रंग काला सा पड़ गया, जैसे चोरी पकड़ ली गई हो, फिर वह सहज होकर शरमा सी गई।

''तुझे पसंद हो तो बोल, तेरे पापा से बात करूँ?''

''ममी,'' कहकर उसने मेरी गोद में अपना सर छिपा लिया।

एक दिन जब ये दाढ़ी बना रहे थे तो मैंने बाथरूम में टॉवेल, बनियान, अंडरवियर लटकाते हुए कहा, ''क्या अब गुड़िया के लिए कुछ सोचना नहीं चाहिए?''

''क्या सोचना चाहिए?'' उन्होंने बात को टालते हुए कहा।

''यही कि वह सयानी हो गई है। अब उसके ब्याह की बात सोचनी चाहिए।''

''ठीक है, देखते हैं, सोच लेंगे,'' बात को टालते हुए उन्होंने दाढ़ी बनाकर वॉश बेसिन में ब्रुश जल्दी से धोया। बात समाप्त करने की यह उनकी पुरानी स्टाइल थी। हमेशा वे इसी तरह किसी भी घरेलू मसले को इसी स्टाइल में समाप्त कर देते, फिर जल्दी से बाथरूम का दरवाजा भीतर से लगा लेते कि कहीं फिर कोई मसला

न सामने आ जाए। घरेलू मसले कहने का भी बस दाढ़ी बनाते समय मौका रहता और मैं इस मौके को नहीं चूकती थी, वरना सारे दिन वे हाथ से उड़ी चिड़िया की तरह फुर्र हो जाते तो फिर हाथ न आते।

"दिनेश कैसा रहेगा?" मैंने जल्दी से उनके दरवाजा बंद करने से पहले अपनी बात कह डाली। जानती थी कि चूक गई तो फिर चूक गई।

"क्या?" वे जैसे चौंके और शीशे में अपनी शक्ल का घुमा-घुमाकर निरीक्षण करने लगे कि दाढ़ी सही बनी है या नहीं। इस तरह भी वे मेरे मसले उठाने तक अपना एक-न-एक काम निबटा ही लेते थे।

"मार दिया न छक्का?" उन्होंने पलटकर मुझे हैरानी से देखा, "तुम औरतें होती बड़ी तेज हो। औरत न होती तो दुनिया चलती ही नहीं। सही में मेरा ध्यान तो कभी दिनेश की तरफ गया ही नहीं। आई.ए.एस. लड़का मिल जाए, इससे अच्छा और क्या होगा?"

बाहर आकर मैं भी प्रसन्न थी। बस, इसी उधेड़बुन में रही कि दिनेश के मन को कैसे टटोलें?

□

आखिर एक दिन मैंने उसे पकड़ ही लिया। गुड़िया कॉलेज में थी, नीतू स्कूल गया था। नौकर को भेजकर दिनेश को दही-बड़ा खाने के बहाने बुला लिया।

जब वह आ गया तो दही-बड़े की प्लेट उसके सामने रखकर मैंने उससे कई प्रश्न कर डाले। घर में कौन-कौन-हैं, क्या करते हैं, क्या पढ़ते हैं, कितनी बहनों की शादी हो गई? उसकी कहीं शादी तो तय नहीं हो गई?

"नहीं, आंटी, नहीं।" कहते हुए वह शरमा सा गया।

"भई, मैंने तो इसीलिए पूछा, क्योंकि पता है मसूरी से ही लड़कों का हाँका शुरू हो जाता है। वहाँ तो सुना है लोग लड़की और गठरी दोनों लिये घूमते हैं। फिर साथ की लड़कियों से भी चक्कर चल जाता है, तो सबकुछ पहले ही हो जाता है, है न?

"हाँ आंटी, सही है।" वह हँसा।

"हाँ, तुम्हारे अंकल कहते हैं, जो लड़कियाँ अच्छी रहती हैं, उनकी शादी तो वहीं साथ के लड़कों से तय हो जाती है, बची-खुची तो सब छँटा-छँटाया माल होती हैं।"

"और आंटी, बचे लड़के?" उसने मजाक से पूछा।

"वह हम जैसी बेचारियों के पल्लों में बाँधे जाने के लिए रह जाते हैं," मैंने हँसते हुए कहा, "पर लड़कियों को तो छँटा माल कह दिया जाता है, खुद उन्हें

कहा जाए तो अकल सही हो जाए।''

''अंकल कैसे छँटे रह गए?''

''उनका कहना है कि जब लड़कीवाले आते थे तो वे खिसक जाते थे। सही बात तो यह है दिनेश, तुम्हारे अंकल को पता था कि आई.ए.एस. लड़की तो एक महीना भी चला नहीं पाती इनके साथ।''

''तुम्हें गुड़िया कैसी लगती है?'' मैंने अचानक उसके कप में केतली से चाय डालते हुए पूछा।

''जी,'' वह जैसे चोरी करते अचानक पकड़ लिया गया हो। देर तक चुप रहा, फिर कप को देखते हुए बोला, ''आंटी, आपने मेरी प्रॉब्लम समाप्त कर दी। कई दिनों से लगातार मैं भी यही सोच रहा था, पर आपसे बात करने की हिम्मत नहीं हो रही थी।''

''हम अंतर्यामी जो ठहरे।'' मैं हँसी।

दिनेश खुश-खुश घर से गया। मैं भी सारा दिन खुश थी। बिटिया इतनी जल्दी निबट जाएगी, यह तो सोचा ही नहीं था। साथ की मिसेज वर्मा, मिसेज शर्मा को देखो, कितनी परेशान हैं। लड़की एम.ए. किए पाँच साल से घर में बैठी है। दहेज इकट्ठा करते-करते कुबेर का खजाना हो गया है। वे तो हर किसी के सामने बिटिया का सौदा करने बैठ जाती हैं। खुलेआम बोलती हैं, पाँच लाख का तो सामान जोड़ लिया है, माँगेगा तो और दे देंगे। और उसने तो अभी गुड़िया के नाम पर एक रूमाल भी नहीं सिला है और बात तय हो गई? इसको कहते हैं तकदीर।

शाम को ये ऑफिस से लौटे तो टेलीफोन, फाइल देखने की बजाय मुझे खोजने लगे घर में। मैंने भी सोचा कि आज बात क्या है? मुझे तलब करते ही पूछा, ''भई, क्या हुआ, कुछ दाना-वाना चिड़िया को फेंका कि नहीं?''

''चिड़िया!'' मैं ठुमकी, ''शेर कहो। शेर को दाना फेंकने की जरूरत नहीं होती, वह अपना शिकार खाने खुद ही आता है। अपना शिकार वह दूसरे को खाने नहीं देता।''

''रियली?'' वे अचंभे में पड़ गए, ''तुम्हारे हाथ तो बड़े-बड़े टेढ़े सीधे हो जाते हैं। चलो, इसी बात पर बढ़िया चाय हो जाए।''

☐

वह शाम बड़ी ही अच्छी गुजरी। शादी के बाद की मुझे याद नहीं इससे बढ़िया कोई शाम कहीं हो। या हम दोनों एक बिंदु पर जुड़े हों।

मैं ढेर-ढेर सपने बुनने लगी थी। अपनी आदत से मजबूर। बस जहाँ बैठती गुमसुम बैठ जाती और घंटों, पहरों सपनों का हाट खोले बैठ जाती। बस, मेरा

समय कट जाता। कब दिन हुआ, कब रात बीत गई, पता ही नहीं चलता। गुड़िया को दुलहन बनी देखती, दिनेश को दूलहा। मैं सजी-बनी बेटी की शादी की तैयारी में व्यस्त हूँ। खूब बड़ा शामियाना लगा है, ढेर सारे मेहमान, उपहार, दावत, जश्न, बैंड। गुड़िया को हल्दी लग रही है, नाच हो रहा है, सब छेड़ रहे हैं। दुलहन बनी, शरमाई सी गुड़िया को अपने ही रूप को यों सजा-सँवरा और निखरा दोबारा देख कितना भला लग रहा है। खूब बन्ने गाए जा रहे हैं। बरात आई है। समधियों के लिए गालियाँ गाई जा रही हैं। सब दूलहा-दुलहन को ही देख रहे हैं। हाय, कैसी राम-सीता की जोड़ी है। हाय, गुड़िया को नजर न लग जाए। मैं ऐहतियातन लोहे का छोटा चाकू उसे दे रही हूँ। भाँवरें पड़ रही हैं। हाय, यह क्या? मैं क्यों भाँवर देख रही हूँ? कहते हैं बेटी की भाँवर और नदी में बाढ़ पर आई भाँवर को नहीं देखना चाहिए। मैं आँखें बंद कर लेती हूँ। गुड़िया विदा हो रही है। वह मेरे गले से झूलकर रो रही है। हाय, लड़की को कैसे विदा दूँ? आँख से आँसू बहने लगते हैं और मैं बैठे-बैठे रोना शुरू कर देती हूँ। फिर मेरी तबीयत खराब होने लगती है और मैं जाकर पलंग पर लेट जाती हूँ और लंबी-लंबी साँस लेने लगती हूँ।

हमारा बँगला जो ढेर-ढेर पेड़ों से घिरा था, बाहर की चख-चख से दूर, उसकी शांति मुझे अच्छी लगती थी। कचनार का बड़ा सा पेड़, जिसकी पत्तियाँ पीली पड़कर झड़ने लगी थीं, फूलों से ढक सा गया था। पेड़ की हर डाल फूलों से लद उठी थी। हलके बैंगनी और सफेद रंग के मिश्रित फूलों में बेहद आकर्षण था। कचनार के चाँदनी रंग के तने को तोतों ने जगह-जगह से खोखला कर उसमें अपने डेरे डाल लिये थे।

मैं घर का काम निबटाकर यहीं आकर बैठ जाती थी और घंटों गुमसुम सी बैठी यहाँ की हलचल परखा करती।

अशोक और मौलसिरी की घनी छाया ने वहाँ ठंडक बना रखी थी। मौलसिरी की पत्तियाँ इतनी घनी थीं कि सूरज की घुसपैठ नाकाम साबित हो गई थी। तरह-तरह की ढेर-ढेर चिड़ियाँ थीं, जिनके शोर से वह शांत इलाका आबाद था।

गुड़िया और दिनेश अब खूब फ्री हो गए थे या मैंने उन्हें फ्री कर रखा था। वे घंटों अशोक और मौलसिरी की घनी छाया में बैठे रहते।

शाम जैसे-जैसे होने लगती, न जाने कहाँ-कहाँ से ढेर-ढेर चिड़ियाँ झुंड-की-झुंड वहाँ आने लगतीं और अपने लिए सुरक्षित स्थान की टोह में आपस में लड़ने लगतीं। लगता था, सारे आसपास के इलाके की चिड़ियाँ यहीं आकर रात में डेरे डालती थीं। यह उनकी बेहद पहचानी सी जगह थी। कभी-कभी तो अनगिनत

चिड़ियों की आपस की चख-चख से किसी मेले के शोर सा आभास होता।

मनुष्य का आतंक, भय हर जगह है, पर यहाँ चिड़ियों के आतंक ने मनुष्य को भी डरा रखा है, सोचते ही मुझे हँसी आ गई।

गुड़िया और दिनेश मेरे पास आकर बैठ जाते और तब हम तीनों मिलकर भविष्य के सपने बुनते।

''देखो, तुम्हारी पहली पोस्टिंग कहाँ होती है।'' मैं दिनेश से कहती, ''शादी पोस्टिंग के पहले ही हो जाए तो ठीक रहेगा। जब तुम वापस मसूरी को जाओगे तो दोनों साथ जा पाओगे, अच्छा रहेगा।''

□

एक दिन जब मैं बैठे-बैठे गुड़िया की शादी का प्लान तैयार कर रही थी तो गुड़िया के पापा मेरे पास आकर बैठ गए। गुड़िया, दिनेश और नीतू दूसरे कमरे में बैठे ताश खेल रहे थे।

''तुमने दिनेश और गुड़िया को इतनी छूट दे रखी है, क्या यह ठीक है?''

''क्यों, क्या हुआ; इसमें बुरा क्या है?'' मैंने चौंककर पूछा।

''मान लो यह शादी नहीं हो पाई तो?''

''क्यों नहीं हो पाएगी?'' मैंने चिढ़कर कहा, ''कोई हमारा जमाना तो है नहीं, जब चाहनेवालों के लोग दुश्मन हो जाते थे, खुद माँ-बाप दुश्मन हो जाते थे। अब इसे गुणों में शामिल कर लिया गया है।''

''फिर भी…''

''अरे, घर बैठे आई.ए.एस. लड़का मिल गया, यह क्यों नहीं सोचते?'' मैंने दिलेरी से कहा, ''इतने अच्छे लड़के के लिए तो हर कोई फंदा फेंकने बैठा है।''

□

अचानक दिनेश के घर से टेलीग्राम आया कि उसकी माँ बीमार है। सारे घर में हलचल सी मच गई। दिनेश के चेहरे पर हवाइयाँ उड़ने लगीं। दिनेश को परेशान देखकर गुड़िया का चेहरा सूख गया। वह सारे दिन लगी रही और दिनेश के जाने की तैयारियाँ करती रही। मैं सारे दिन रसोई में लगकर रास्ते का खाना तैयार करती रही। तीन दिन का रास्ता था। दिनेश अकेला ही नहीं, सारा घर परेशान था।

माँ-बाप को दिखाने के लिए दिनेश ने गुड़िया के कई फोटो रख लिये। गुड़िया के पापा दिनेश को बार-बार ताकीद करते रहे कि जाते ही माँ की खबर फोन से देना, फिर मौका लगते ही शादी की बात कर लेना आदि।

सब दिनेश को छोड़ने स्टेशन तक गए। गुड़िया का रो-रोकर मुँह लाल पड़

गया था। दिनेश का मुँह भी रुआँसा हो गया था। दोनों की यह हालत देखकर मेरा दिल अलग डूबा जा रहा था। ट्रेन छूटी तो हम लोग दिनेश को विदा कर मुड़ गए, पर गुड़िया दूर तक जाती ट्रेन को देखते हाथ हिलाती रही और रोती रही। बड़ी मुश्किल से समझाकर हम लोग उसे वापस घर ला पाए।

□

अपना ही घर जैसे पराया हो गया था। सब यही था, सबकुछ अपने स्थान पर था, सारे लोग वही थे, पर जैसे दिनेश के न रहने से सब शून्य सा हो गया था। अजीब सा खाली-खालीपन घर के कोने-कोने में समा गया था। सब जैसे चुप-चुप से हो गए थे। किसी के पास कहने को, बोलने को जैसे कुछ शेष नहीं रह गया था। पहले वही चिड़ियों का शोर कान के परदे फाड़े-डालता था, पर अब वही शोर कानों को अच्छा लगता था। लगता था, चलो, कोई बोल रहा है।

गुड़िया अपने कमरे में ही पड़ी रहती। कभी खाती, कभी नहीं खाती। यह तो दिनेश के जाने के बाद मुझे पता चला कि इस घर का हर काम दिनेश के लिए ही होता था। यहाँ तक कि मैं खाना भी पकाती थी तो दिनेश को ध्यान में रखकर। उसे तरह-तरह की चीजें खाने का शौक था और जैसे सारी रसोई उसी के लिए बनती। अब तो खाना खाने की रुचिवाला कोई था नहीं। गुड़िया के पापा तो दस नखरों के साथ ले-देकर दो रोटी पहले खाते थे; अब तो जैसे दो रोटी की भूख भी उनकी खत्म हो गई थी। जैसे किसी ने जादू की छड़ी घुमाकर जीता-जागता महल पत्थर का कर दिया था।

हम लोग दिनेश का इंतजार ही कर रहे थे और सोच-सोचकर परेशान हो रहे थे कि पता नहीं उसकी माँ का क्या हाल है? गुड़िया टेलीफोन लगा-लगाकर परेशान हो रही थी, पर दिनेश से बात ही नहीं हो पा रही थी। ऐसे संकट से भरे दिनों में अचानक दिनेश की लगभग एक माह बाद चिट्ठी आई।

पहले तो सारा घर चिट्ठी के समाचार से खुशी से पागल सा हो गया, पर जब गुड़िया ने चिट्ठी पढ़ी तो वह लगभग चीखकर सोफे पर बैठ गई और रोने लगी। मैंने जल्दी से गुड़िया के हाथ से चिट्ठी ली और पढ़ी तो लगा मेरी तबीयत फिर खराब होनेवाली है। सारा घर जैसे गुड़िया के दुःख को ढो रहा था।

दिनेश ने लिखा था कि उसकी मम्मी का देहांत हो गया और मरते-मरते मम्मी की इच्छा उसे पूरी करनी पड़ी। उनकी बहन की अनाथ लड़की से उसे शादी! करनी पड़ी। मम्मी ने तुरंत पंडित को बुलाकर अपने सामने फेरे डलवा दिए। दिनेश ने बहुत-बहुत माफी माँगी थी।

पत्र पढ़कर मैं भौंचक्की सी रह गई। गुड़िया अपने कमरे में जाकर बंद हो

गई। मैं भी अपने पलंग पर आकर लेट गई। सारे घर में मातम सा छा गया। अब दिनेश के बिना इस घर की कल्पना भी नहीं हो सकती थी।

नीतू ने दफ्तर फोन कर अपने पापा को सब बता दिया। वे भी दफ्तर से बदहवास से भागे आए और आते ही गुड़िया के कमरे की तरफ गए, पर उसका कमरा भीतर से बंद था। काफी खटखटाने पर भी नहीं खुला तो फिर मेरे पास आकर पलंग पर बैठ गए।

''धैर्य रखो, इतना दुःख करने से कैसे होगा!'' उन्होंने समझाने की गरज से कहा।

''चुप रहो,'' मैं चीखी, ''तुमने भी तो बस लड़कियों के साथ खिलवाड़ ही किया है। कभी प्रेम किया होता तो समझते दर्द को।''

''तुम तो हर बात में मुझे ही दोष देने लगती हो।'' वे दुःखी हो उठे, ''आखिर मैं भी तो उसका बाप हूँ न?''

उनका इतना बोलना था कि मैं मुँह में रूमाल ठूँसकर फूट-फूटकर रो पड़ी। मेरा मन लहूलुहान हो रहा था।

पहले प्रेम की चाहत कितनी होती है! मन को उस पहले सपने के टूटने का कितना दर्द होता है, इनसान जिंदगी भर के लिए कमजोर हो जाता है, यह बात मैं जानती थी। सारे लोग कहते थे, सुंदरता में गुड़िया मुझ पर गई है, पर किस्मत में भी वह मुझ पर जाए, यह बात मैं सोच भी नहीं सकती थी।

इसलिए आज फिर एक सपने का, एक जिंदगी का, एक मूरत का तोड़ा जाना मुझे भीतर से खल रहा था। इस दर्द को मैं पहचानती थी, पर इस दर्द को गुड़िया भी पहचाने, यह सह नहीं सकती थी।

□

शीशम के उस विशाल वृक्ष की लगभग सूखी टहनियों पर, जिसके हरे पत्ते पीले पड़कर झड़ गए थे, उसकी नंगी होती टहनियों पर अकसर भरी दोपहर को ढेर सारी फाख्ता, रंग-बिरंगी काली चिड़ियाँ आकर बैठ जातीं और अपने-आप में डूबी सी जाड़े की दोपहर का सेंक लेती थीं। शीशम का पेड़ ऊँचा था, इसी कारण उसकी टहनियों पर धूप भी काफी देर तक टिकती थी। आज शीशम की टहनियों पर काले रंग की लंबी चोंचवाली चिड़ियाँ आकर बैठी थीं।

मैं अपने कमरे की खिड़की के पास चुप सी खड़ी बगीचे की चहल-पहल को देख रही थी।

मटमैले छितरे हुए बादल को लगभग छूता एक पक्षी अपनी जिद में उड़ा

जा रहा था, जैसे बादलों को ललकार रहा हो कि तुमसे ऊँचा मैं उड़ सकता हूँ।

मैं देर तक आकाश को देखती रही। जिस दिन से दिनेश की चिट्ठी आई थी, मैं गुड़िया से बोली नहीं थी। बोलती भी क्या? जानती थी सांत्वना देने से दर्द और बढ़ जाता है।

जाने एकाएक कहाँ से मुझमें हिम्मत आ गई और मैंने अपने को सहेजा-समेटा। बाथरूम में जाकर मुँह-हाथ धोया और अलमारी से निकालकर बढ़िया साड़ी बदली, बालों को खोलकर जूड़ा बनाया, यानी अपने को हर तरफ से चुस्त-दुरुस्त किया। अपनी जिंदगी की हार मुझे स्वीकार थी, पर मैं बच्चों को उनकी जिंदगी में हारने नहीं देना चाहती थी।

कमरा खोला तो देखा वह मनहूस सूरत बनाए छत को एकटक देख रही थी। उसे देखकर मेरा मन फिर भावुक होने लगा, पर मैंने तुरंत अपने को सँभाला और उसे पुकारा, ''गुड़िया!''

मेरी आवाज पर वह जैसे डाल के तोड़े हुए फूल की तरह मेरी गोद में सिमट आई और तड़पकर रोने लगी, ''मम्मी, अब मैं क्या करूँ?''

वह मेरी गोद से चिपकी हुमक-हुमककर रोती रही। मैं देर तक उसकी पीठ को सहलाकर उसे धीरज देती रही और फिर मैंने उसके माथे को चूमते हुए कहा, ''गुड़िया, दिनेश की इस बुजदिली का यही तमाचा-भरा जवाब होगा कि अब तुम खुद आई.ए.एस. बनकर दिखाओ। मैं दूसरी माँ की तरह तुम्हें अच्छे रिश्ते का झूठा आश्वासन नहीं दूँगी। दुनिया में कहीं अच्छा नहीं है। जो व्यक्ति खुद स्वावलंबी होगा, वही दुनिया का सच्चा आनंद प्राप्त कर सकता है, और आत्मनिर्भर होने के लिए साहस, विश्वास एवं परिश्रम की अति आवश्यकता है। छोटी-छोटी विपत्तियाँ, जो हमेशा इनसान को कमजोर कर देती हैं, इनसे परे हो जाओ, अपने को ठोस बना लो।''

''क्या सच?'' गुड़िया ने चौंककर मेरी ओर मुँह उठाया, ''मैं क्या आई.ए.एस. बन सकती हूँ?'' उसने पहली बार मुझे अच्छे से देखा, उसकी आँखों में ढेर सारे आँसू भरे थे, इसके बावजूद उनमें चमक थी।

''हाँ, क्यों नहीं!'' मैंने उसमें आत्मविश्वास भर दिया।

गुड़िया की भीगी आँखों में नई राहत, नई चमक तैर गई और उसकी आँसू भरी आँखें मुसकरा उठी थीं।

□

बड़े लोग

''अम्मा, अम्मा!'' सूखी आपा गली के नुक्कड़ से ऐसी सरपट दौड़ती चली आईं बेतहाशा, जैसे ईद का चाँद देख लिया हो अचानक और ऐलान करने की उतावली हो। आपा भड़ से दरवाजा भड़भड़ाती, हाँफती खड़ी थीं, ''हाय अल्लाह! अम्मा, गजब हो गया।''

''क्या हुआ?'' अम्मा के बारूद सुखाते हाथ अनायास रुक गए। उन्होंने हैरान आँखों से आपा को देखा।

''अम्मा, छप्पन कमरेवालों की कोठी पर क्या आतिश सजाई जा रही है कि बस देखते ही बनता है। सुना है, आज शहर के सारे बड़े-बड़े लोग यहाँ आतिशबाजी देखने आएँगे।'' आपा ने एक साँस में ही सारी बात कह दी।

''क्या?'' अम्मा ने जैसे अचानक बिच्छू छू लिया हो। सहमकर पीछे हटकर दीवार का सहारा लेती बोलीं, ''किसकी आतिशबाजी लगी है?''

''बरकत चाचा की।'' आपा ने गले का थूक गटका और सहमी आँखों से अम्मा को देखा। ''अम्मा, आज बारात आ रही है न, तो बारात के बाद आतिशबाजी होगी। दूल्हा-दुलहन भी बैठकर देखेंगे।'' आपा ने कहा। फिर अम्मा के दुःख से काले पड़ते चेहरे को देखकर उन्हें रोना-सा आने लगा। चुप होकर वह दुपट्टे को झाड़ने लगीं।

''बरकती...नासपीटा...'' अम्मा की नाक का बेसर गुस्से से हिलने लगा, ''खैराती की औलाद! भरी बरसात में माँ की उँगली पकड़कर आया था भीख माँगने, मैंने ही तरस खाकर दोनों को रख लिया था। माँ बुखार में तप रही थी, माँ तो मर गई। मैंने ही बरकती को अपनी औलाद की तरह पाला, अपना काम सिखाया; पर कौए के घोंसले में कोयल का अंडा आखिर कब तक पलता! अपनी जात पर जाएगा न! पंख निकलते ही अलग हो गया और अब तो सारे शहर में बरकती-ही-बरकती हो गया है।''

अम्मा बरामदे के किनारे बैठ गईं और दुपट्टे से हवा करने लगीं। गुस्से और

अपमान से उनका कलेजा छलनी हुआ जा रहा था।

''खुदा खाज के मारे को कभी नाखून न दे, अपने को ही खुजाता है। सुना है, पक्का मकान भी बनवा लिया है और उसका लड़का कॉलेज भी पढ़ने जाता है। अल्लादीन आतिशवाले के पास पैसा नहीं, पर नाम तो है, खानदान तो है। हमारी तीन पीढ़ियाँ ग्वालियर में गुजर गईं। हम खैराती तो नहीं, भीख माँगकर मकान तो नहीं बनाया। हराम की रोटी नहीं खाई, ईमान की रोटी से बच्चों को पाल रहे हैं।''

तभी बाहर से अब्बा ने झाँका। उनके हाथ में थैला था, शायद बाजार से लौट रहे थे। सामने ईद भी तो आ गई थी। बाजार का एक-न-एक काम लगा रहता था।

''क्यों चिल्ला रही हो? गली के नुक्कड़ तक आवाज जा रही है।''

''जाएगी नहीं?'' अम्मा ने हाथ का दुपट्टा सिर पर डाल लिया, ''अब तो शहर के कोने-कोने तक जाएगी। अरे, मैं कहती हूँ, उस बरकती खैराती की हिम्मत तो देखो, अब वह हमारे बाल-बच्चों के मुँह के निवाले छीनने इस मोहल्ले तक आ गया। डायन भी डाका डालती है तो एक घर छोड़ देती है। कमबख्त ने अपने उस्ताद का मोहल्ला नहीं छोड़ा। जिस घर से हुनर सीखा, उसी के बाल-बच्चों की रोटी छीन रहा है।''

''बरकती!'' अब्बा बात की तह तक जाते हुए सतर्क हो सहम-से गए। बुझे मन से पूछा, ''क्या हुआ?''

''होने को बचा क्या है! छप्पन कमरेवालों की कोठी की आतिशबाजी बरकत अली कर रहे हैं।'' अम्मा व्यंग्य से बोलीं, ''पैसा होते ही ऊँची जात में बैठ गया, बरकत से बरकत अली हो गया।''

''इसीलिए तो कहते हैं, साँप के बच्चे को दूध नहीं पिलाना चाहिए।'' अब्बा के स्वर में टूटन थी।

''मैं ही तो हरामजादी हूँ, जिसने भीख माँगते पोट्टे को पाला और आज अपने ही बच्चों की रोटी छिन गई।''

अब्बा ने बीड़ी सुलगा ली और सारे बच्चे एक-एक कर बाहर खिसकने लगे। ऐसे दर्दनाक सीन के अंत में हमेशा यही होता है, बच्चे चुपचाप बाहर खिसककर, इधर-उधर होकर अपने को रोने से बचा लेते हैं, वरना रोना पड़ता। गरीब परिवार जहाँ सुख में एक होता है वहीं दु:ख में भी एक होता है। सब मिल-बाँटकर ही बोझ को ढोते हैं।

□

खड़िया से लिपे-पुते कच्चे ओसारे पर जवान धूप का टुकड़ा ढीठ बना अब

भी पसरा था, बिलकुल सूखी आपा की तरह, जिनको अम्मा के कहे मुताबिक अब तक तीन-चार बच्चों को माँ बन जाना था, पर वह आज भी मायके के आँगन में कुंवारे खूँटे से बँधी थीं।

सूखी आपा जब तीन बरस की थीं तब उन्हें सूखा रोग हो गया था। सारे हकीमों की दवा करा चुके थे, पर उनका सूखे का रोग नहीं गया था। सूखी-सूखी टाँगों को घसीटती घर भर में चक्कर लगाती रहती थीं और धँसी हुई आँखों से सबको घूरती रहती थीं, फिर किसी के कहने पर तलैयावाले हाफिजजी—जिनके बारे में मशहूर था कि वे जिन्नातों को पालते हैं और उन्हें चूहा बनाकर घर में रखते हैं और कैसा भी भूत-जिन्नात किसी पर आया हो, पास ले जाते ही ठीक कर देते हैं—के पास आपा को ले जाया गया।

सूखी आपा का रोग भी उन्होंने ही दूर किया। रोजाना बुलाकर, पढ़कर फूँकते और पानी देते, गले में डालने के तावीज भी दिए। तब जाकर कहीं धीरे-धीरे उनका रोग गया; पर उनके बदन का गोश्त जो एक बार दहलीज से पार हुआ तो फिर लौटकर नहीं आया। तब से ही वे दुबली-पतली तिनके-सी हैं। सूखा रोग तो चला गया, पर उन्हें अपना नाम दे गया। सारे लोग उन्हें 'सूखी-सूखी' कहने लगे और अब तो लगता भी नहीं कि आपा का इस नाम के अलावा भी कोई दूसरा नाम होगा। वैसे सूखी आपा का नाम अम्मा ने मदरसे में जमीला लिखाया था, पर वहाँ भी वह नाम सिर्फ हाफिजजी के रजिस्टर में ही लिखा था।

सूखी आपा से छोटी दो और आपा थीं। उन दोनों की शादी हो चुकी थी। सूखी आपा को कोई माँगने ही नहीं आता था। पहले तो रोज सुबह-शाम अम्मा बरतन पटक-पटककर सूखी आपा को कोसती थीं, पर धीरे-धीरे उन्होंने भी समझ लिया, कोसने से कोई फायदा नहीं। अल्लाह ने उनका जोड़ा उतारा ही नहीं।

सूखी आपा, जब घर सूना होता, अम्मा कभी पड़ोस में चली जातीं तो अकसर दोपहर के समय उसके साथ खाट पर लेटी उससे पूछा करतीं, "अम्मा कहती हैं, अल्लाह ने मेरा जोड़ा नहीं उतारा दुनिया में, क्या ऐसा हो सकता है? अल्लाह लूले-लँगड़ों का भी जोड़ा उतारता है, मेरा कैसे भूल गया?"

"आपा, तुम्हारा दूल्हा लँगड़ा होगा, तभी आने में उसे इतना समय लग रहा है।" वह कहती तो आपा के चेहरे पर हँसी खिल पड़ती।

जब किसी गलती पर अम्मा सूखी आपा को पीटतीं तो उसे हैरानी होती, कभी शक भी होता, कहीं सूखी आपा अम्मा की सौतेली बेटी तो नहीं?

सूखी आपा अपने अँधेरे कोने में उसे समेटकर सुबकतीं, "देख, जो अम्मा नौ महीने पेट के घर में रख सकती है, वह बड़ी होने पर अपने ईंटों के घर में नहीं रख सकती। अम्मा हर समय मुझपर गुस्सा उतारती रहती हैं।"

सारे दिन सूखी आपा घर और बाहर में अम्मा के साथ बारूद का काम करतीं।

अजमेरी भाई साइकिल की दुकान पर काम सीखने जाता है। पहले अम्मा को लड़की-ही-लड़की होती थीं तो दादी ने अजमेरवाले ख्वाजा की मन्नत मानी थी। इसी मन्नत का नतीजा हुआ कि साल भर में अम्मा की गोद में लड़का आ गया। इसलिए भाई का नाम 'अजमेरी' रखा। हर साल के मुहर्रम में चाँदी की हँसली उतारकर नई हँसली पहना देते हैं। अल्लाह रखे, अभी तक दस हँसली उतरी हैं, ग्यारहवीं हँसली उतरेगी तो अम्मा सब हँसलियों की चाँदी बेचकर उन पैसों से नियाज दिलाएँगी और गरीबों को खाना खिलाएँगी।

सारे भाई-बहन पहले तलैयावाली मसजिद के जनाबजी से अरबी पढ़ने जाते थे, जो पढ़ाते कम थे, मारते ज्यादा थे। मार भी उनकी ऐसी कि सारे बच्चे उन्हें देख काँपते रहते थे। कान की लौ के पीछे बारीक सा कंकड़ रखकर मसलते थे, जिससे दिन में तारे नजर आने लगते थे। मजाल है, कोई सबक याद करके नहीं आए। सारे शैतान बच्चों, खाला के लड़के खैराती, उसके भाई अजमेरी, सुम्मा बूढ़ी के नाती बरकती, सबकी टेढ़ी अकल को उन्होंने सीधा कर दिया था।

मदरसा जाते हुए खैराती धीरे-धीरे बोलता था, "अल्लाह मियाँ सबको मौत देते हैं, जनाबजी को क्यों नहीं बुलाते? कम-से-कम मदरसा तो बंद हो जाता।"

बच्चों की बद्दुआ काम आई और एक दिन तलैयावाली मसजिद के जनाबजी अल्लाह को प्यारे हो गए। मदरसा बंद हो गया। सारे बच्चे कंचे खेलते या पतंग उड़ाते, लेकिन कब्रिस्तान की तरफ भूले से भी नहीं जाते थे; क्योंकि सूखी आपा ने सबको बता रखा था कि 'तलैयावाले जनाबजी ने अब कब्रिस्तान में मदरसा खोल लिया है, सारे मरे हुए बच्चों को जमा कर वहीं पढ़ाते हैं।' कब्रिस्तान के पास से गुजरो तो जनाबजी की चिल्लाने की आवाज और मरे हुए बच्चों के पढ़ने की आवाज आती है। मुरदों को जमा कर पाँच वक्त की नमाज पढ़ाते हैं। जब से सूखी आपा ने बच्चों के कान में यह बात डाली थी तब से सब कब्रिस्तान की ओर जाने से डरते हैं। क्या पता, जनाबजी पकड़कर बैठा लें!

□

आँगन में बोरे पर बारूद सूख रही थी। आँगन के आखिरी छोर पर, जहाँ

कच्ची दीवार की टूटी-सी मेंड़ है, जहाँ से मोरी का पानी छप्पन कमरेवालों की कोठी के सामने से जाता था, वहीं पर एक कम उम्र का मुनगे का पेड़ लगा था, जिसे बड़ी ही उम्मीदों से अम्मा ने लगाया था और पानी दे-देकर सींचा था कि बड़ा होगा तो फलियाँ लगेंगी, फूल लगेंगे और घर भर के लोगों की तरकारी बन जाया करेगी। बाजार में तो आठ आने की मुनगे की पाँच काड़ी आती हैं, जिसमें ढेर सारा बैंगन डालो, आलू डालो तब कहीं जाकर बाल-बच्चेदार आदमी के घर की सब्जी बनती है। पर अब लगता है, मुनगे के पेड़ की तरह अम्मा की गृहस्थी की भी जड़ कटेगी; क्योंकि सुना है, छप्पन कमरेवाली कोठी के सेठ ने धमकी दी है कि गंदी मोरी का पानी बंद करो, नहीं तो घर उठाकर फेंक दिया जाएगा।

छप्पन कमरेवाली कोठी के सेठ की धमकी जब भी मुनीमजी का ड्राइवर आकर सुनाता तो अब्बा बात को इस कान से सुनकर उस कान से निकाल देते थे। भला छप्पन कमरेवाली कोठी का सेठ उनका पुश्तैनी मकान कैसे उखाड़कर फेंकेगा।

इस घर में उनकी तीन पुश्तें रह चुकी हैं। ग्वालियर राजघराने के अस्तबल में बँधे घोड़ों की नाल ठोंकता था उनका परदादा। क्या इतनी बड़ी ग्वालियर रियासत में कोई नाल ठोंकनेवाला नहीं था; पर किसी की नाल उन अरबी घोड़ों को रास नहीं आती थी। घोड़ी के पैर उलटे-सीधे पड़ते थे। परदादा रहन अली की लगाई नाल के बाद पलटन के घोड़े हवा से बातें करते थे और जब परेड मैदान में महाराजा साहब की नौ लाख सेना की परेड होती थी तो देखते ही बनता था।

और जब दशहरे के समय बारह घोड़ों की बग्घी में बैठकर महाराजा साहब अपनी पलटन की सलामी लेने निकलते थे तो रहन अली को लगता था कि महाराजा साहब की गरदन जो इतनी तनी है, घोड़ों की नाल के कारण ही है!

दादा रहन अली जब तीन बरस के थे तो नौकरों के बाजार से उन्हें खरीदा गया था। यतीम रहन अली को उनकी फूफी जान नौकरों के बाजार में बेच आई थीं। सेठ ने रोते-बिलखते बच्चे को खरीद तो लिया था, पर उसकी समझ में नहीं आया कि इस तीन साल के नन्हे लौंडे से क्या काम लें! आखिर में उन्होंने अपने नौकर चमरू को दान कर दिया।

चमरू ने उस लावारिस औलाद को महाराजा के अस्तबल के मालिक कुबड़े मियाँ को दो धेले में रेहन रख दिया। कुबड़े मियाँ, जिनकी पीठ हमेशा घुटनों पर झुकी रहती थी, पीठ पर बड़ा सा कूबड़ा निकला रहता था, जिनसे अपना कोई काम नहीं होता था। शुरू में तो उससे हुक्का भराने का काम लेते रहे, पर बाद में

उन्होंने उससे अस्तबल का सारा काम कराना शुरू कर दिया। जरा भी वह किसी काम में देर करता कि कुबड़े अपने जरीदार साफे को सीधा करके चिल्लाते, ''अरे रेहन में आए लौंडे, मुफ्त की लगने लगी क्या रे, जो घोड़े की लीद सूँघने लगा?''

धीरे-धीरे वह रेहन से 'रहनू' हुआ, फिर सयाना होने को आया तो उसने अपने नाम को सुधारा और उलटी टोपी की तरह नाम को भी सीधा किया—'रहन अली'।

कुबड़े मियाँ अल्लाह को प्यारे हुए तो रहन अली के लिए विरासत में अपने घर के कबाड़ी सामान के साथ एक अदद नन्ही पोती छोड़ गए थे, जो सिर्फ पाँच बरस की थी और माँ-बाप को खो चुकी थी। रहन अली के लिए वह दूध गरम कर देती, घर का छोटा-मोटा काम कर देती। बाद में उसी की कोख से रहन अली ने अपना मिट गया इतिहास फिर से बनाया।

बाद में महाराज ने उनके काम से खुश होकर जमीन और मकान दे दिया। वही अब इस सारे मोहल्ले में पुराना ऐतिहासिक घर बन गया था, जिसकी पत्थर की गिरती दीवारें, उनपर नक्काशी और जाली का काम उसके पुराने होने की गवाही खुद देता है।

छप्पन कमरेवाली कोठी तो अभी जब अजमेरी पैदा हुआ था, तब की है। सुना था, कोई दिल्लीवाले सेठ ने सामने का मैदान, जिसमें सारा मोहल्ला सुबह और रात को दिशा-मैदान जाता था, खरीद लिया था। देखते-ही-देखते नींव खुदनी शुरू हो गई थी और दीवारें उठने लगीं। सारे मोहल्लेवालों ने जब कमरे गिने तो दाँतों तले उँगली दबा ली। कुल छप्पन कमरे थे, जिसमें चार भरी गृहस्थी एक साथ, पर अलग-अलग हिस्से में रहती थीं।

बस, उसी दिन से लोगों को सेठ का नाम तो याद नहीं रहा, छप्पन कमरेवाली कोठी याद रह गई। मोहल्ले के सारे लोगों ने इससे पहले इतना बड़ा आश्चर्य नहीं देखा था। तीन मंजिल की वह कोठी चारों तरफ सुंदर बगीचे से घेर दी गई। बीच में फौव्वारा लग गया था। लोहे के बड़े से गेट पर बड़ा ताला लटका दिया गया, बंदूकधारी गोरखा पहरे पर तैनात हो गया।

उसी दिन से सेठ को मोहल्ले की गरीबी खटक गई। इतनी शानदार कोठी की बगल में इतनी मनहूस आबादी—यह सेठ को सहन नहीं था। यह मोहल्ला शुरू से गरीबों का बसेरा था। यहाँ ज्यादातर ताँगेवाले, बढ़ई, घासवाले तथा कुछ धर दर्जियों के थे, जो ज्यादातर पुलिस लाइन में वरदियाँ सिलने का काम करते थे। कोठी के बनने से सारे मोहल्ले की इज्जत बढ़ी थी, पर कोठी की इज्जत घट गई

थी। बस उसी दिन से सेठ ने आस-पास के घर खरीदने शुरू कर दिए थे। किसी को कोठी पर रख लिया, किसी को पैसे देकर मोहल्ले से बाहर कर दिया। इस तरह वह मोहल्ला, जहाँ पुश्तों से लोग रह रहे थे, अब मिटने और सिमटने लगा था।

जिस जगह पर कोठी बनी थी, वहाँ पहले वह खाली पड़ी थी। वैसे तो कई बार वह जगह बिकी, पर किसी ने उस मैदान पर कुछ बनाने की हिम्मत नहीं की। अम्मा बताती हैं, वहाँ बरसों पहले किसी पलटन के साहब का बगीचा था, उसकी हवेली भी थी। वह बहुत लालची आदमी था। सारे बँगले में बस उसका एक बूढ़ा नौकर था। न तो वह कहीं जाता, न ही कोई उसके यहाँ आता था। वह अकेले ही रहता था। उसकी मेम विलायत चली गई, फिर लौटी नहीं। उसके एक पैर था। जब मरा तो उसके नौकर ने उसकी इच्छा के मुताबिक उसे वहीं दफना दिया। कुछ दिन तो नौकर बँगले में रहा, पर एक रात वह भाग गया, क्योंकि साहब रात को उसे परेशान करता था। तब से बँगला सूना पड़ा रहा और धीरे-धीरे उजड़ गया। आस-पास के लोग दरवाजे-खिड़कियाँ चोरी कर ले गए। फिर वह जगह लोगों ने खरीदी; पर जो भी खरीदता, पलटनवाला उसे परेशान करता और उसके घर मौत हो जाती। तंग आकर सब उसे बेच देते। धीरे-धीरे वह बँगला खंडहर और मैदान में बदल गया।

जब दिल्लीवाले सेठ ने कोठी की नींव रखी तो लोग सन्न थे। सब सोच रहे थे, सेठ के घर कुछ घटेगा; पर ऐसा कुछ नहीं हुआ। तब सबने यह कहना शुरू कर दिया कि सेठ ने पलटनवाले को कोई बड़ी पूजा चढ़ाई है।

शाम को जब छप्पन कमरेवाली कोठी के अंदर से घंटी टुनटुनाने की, फिर अगरबत्ती जलने की पवित्र महक, ऊँचे स्वर में गाए श्लोकों की मधुर स्वर-लहरी उठी तो मोहल्लेवालों को स्वर्ग का नाम अच्छा लगा। अब तक उन्होंने घास की बदबू, घोड़े की लीद, बारूद की गंध और गालियों का श्लोक ही सुना था।

☐

पिछले कुछ बरसों से यह चलन हो गया था कि मोहल्ले का लीडर होना जरूरी है। लीडर के बिना मोहल्ला लावारिस कहलाता है, फिर आड़े वक्त कौन उनकी सुनता। लीडर होने से मोहल्ले की इज्जत बढ़ गई थी। जुम्मन खाँ इस मोहल्ले का लीडर बन गया था।

जुम्मन खाँ, अध्यक्ष ताँगा यूनियन, ने भी पूरे मोहल्ले को इकट्ठा किया और कहा, ''बेवकूफो, कमबख्तो! अरे, क्या तुम भुखमरों के नसीब में केवल दो समय

की रोटी कमाना ही लिखा है ? मरने के बाद क्या होगा तुम्हारा ? क्या मरने के बाद कोई जमानतदार नहीं चाहिए ?''

सबने मरने के बाद मिलनेवाले नरक की याद कर सिसकी भरी और बस उसी दिन से जुम्मन खाँ ने एक बड़ा सा पत्थर मोटे पीपल के नीचे लाकर रख दिया। केवलराम ने उस पत्थर को सिंदूर से रँग दिया और कालू खाँ ने नारा लगाया—''बोलो, हनुमान महाराज की जय!''

कालू खाँ के साथ उस दिन सारे मोहल्ले ने नारा लगाया। उसी दिन सारे मोहल्ले के लोगों ने चैन की साँस ली, जैसे उन्होंने स्वर्ग में अपनी सीट बुक करवा ली हो।

दूसरे दिन सुबह-सुबह बड़ी सड़कवाली मसजिद के मौलाना आए और जुम्मन की खाल खींची, ''अरे अहमक! इब्लीस की औलाद, मुसलमान होकर हनुमान की पूजा करता है! हनुमान का मंदिर तैयार कर रहा है! दोजख में जाएगा ?''

जुम्मन मियाँ मन-ही-मन डरे, फिर दिल को कड़ा कर बोले, ''मौलाना साहब, गरीब आदमी का क्या ईमान, दोजख और जन्नत अमीरों के लिए हैं, गरीबों को तो सबको एक ही जगह जाना है, फिर कौन मोहल्लेवालों को पूजा-पाठ करना है! पूजा-पाठ करने बैठेंगे तो सवेरे से मजदूरी पर कौन जाएगा! वह तो छप्पन कमरेवाली कोठी के मालिक को नीचा दिखा रहे हैं, जिसके घर असली कोसे की जरीदार धोती पहनकर रोज पंडित पूजा करने आता है। जात तो मौलाना साहब, अमीर आदमी की होती है। बड़े लोग वंश देखते हैं, जन्मपत्री देखते हैं, तब नए बच्चे का नाम रखा जाता है। पर यहाँ गरीब के घर तो जिस दिन बच्चा पैदा हुआ उसी दिन नाम रख लेते हैं—इतवारी, सोमवारी, बुधवारी, जुमेराती और खैराती। यहाँ तो बस एक ही वंश चलता है और वह है गरीबी का वंश।''

मौलाना साहब छोटा सा मुँह लेकर चले गए। मोहल्ले में किसी को पूजा करनी नहीं आती थी। जुम्मन, खैराती, केवलराम तथा बंसू के लड़कों ने सारे शहर के मंदिरों का निरीक्षण किया। ध्यान से पूजा करने का तरीका सीखा और उसकी नकल कर सबको बताया।

पीपल के पेड़ पर लाल कच्चा सूत फेरी लगाकर बाँध दिया गया और बाकायदा हनुमान मंदिर में अगरबत्ती, नारियल फूटने लगे। एक बुढ़िया कटोरीबाई ने बाकायदा वहाँ सिन्नी के लिए चना और गुड़ बेचना शुरू कर दिया।

□

पर भूकंप तो उस दिन आया जब छप्पन कमरेवाली कोठी में बेटी की शादी

की धूमधाम मची। आतिशबाजी थी कि सारा शहर दाँतों तले उँगली दबा रहा था।

सबसे ज्यादा मातम उस दिन उनके घर मनाया गया, जैसे मोहर्रम की नौवीं तारीख हो और कत्ल की रात पर सोग किया जा रहा हो।

अम्मा अब्बा के सामने धरती पर धम्म से बैठती हुई बोलीं, ''अरे, तुमसे कई बार कहा, बड़े आदमी से दुश्मनी मोल मत लो, पर तुम कौन सुनते हो! कौन तुम्हें बाल-बच्चे पालने हैं! सारे मोहल्लेवाले उस नासपीटे जुम्मन के कहने पर हैं। अरे, वह तो ताँगेवाला है, कहीं भी ताँगा चलाएगा तो उसे मजदूरी मिल जाएगी, पर तुम्हें कहाँ से मिलेगी? बड़े आदमी से वैर करके खूब कर लोगे आतिशबाजी का काम। आतिशबाजी बड़े लोगों का शौक है, गरीब फकीडंडे क्या आतिशबाजी चलाएँगे! क्या जुम्मन की बेटी की शादी में आतिशबाजी चलाओगे?''

''हाँ, तुम्हारी बात सही है।'' अब्बा ने कराहकर करवट बदली।

''सारा काम बरकती ले गया। जानती हूँ, खूब रुपया कमाया होगा। अब वह और उसके बच्चे साल भर बैठकर खाएँगे।'' अम्मा ने ठंडी साँस भरकर कहा, ''कौन आतिशबाजी का ऐसा तगड़ा काम रोज-रोज आता है! कौन रईसों की बेटियाँ रोज-रोज ब्याही जाती हैं! अमीर घरानों में तो आधी-आधी उमर में लड़कियों का ब्याह होता है।''

अम्मा की ठंडी साँस से अब्बा ने घबराकर आँखें मूँद लीं और जोर से बीड़ी का कश खींचा, जवाब कुछ नहीं दिया। जैसे बीड़ी के कश ने उनकी दुखती पसलियों को सेंक दिया हो।

''क्या ऐसी आतिशबाजी हम नहीं बना सकते थे? ऑर्डर मिलता तो हमारा सारा घर जुड़ जाता काम में।'' अम्मा ने पैर के नाखून का मैल निकालते हुए कहा, ''पिछली दिवाली में तो सारी दुकानों में आग लग गई थी। साल भर की कमाई देखते-देखते नाश हो गई, एक भी पटाखा सलामत नहीं बचा था।'' अम्मा ने गले के मैल की बत्ती बनाकर फेंकी, ''सच जानो अजमेरी के अब्बा, रिज्क का दर्द मुझे है, बासी-कूसी रोटी भी बचा-बचाकर बच्चों को खिला देती हूँ, वरना सब भूखे मरते।''

''जो होना था वह तो हो चुका। अब पिछली बातों को लेकर रोने से क्या फायदा! आगे की सोचो।'' अब्बा ने बीड़ी सुलगाते हुए कहा।

''अब आए तुम पटरी पर।'' अम्मा ने तुनककर कहा, ''देखो अजमेरी के अब्बा, हम गरीबों का तो अल्लाह मालिक है। हम गरीबों का कोई वसीला नहीं,

न ऊपर जबर है, न नीचे जेर है। मेरी सुनो तो तुम सेठ से मिल लो और खुशामद करके आगे का काम ले लो। सुना है, चार भाइयों का खानदान है। चारों के मिलाकर बीस-बाईस बच्चे तो होंगे ही। ऐसे बड़े खानदानों में तो हर साल शादी-ब्याह का काम मिलता रहता है।''

☐

शाम दोनों दहलीज पर खड़ी थीं। आज जुमेरात था, पीर-फकीरों का दिन। अम्मा जलती अगरबत्तियों को दरवाजे की चौखट पर खोंस रही थीं। काली बकरी का बच्चा खूँटे से बँधा मिनमिना रहा था माँ के पास जाने के लिए। जाने सूखी आपा कब काम से फुरसत पाएँगी और बकरी दुहेंगी। काली बकरी, जिसकी तीन पीढ़ियाँ इस घर को दूध पिला चुकी थीं, पहली बार ब्याई थी। पहली बेंत पर उसके थनों में इतना दूध भर गया था कि थनों के भार से उससे चला नहीं जाता था। 'किसी की नजर न लगे' यह सोचकर अम्मा ने एक कपड़े की थैली सिलकर थनों को पहना दी थी।

सूखी आपा चूल्हे के पास बैठी देगची में आलू और बड़ियाँ पका रही थीं। सारे घर में बड़ियों की सोंधी महक तैर रही थी। तभी अचानक अब्बा आ गए। सारा घर जैसे उन्हीं का रास्ता देख रहा था। अम्मा ने धुआँ करती लालटेन को ताक पर रख दिया और अब्बा के चेहरे को उत्सुक आँखों से एकटक देखने लगीं। लालटेन का सीधा उजाला अब्बा के चेहरे पर पड़ रहा था और वह बारूद की तरह काले-स्याह दिख रहे थे।

''क्या हुआ? सेठ के घर गए थे?'' अब्बा को चुप देखकर अम्मा से रहा नहीं गया।

''हाँ, गया था।'' अब्बा ने जेब से बीड़ी निकाली और चूल्हे के पास बैठ गए। जलती लकड़ी उठाकर बीड़ी सुलगाने लगे।

सारा घर साँस रोके उनकी बात सुनने को आतुर था, पर वह कुछ बोल ही नहीं रहे थे।

''तुम कुछ बोलोगे भी कि नहीं? अपनी पुरानी आदत लिये धीरे-धीरे जाने कब बोलोगे?''

''सेठ ने कहा कि उनकी कोठी के बगल में यह टूटा-जर्जर सा घर अच्छा नहीं लगता। उनकी बहुएँ जब ऊपर छत पर चढ़कर शहर देखती हैं तो सबसे पहले यही घर दिखता है। उनकी आलीशान कोठी की बगल में यह मकान मखमल

में टाट के पैबंद की तरह दिखता है, इसलिए हम सेठ को जमीन बेचकर दूसरे मोहल्ले में चले जाएँ।''

अब्बा बोले जा रहे थे, जैसे कोई नेता हो, जो लगातार बोल रहा हो; पर श्रोताओं को नींद आ गई हो, सारी बातें सिर के ऊपर से निकलती जा रही हों। अब्बा के बोलने की आवाज के बाद लालटेन की लौ जोर से चटपटाई। लालटेन के टूटे काँच से कोई कीड़ा भीतर चला गया था और लौ की लपेट में आ गया था।

□

अपनी जमीन

गोदावरी ने हताश होकर हारी, सूनी और रो-रोकर छिली आँखों की कोर से एक बार फिर अपने मृत बेटे पर नजर डाली और फिर पति के दुःख से जड़ हुए चेहरे को देखा, जो पिछले एक सप्ताह से भागते-भागते थक गया था और इतनी भाग-दौड़ के बाद भी बच्चा बच नहीं पाया था।

चारों लड़कियाँ रो-रोकर थकी सी, सुन्न, दीवार से टिकी बैठी थीं। अस्पताल का वही एक सप्ताह पुराना सन्नाटे से भरा चिरपरिचित वातावरण था। सारी हलचल पहचानी सी थी। दुनिया का सारा काम उसी गति, उसी रफ्तार से चल रहा था, इतने···इतने लोगों में किसी के मर जाने से दुनिया का काम तो नहीं रुकता न!

बरामदे में फिनाइल का पोंछा दिया जा रहा था। सुंदर-सुंदर साड़ियों में डॉक्टरनियों का झुंड इस वार्ड से उस वार्ड आ-जा रहा था। वे सफेद मोजे पहने गंभीर चेहरा लिये, दहशाती सी इधर से उधर तेज-तेज आ-जा रही थीं। मरीजों का भी वही रोज का क्रम था। कष्ट से कराहते रुदन आज भी हवा में रचे-बसे थे। सब ज्यों-का-त्यों था। बस इतना अंतर हो गया था कि कल तक उसकी गोद में खेलता एक बच्चा लेटा रहता था और आज वह चुप, निष्प्राण पड़ा था···बिना हिले-डुले। आज न उसकी आवाज थी, न जिद, न कोई माँग। आज वह शांत सा पड़ा था। उसकी आँखों पर ढकी पलकें पत्थर की तरह ठंडी और भारी हो गई थीं।

वह जब भी बेटे को निहारती, उसका कलेजा मुँह को आता। ऐसा जान पड़ता, कलेजा मुँह के रास्ते बाहर आ जाएगा। वह चाहती थी कि इतनी···इतनी जोर से रोए कि सारी दुनिया को इस छोर से उस छोर तक सुनाई दे। सबको पता चल जाए कि उसका बेटा उससे छिन गया है। पर वह ऐसा कर नहीं सकती थी। उसकी ममता भरी सिसकियाँ कलेजे में घुटकर रह गई थीं।

जब डॉक्टर ने बच्चे की जाँच कर नर्स से कहा था, ''बच्चा मर गया है।

लाश उसके घरवालों को सौंप दो।'' तो वह पागलों सी फटी-फटी आँखों से बच्चे को देखती भयानक आवाज में रोई थी।

कहते हैं, माँ जब दु:ख से रोती है, तो धरती भी हिल जाती है। पर थोड़ी देर बाद ही मुँह में आँचल ठूँसकर उसे अपनी सिसकी घोंट देनी पड़ी थी। पति ने उसे समझाया था। ''अस्पताल में रोना सख्त मना है।''

''जनक चला गया है, गोदावरी।'' पति ने बच्चे की लाश को दोनों हाथों से पागलों की भाँति समेटते हुए कहा था।

सिसकते-कराहते वे लोग बाहर लॉन में आ बैठे थे। वह ठगी सी सिर पीट रही थी। जब आदमी पर दु:ख पड़ता है तो सहसा विश्वास नहीं होता, पर ज्यों-ज्यों क्षण बीतते जाते हैं, सत्य को स्वीकारना पड़ता है। अभी कल ही तो जब जनक को लेकर वे लोग शहर आए थे, तो वह बोला था, ''बाबा, लौटते में लश्कर से नई बुशर्ट ले देना।''

उसे जीना है, वह जीएगा, इसका उसे कितना विश्वास था। कोई सोच भी नहीं सकता था कि हँसती-खेलती एक नन्ही सी जिंदगी दीए की तरह अचानक धप्प से बुझ जाएगी।

□

''बाबा, मैं बड़ा हो जाऊँगा तो भैंस खरीदूँगा, खूब दूध पीऊँगा और बड़ा आदमी बनूँगा।'' अपने बाबा की गोद में लेटा-लेटा वह आसमान में चाँद निहारा करता था। उसकी नन्ही-नन्ही भोली-भोली बातों से सारा घर निहाल हो जाता था।

लगातार एक के बाद एक चार लड़कियों के जन्म के बाद जनक ने जन्म लिया था। उसके जन्म से कितनी प्रसन्नता हुई थी सबको। हमेशा पैर की ठोकर देकर बात करनेवाली सास ने भी पहली बार अच्छे से बोला था। अपने हाथों से असली घी में हरीरा बनाकर खिलाया था। लड़के के जन्म से उसे लगा था, उसके सारे कष्ट समाप्त हो गए हैं, वरना उठते-बैठते सास उसे कोसती रहती थी, उसके बेटे का धन समाप्त करने, खून चूसने कुलच्छनी आई है।

चौथी बेटी के सौर के समय जब दाई ने सास से कहा था, ''कन्या जन्मी है।'' तब उसने अधखुले फाटक से सास का मुँह देखा था, उसके बाद फिर सास की शक्ल नहीं देखी थी। उसे घी, हरीरा कुछ नहीं दिया गया था। वह खाट पर पड़ी-पड़ी किस्मत को कोसती, रोती रहती थी। लड़की के जन्म को बहुत बुरा माना जाता है।

जब तीसरी बेटी हुई थी, तब सास दो दिन तक आँचल के छोर में तंबाकू बाँधे घूमती रही थी कि मौका लगते ही नवजात बच्ची के तालू में तंबाकू रख देगी।

तंबाकू रखते ही एक घंटे में बच्ची के प्राण निकल जाते। दाई ने उसे संकेत दे दिया था और वह अपनी बच्ची को छाती से चिपकाए, निगरानी करती रही थी। एक क्षण भी उसे अपने से अलग नहीं किया। चौकसी में वह सारी-सारी रात बच्ची को गोद में लिये बैठी रहती थी।

हारकर बाद में सास ने अपना इरादा बदल दिया। पर उसका क्रोध गालियों में, कोसने में निकलने लगा। चूल्हे में जलती लकड़ी तक से वह लड़कियों को मार बैठती थी।

दुःखों से भरी ऐसी काली रात के बाद सुख की भोर भी हुई थी। सारे घर में हलचल थी। खुशियों का वातावरण था। ससुर ने बंदूक उठाकर हवा में चलाई थी और सारे गाँव को सूचना दी थी कि उनके घर वारिस पैदा हो गया है। खुशी के मारे स्वयं उसकी आँखों से आँसू बहने लगे थे। इत्ते-इत्ते ढेर दुःख देखने के बाद, लड़कियों की माँ बनकर लानतें सहने के बाद, उसे बेटे की माँ बनने का मौका मिला था। उसके कमरे के बाहर रात भर गाँव की औरतों ने ढोलक बजाकर बधाइयाँ गाई थीं। खुद सास अपनी शादी का ओढ़ना पहनकर नाची थी, जिसे देखने सारा गाँव जुट गया था। बूढ़े पैरों में यौवन की थिरकन भर गई थी। ससुर ने बिरादरी की पाँत बुलाई थी और स्वयं सिर पर साफा बाँधकर, छाती तानकर, हुक्का गुड़गुड़ाते हुए सबसे बधाई स्वीकारी थी। हमेशा बेटे की माँ बनी रहने पर गर्व करनेवाली सास पहली बार बेटी के लिए रोई थी, ''मेरी बेटी होती तो उसे भतीजे को काजल लगाई में इतना देती कि उसका घर भर जाता, पर मेरे भाग्य खोटे, दो बेटे ही हुए।''

सास ने हर नेग-दस्तूर बड़े मन से किए थे। दिन हफ्तों में, फिर महीनों में, फिर साल में बदल गए और नन्हा जनक सात साल का हो गया। जनक सात बरस का था और सात जगह से उसके ब्याह की बात आ गई थी। ससुर ने मूँछों पर ताव देकर बात लौटा दी थी, ''भर नौ का होगा मौड़ा तब बात लेंगे।'' पर किसे पता था, होनी नाग बनकर डसने बैठी है। जनक को अचानक बुखार आया, गाँव में लोगों ने कहा, ''इस साल आम में ज्यादा बौर आया है, इसी से बच्चों को बुखार आया है।''

धीरे-धीरे बुखार बढ़ता गया। सरकारी अस्पतालों के डॉक्टरों ने देखा तो कहा, ''पीलिया हो गया है।'' दवा-दारू, झाड़-फूँक सब करवाए, पर बुखार नहीं उतरा। आखिर डॉक्टर ने हाथ टेक दिए, ''ग्वालियर के बड़े अस्पताल ले जाओ,'' फिर वे लोग बस में बैठकर शहर की ओर चल पड़े थे।

□

''गोदावरी क्या सोच रही है ? अब क्या करें ? बच्चे का क्रिया-करम करना

पड़ेगा। मैं सुबह चक्कर काट आया, कोई भी टैक्सीवाला लाश ले जाने के लिए तैयार नहीं है, और जो तैयार होता है, वह पूरे पाँच सौ रुपए माँगता है।'' पति ने हताश होकर उसे बताया।

''नहीं, मेरे बेटे को गाँव ले चलो। सबको उसका मुँह दिखा दो। यहाँ परदेश में किसके सहारे करोगे मेरे बेटे को? क्या परदेश की मिट्टी ही मेरे बेटे के नसीब में है?''

''हूँ, आखिर माँ-बाप भी तो देख लें बेटे का मुँह।'' कहकर पति चुप घुटने मोड़कर उदास बैठ गए।

अस्पताल की हलचल वैसी ही थी। लड़कियाँ रोते-रोते निढाल पड़ी-पड़ी ऊँघ रही थीं। वह गोद में जनक को लिये मक्खियाँ आँचल से भगाती बैठी थी, आँसू थे कि रुकना ही नहीं चाहते थे और मन था जो जनक को मरा हुआ स्वीकारना नहीं चाहता था।

''सुन!'' अचानक पति ने उसके कंधे झकझोरे, ''एक काम हो सकता है, इसे बस में ले चलते हैं, पर तू उसे जीवित बच्चे की तरह गोद में समेटे रहना। रास्ते-भर रोना-धोना नहीं। रास्ते-भर आँचल ढाँककर इसे दूध पिलाती रहना। जरा भी शक न होने देना, क्योंकि बस में जिंदा आदमी जाते हैं, मरे हुए नहीं। थोड़ा भी शक हुआ, तो हम सब जेल की हवा खाएँगे।''

''आँ, क्या कहते हो।'' उसने जोर से सिसकी भरी, ''जनक को दूध पिलाऊँ? मौड़ा तो रूठ गया, मेरी छाती पत्थर कर गया।''

''शांत हो जा, गोदावरी, अकल से काम ले, इस तरह जनक को लेकर गाँव जा सकेंगे क्या? सोच ले, बिना जनक के लौटना पड़ेगा, और ज्यों-ज्यों देर होगी, समस्या और विकट हो जाएगी। अभी ताजा बात है, मेरी बात मान ले।''

गोदावरी बेवकूफ सी गूँगी बनी पति को निहारती रही। उसकी समझ में कुछ नहीं आ रहा था। अभी कल ही की तो बात है, जनक को हँसाते-खिलाते, बस की खिड़की से बंदर, मंदिर दिखाते लाए थे, और आज छिपाकर ले जाने की बात होने लगी। उसका बेटा जनक अब जनक नहीं रहा?

''चल, चल गोदावरी, जनक को लेकर उठ।'' पति ने उसे कंधे से उठाकर खड़ा किया। लड़कियों ने बाकी सामान पकड़ लिया। पति उसे सहारा देकर ले जाने लगा। गोदावरी छाती से चिपकाए अपने छौने को ले चलने लगी। उसे धूप न लगे, सो उसने उसे आँचल से ढाँक लिया था। चलते-चलते जनक का पैर हिल-डुल रहा था, तो उसे लगा कि दुनिया झूठ बोलती है, बच्चा जिंदा है और उसकी छाती

में मुँह गाड़े शांत नींद सो रहा है, थका सा। लंबी बीमारी ने उसे कितना कमजोर कर दिया है।

बस स्टैंड आते ही पति उससे हटकर चलने लगा, साथ ही हिदायत देने लगा, "देख, सारे रास्ते रोना मत। गोदावरी, मन को पत्थर कर ले। जनक को गाँव ले जाना है।"

गोदावरी ने कलेजा पत्थर कर लिया। ममता की चीखों को, रुदन को उसने दाँतों से भींचकर भीतर रोक लिया। नहीं, वह नहीं रोएगी। उसे अपने बेटे को अपने घर ले जाना है, वह घर जाएगा। वह माँ है, और माँ होकर बच्चे को परदेश में अजनबियों के हाथ सौंप जाएगी क्या?

वे लोग बस में बैठ गए। वह पत्थर की मूर्ति बनी बैठी रही। कंडक्टर दो बार आया, "अजी गोद के बच्चे का भी टिकट लगेगा, दिखाओ कितने वर्ष का है?"

"सो रहा है, बाबू। टिकट तुम ले लो, सात वर्ष का छोरा है।" पति ने फँसे गले से कहा।

"बड़ी गहरी नींद में है, शोर से जरा भी उठ नहीं रहा।" कंडक्टर ने टिकट पति को थमाते हुए अपनी दरियादिली दिखाई।

"हाँ बाबू, बड़ी···गहरी नींद में है।" कहते हुए पति के गले से जोर से सिसकी उठी पर फिर गले में घुटकर रह गई।

सारे रास्ते वह चुप बनी बैठी रही। बच्चे को छाती से चिपकाए वह फटी-फटी आँखों से सामने बिछी डामर की सड़क को निहारती रही। गाँव-पर-गाँव आते रहे, लोग उतरते-चढ़ते रहे। सारे लोग उतरकर नाश्ता-पानी करते रहे, पर वे लोग तो दूसरी दुनिया के वासी थे, जिन्हें कभी भूख-प्यास लगती ही न हो, ठठ बने बैठे रहे।

"अजी बच्चों का मुँह सूख रहा होगा, पानी-वानी तो पिला दो।" एक यात्री ने हमदर्दी दिखाई।

"नहीं हुजूर, गरीब के बच्चे हैं, इन्हें भूख-प्यास नहीं लगती।"

बस फिर चल पड़ी। यात्रा इतनी कठिन हो सकती है, यह वे कभी सोच भी नहीं सकते थे।

जब बस उनके गाँव में पीपल के पास रुकी तो उसका कलेजा मुँह को आने लगा। बच्चे के भार से उसकी बाँह भारी हो गई थी। भीड़ के पीछे-पीछे वह भी उतरने लगी। पति लड़कियों को बाँह पकड़-पकड़कर उतारने लगा। पति ने उसे उतारने के लिए उसकी गोद से जनक को लिया। जनक को पति की बाँहों में देते हुए उसे लगा कि वह एकदम हल्की सी, तिनके सी हो गई है। जैसे उसका अपना कोई

वजन ही न हो। सारा भार तो जनक का था और पहली बार उसे लगा कि उसकी गोद सूनी हो गई है। दु:ख से उसकी छाती फटने लगी, वह एकदम नीचे उतरकर रोने लगी। उसके साथ पति, बच्चियाँ सब रोने लगे। बस के तथा आसपास के सारे आदमी चकित रह गए और आश्चर्य से उन्हें देखते रह गए। किसी की समझ में कुछ नहीं आया। पति जनक की लाश को दोनों बाँहों में सँभाले आगे चलने लगा।

उसे लगा कि बेटे को अपनी जमीन देने के सुख से वह निश्चित और हलका हो उठा है।

□

भाग्य

घर के सामने सड़क पर भीड़ जमा थी। गाड़ियों, स्कूटरों का हुजूम था, लोग इधर-उधर खड़े बातें कर रहे थे। रात पानी बरसा था, इसी से सड़क पर कीचड़-ही-कीचड़ थी।

वह झिझकी खड़ी सोचती रह गई, आखिर इतने लोगों के बीच से कैसे जाए? तभी पीछे से दो-तीन महिलाएँ और आ गईं। वे भी भीड़ देखकर झिझक रही थीं शायद। उन महिलाओं में उसकी परिचित सहेली उषा की अम्मा भी थीं। अम्मा को देख उसे राहत हुई, चलो कोई तो परिचित मिला, वरना अकेले जाते उसे अजीब सा लग रहा था।

"चल रही हो न?" उन्होंने पूछा।

"हाँ, पर लगता है भीतर जाना कठिन है।" उसने कहा।

तभी बँगले के नौकर ने उसे देख लिया और वह लपककर उनके निकट आ गया तथा उन लोगों को दूसरे गेट से लिवा ले गया। दूसरे गेट पर हमेशा ताला पड़ा रहता था, पर आज उसे खोल दिया गया था।

वह अम्माजी तथा दूसरी महिलाओं के साथ भीतर चली गई। बड़े से बगीचे को पार कर वे लोग निकले तो सामने ही तारा दिख गई। वह नीचे धरती पर दीवार से टिकी चुप सी, उदास-उदास बैठी थी। बरामदे में दरी बिछा दी गई थी, जिस पर काफी लोग बैठे थे और सबके बीच में तारा के भारी-भरकम देहवाले पति बैठे थे। वह अपने दोस्तों से किसी बात पर मजाक कर रहे थे और हँस रहे थे, सहसा उसे देख चुप हो गए। चेहरे पर उदासी सी लाते हुए नमस्ते की।

जूतों की भीड़ में अपने कीचड़ सने सैंडिल खोल वह बरामदे से लगे कमरे में चली गई। दरवाजे से लगकर ही तारा बैठी थी। उसका ध्यान भीतर औरतों में भी था तथा बाहर मर्दाने में भी; जैसे वह मर्दाने में न होते हुए भी मर्दाने में शामिल थी।

वह तारा की बगल में बैठ गई। कमरे में काफी औरतें बैठी थीं, जिन्हें वह जानती नहीं थी। तारा ने फीकी मुसकान से उसका स्वागत किया।

''कैसे सब हो गया ? मुझे तो केवल दस मिनट पहले ही पता चला।'' उसने जैसे अपने देर से आने की सफाई सी दी, ''ताज्जुब है, सवेरे से हमारे घर इतने लोग आते-जाते रहे, पर किसी ने भी खबर नहीं दी। अभी दस मिनट पहले ही एक सज्जन घर आए तो कहने लगे, उन्हें आपके घर जाना है, मैंने कारण पूछा तो बताया। मुझे बड़ा ही ताज्जुब हुआ। जब सारे शहर को खबर लग जाती है, तब कहीं जाकर हमें पता चलता है और कहने को हम पड़ोस में दो घर बाद ही रहते हैं।''

''ऐसा ही होता है, अपने लोगों को हर बात की खबर आखिर में ही होती है।'' तारा ने उसकी बात का समर्थन किया।

''पहले तो विश्वास ही नहीं हुआ। सोचा, झूठी खबर हो। मन में आया तुम्हें फोन कर पूछ लूँ, पर ऐसी बात फोन से पूछनी ठीक नहीं होती न, कहीं झूठी हो तब ? फिर ध्यान आया, अस्पताल से पूछा जाए, वहाँ पूछा तो बात साफ हुई।''

''हाँ, सब अचानक हो गया, खुद हमें देर से पता चला। हम लोग खाना खा रहे थे।'' तारा ने बताया, ''अस्पताल से डॉक्टर ने फोन किया कि माँ साहिबा की हालत बहुत खराब है, तुरंत आइए, पर उनकी आवाज से मुझे लगा कि माँ साहिबा रहीं नहीं। हम लोग जल्दी से तैयार होकर अस्पताल गए तो वहाँ भीड़ लगी थी। भीड़ देखकर ही मुझे लगा कि...पास गए तो सचमुच वे नहीं बच पाई थीं।''

तारा बता रही थी और वह चुपचाप सुने जा रही थी। मन दुःखी हो रहा था। पिछली मरतबा जब तारा की सास आई थीं तो अच्छी भली-चंगी थीं और लौटकर गईं तो वे बीमार पड़ गईं। वापस लेकर आए तो डॉक्टर ने ऑपरेशन करना जरूरी बता दिया। ऑपरेशन के लिए जैसे ही पेट खोला तो वापस बंद करना पड़ा, क्योंकि कैंसर ने अपनी जड़ें पूरी तरह फैला रखी थीं, ऑपरेशन हो ही नहीं सकता था। डॉक्टर ने साफ जवाब दे दिया कि अब कुछ नहीं हो सकता, जितने दिन जी जाएँ उतना ही बहुत समझो।

जब मौजी को होश आया तो उन्हें बताया गया कि ऑपरेशन सफल रहा। वे बेचारी खुश हो गईं कि चलो ऑपरेशन सफल रहा। उन्हें अस्पताल में ही रखा गया। पर जब काफी दिन हो गए, तब उन्हें शक हुआ, फिर जो आता वह दया के भाव से देखता, इससे भी उन्हें शक हो गया था। सारे लोग अस्पताल जा-जाकर देखते रहे, पर वह नहीं जा पाई। घर में इतनी व्यस्तता थी कि बस, कोई-न-कोई मेहमान बना ही रहता। वह चाहकर भी नहीं जा पाई। आखिर वे बेचारी मर ही गईं।

बीमारी में न जाने का अपराध भाव तो था ही और अब मृत्यु पर भी देर से पहुँचने का दुःख था। खुद उसे हैरानी होती है कि कैसे लोगों को जरा-जरा सी

बात की खबर होती है और उसे किसी बात की खबर नहीं हो पाती, हर बात की खबर देर से मिलती है।

''वास्तव में मौत भी क्या चीज है, देखो देखते-देखते उन्हें ले गई।'' उसने दुःख से तारा के हाथ-पर-हाथ रखा।

''चली गईं, अच्छा हुआ, उन्हें मुक्ति तो मिली।'' तारा ने उसके घुटने पर अपना हाथ रखते हुए कहा, ''वास्तव में उन्हें बहुत कष्ट था, देखा नहीं जाता था। तुमने तो उन्हें बीमारी की हालत में देखा नहीं न, इस तरह चीखती थीं कि बस, हमेशा उन्हें नींद का इंजेक्शन देकर सुलाए रखना पड़ता था। होश में तो वे रह ही नहीं पाती थीं। सारे शरीर पर इंजेक्शन के निशान थे, घाव से हो गए थे। सलाईन अलग चढ़ती रहती थी, ऑक्सीजन अलग लगा रहता था। खाना-पीना सब नली से चढ़ाया जाता था, उन्हें देखकर तो बस यही लगता था, भगवान् उन्हें जल्दी मुक्ति दे दे।''

''पिताजी का क्या हाल है? बेचारे अकेले रह गए!''

''वे भी अब यही प्रार्थना करने लगे थे कि भगवान् इन्हें जल्दी मुक्ति दे, वरना दोनों का जोड़ा एक मिनट के लिए अलग नहीं होता था। इतनी उम्र में भी दोनों में इतना प्यार था कि हम लोगों ने तो शुरू में भी नहीं किया होगा।'' कहते हुए तारा ने उसका हाथ दबाया और हँस पड़ी। फिर अचानक सामने बैठी औरतों का ध्यान कर, सकपकाकर गंभीर हो गई।

उसका ध्यान भी अब दूसरी औरतों पर गया, अब तक वह तारा से ही बातों में लगी थी। उसने वहाँ बैठी सारी औरतों को ध्यान से देखा, पर सिवाय अम्माजी के कोई भी चेहरा परिचित नहीं लगा।

''ये लोग मोहल्ले की ही हैं?'' उसने धीरे से तारा से पूछा।

''नहीं, हमारे डिपार्टमेंट की हैं, आप इन्हें नहीं जानतीं।'' तारा ने स्पष्ट किया और सामनेवाली महिला से उसका परिचय कराया।

''साहब, हम तो हमेशा माँजी के पास अस्पताल में रहे।'' सामने बैठी मोटी सी महिला ने, जो फसकड़ा सा मारकर बैठी थी, बताया, ''क्या बताएँ बेचारी को इतना कष्ट था कि बस हमेशा लेटरिन के लिए पाट लगा रहता था, कूल्हे पर छिल-छिलकर घाव से बन गए थे। इतने कष्ट से लेटरिन होता था कि क्या बताएँ, ऐसा चीखती थीं कि बस। लेटरिन से ऐसी बदबू आती थी कि कमरे में ठहरा नहीं जाता था।''

''अच्छा! इतना कष्ट था? अंतिम समय कुछ कहा? कौन था पास?'' उसने पूछा।

''कुछ नहीं कहा।'' तारा ने बताया, ''वे तो बेहोशी-बेहोशी में ही चली गईं। पिताजी उनके पास हमेशा रहते थे, पर दो दिन पहले तो इन्होंने उन्हें भी भगा दिया। ''तुम जाओ-तुम जाओ!'' होश में आते ही उन्हें देख चीखती थीं। वे नहीं चाहती थीं कि अंतिम समय का दृश्य वे देखें, सारी उम्र दोनों में इतना प्यार रहा न इसलिए, और हम लोग तो घर थे, समय पर ही जा पाते थे।''

तारा बता रही थी, तभी तारा की छोटी देवरानी आकर बैठ गई और उसे नमस्ते किया।

''आप कब आईं?'' उसने पूछा।

''दोनों देवरानियाँ आ गई हैं, बस अभी दो घंटे पहले ही ये लोग आए हैं।'' तारा ने बताया।

''टेलीफोन किया होगा?''

''नहीं, शक तो सबको हो गया था। तीन दिन पहले ही तो देवर देख गए थे न! इस कारण स्थिति समझकर ये लोग खुद ही आ गए। पहुँचे तो यह खबर मिली। कितना अच्छा रहा न, कि आज पहुँच गए, कल पहुँचते तो कुछ हाथ नहीं पड़ता।''

''चलो अच्छा है, सब बेटे पहुँच गए। और सब जगह तो टेलीफोन से सूचना भेज दी होगी न?''

''नहीं, अभी टेलीफोन नहीं किया है। अब टेलीफोन करने से कोई फायदा नहीं न, कोई पहुँच तो पाएगा नहीं। अब सबको तेरहवीं पर ही बुलाएँगे।'' तारा ने बताया।

उसने आश्चर्य से तारा के मुँह को देखा, तारा के चेहरे पर दूर-दूर तक सास के मरने के दुःख का कोई चिह्न नहीं था। बेटे आ गए बस, रिश्तेदारों को इसलिए सूचना नहीं दी कि तेरहवीं तक सब डटे रहते।

भीतर के कमरे से पाठ की आवाज आने लगी थी। अगरबत्ती, धूप की सुगंध इधर भी आने लगी। ब्राह्मण लोग आ गए थे। पाठ बैठकवाले कमरे में ही हो रहा था। बैठक का सारा सामान उठा दिया गया था। जिस कमरे में वे लोग बैठे थे, यह तारा का कमरा था। इस कमरे का सामान भी उठा दिया गया था। दीवार की खूँटी पर तारा की नाइटी टँगी थी।

''मुझसे बस यही कहती थीं कि तुम्हारे लिए भी मुझे कुछ करना है।'' तारा ने कहा।

''अच्छा, क्या करने के लिए कहती थीं?''

''यही किसी बच्चे को गोद लेने की बात कहती थीं। अब उन्होंने स्वीकार

कर लिया था कि बड़े लड़के को बच्चा नहीं होगा, वरना मेरी और माँजी की लड़ाई इसी बात पर तो रहती थी। वे मुझसे इसी बात को लेकर चिढ़ी रहती थीं। हमेशा यही कहती थीं, मेरे बड़े लड़के के यहाँ बच्चा नहीं है। इनकी दूसरी शादी के लिए भी वे जोर देती थीं। पर अब जैसे सब उन्होंने स्वीकार कर लिया था। मरने के कुछ दिन पहले इन्हें बुलाकर बोलीं कि कोई बच्चा ले लेना।'' तारा ने बताया। उसके चेहरे से लगा जैसे सास के मरने से उसे काफी राहत सी मिली है। वह भीतर से काफी हलका सा महसूस कर रही थी। इस कारण भी वह सब बता रही थी।

''माँजी को तैयार कर दिया?'' उसने पूछा।

''हाँ, नहलाकर कपड़े पहना दिए हैं। उनकी इच्छा लाल बनारसी साड़ी पहनने की थी। पिताजी से कह रखा था। पर अब उनकी बनारसी साड़ी तो यहाँ है नहीं, फिर भी जो सबसे अच्छी थी, वह पहना दी है। महावर, सिंदूर, हरी चूड़ियाँ सब हो गया। मुँह में सोना भी रख दिया है। सब तैयारी हो गई है। बस अब थोड़ी देर में ले जाएँगे।'' तारा ने बताया।

''तैयार किसने किया?''

''इन्हीं लोगों ने किया! मुझे तो कोई अनुभव नहीं है। माँजी की ही पहली मौत देखी है।''

''पिताजी ने देखा?''

''हाँ, जब तैयार कर दिया तो उन्होंने देखा, देखकर खुश हुए और बोले वेरीगुड, अच्छा सजाया है। फिर मुझसे बोले, ''इत्र लगाया, बहू?'' हम लोग इत्र लगाना भूल गए थे। मेरे पास तो था भी नहीं। जल्दी से फिर उन्होंने ही अपने पास का इत्र लाकर दिया और इत्र लगाया गया। उन्हें इत्र का बहुत शौक था न, तारा ने बताया।

वह कल्पना करने लगी, पिताजी के बारे में, उन बूढ़ी आँखों ने ब्याह कर आई सजी दुलहन देखी होगी, फिर जीवन में उन्होंने उन्हें कई रूपों में देखा होगा और आज फिर दुलहन की वेश-भूषा में जाते देख रहे हैं। कैसा लगा होगा? मन के दर्द को छिपाने के लिए ही उन्होंने इत्र की बात कहकर गंभीर वातावरण को हलका किया है। वास्तव में जो आदमी बड़ा हो जाता है उम्र से, वह अपने को छोटों के सामने छोटा नहीं होने देना चाहता। आदमी भी कितना विचित्र होता है, जब विपत्ति नहीं आती तो विपत्ति की आशंका से भयभीत रहता है और जब आती है तो कितनी सहजता से सारा बोझ अपने कंधों पर ले लेता है। कितनी जल्दी अपने को उस वातावरण के लायक बना लेता है, तैयार कर लेता है, तभी तो किसी ने कहा है—विपत्ति आती है तो सहने की शक्ति भी आ जाती है।

सामने बरामदे में भीड़ बढ़ रही थी। बातों की आवाज इतनी तेज हो गई कि भीतर हो रहे पाठ की आवाज नहीं सुनाई दे रही थी।

''हमेशा बड़े ठस्से से रहीं हमारी सास, और अब भरे-पूरे घर से जा रही हैं।'' तारा ने कहा।

''बेटा, अब जब भी घर में शुभ काम हो तो सास के नाम से पहले सिंदूर और चूड़ियाँ दान कर देना या मंदिर में चढ़ा देना, फिर काम-काज शुरू करना,'' अम्माजी ने तारा को सलाह दी।

''अच्छा।'' तारा ने जिज्ञासा प्रकट की।

''हाँ, सुहागन गई हैं न। फिर तुम्हारे घर की सबसे बड़ी थीं। सास थीं। उनकी आत्मा समझेगी कि तुमने मरने के बाद भी उनके बड़प्पन के महत्त्व को समझा, उनका मान रखा, फिर कभी वे तुमको परेशान नहीं करेंगी।''

''अच्छा-अच्छा।'' तारा ने हैरानी से जोर-जोर से सिर हिलाया।

मौत का घर। लोग आपस में मौत की चर्चा कर रहे थे। कितना विचित्र है, मौत से सब आतंकित रहते हैं, उस पर टीका-टिप्पणी करते हैं, फिर उसे भूल भी जाते हैं और दुनियादारी के कामों में लग जाते हैं। सब लोग अपनी-अपनी तरह से चर्चा कर रहे थे। तारा उठकर किसी काम से भीतर गई।

''बिटिया!'' अम्मा ने उसे बताया, ''आदमी को जितना भोगना होता है, वह संसार में भोगता ही है। कोई-कोई तो मरने के बाद भी भोगते हैं।''' एक बार श्मशान से एक आदमी गुजर रहा था। उसने देखा, किसी का सिर पड़ा था। सारा शरीर जल गया था, पर सिर बिना जले रह गया था। शायद बेचारा कोई लावारिस रहा होगा, तभी लोग अग्नि देकर चले गए थे। सोचा होगा, इतनी आग है लाश जल ही जाएगी।

''वह गुजरनेवाला व्यक्ति ज्योतिष विद्या का ज्ञानी था। वह ठहरा और उस सिर को ध्यान से देखने लगा। उसने उसके माथे की रेखा देखी। पढ़ी तो उसे लगा कि वहाँ लिखा है अभी इसे कुछ भोगना है। उसे बड़ा आश्चर्य हुआ। अब क्या बचा है? सारा शरीर तो उसका जल गया केवल खोपड़ी ही बची है। सिर्फ इस खोपड़ी से वह क्या भोग सकता है? पर वह ज्योतिष का ज्ञानी था। इस कारण उसने सोचा देखें, मैंने जो इसका ज्योतिष पढ़ा है वह सत्य निकलता है या असत्य और वह अपने तौलिए में खोपड़ी को लपेटकर घर ले आया।

''एक अलग कमरे में उसने उस पोटली को रख दिया और घरवालों को सचेत कर दिया कि भीतर कोई न जाए। उस कमरे में कोई नहीं जाता था।

''एक दिन वह ज्योतिषी बाहर के किसी गाँव में गया हुआ था। उसकी पत्नी

के मन में उत्सुकता हुई कि देखें उस कमरे में क्या रखा है, जो वह किसी को जाने नहीं देते। वह कमरे में गई और तौलिया खोलकर देखा, तो एक सिर बँधा हुआ रखा था, चेहरे से लग रहा था कि यह सिर स्त्री का होना चाहिए। उसके तन-बदन में आग लग गई। तो इसलिए उसका पति उससे छुपाता था? उसने आव देखा न ताव, चप्पल उठाई और तड़ातड़ मारनी शुरू कर दी।

"इतने में उसका पति लौट आया, कमरे में घुसते ही उसने जो दृश्य देखा तो पत्नी का हाथ पकड़कर बोला, 'बस...बस, यही इसके भाग्य में और बचा था। इस कारण इसका सिर जलने से बच गया था। मैं यही तो देखना चाहता था।'

"उसने फिर उस खोपड़ी को ले जाकर श्मशान में दोबारा अग्नि दी और जो भी उसके कार्य रह गए थे पूरे किए।

"...तो बेटा अपने भाग्य में जितना बदा होता है, सब यहीं धरती पर भोगकर जाना होता है।"

कहानी सुनकर सभी औरतें हँस पड़ीं। तभी तारा भीतर से लौट आई। सबको हँसते देखकर वह चकित हुई और पूछने लगी, "क्या बात हो गई जो सब मजा ले रहे हैं, हम भी तो सुनें कुछ?"

आग्रह पर अम्मा ने अपनी कथा दोहराई। कथा सुनकर तारा मुँह में साड़ी का छोर दबाए हँसी।

मौत का घर था, पर लग नहीं रहा था। सारा वातावरण बड़ा सहज लग रहा था। अब तक उसने मौत के प्रत्येक घर में बड़ा कोहराम सा मचा देखा था, पर यहाँ ऐसा कुछ नहीं था। वह भी सोचकर आई थी कि माहौल की नजाकत पर रोना पड़ेगा। इसके लिए वह तैयार होकर आई थी। पर यहाँ आकर उसे जरा भी रोना नहीं आया और न ही कोई अन्य रो रहा था। जब वह यहाँ आई थी तो मन भारी था, पर यहाँ आकर हलका हो गया था।

भीतर शायद ले जाने की व्यवस्था हो रही थी। चहल-पहल बढ़ रही थी। औरतें जब घर जाने के लिए तारा से विदा लेने लगीं तो वह भी उठी। अब औरतों का काम भी यहाँ क्या था? बेकार भीड़ लगाने से फायदा भी कुछ नहीं था।

तारा से विदा लेकर वह औरतों की टोली के साथ बाहर निकल गई।

बाहर सड़क पर बस आकर खड़ी थी, बस में यह अरथी जानेवाली थी, क्योंकि नर्मदा का तट काफी दूर था।

औरतें गली के मोड़ पर छूट गईं। बस उसके साथ अम्मा रह गई थीं। दोनों गुमसुम सी चलने लगीं।

''कैसा लगा तुम्हें वहाँ?'' सहसा अम्मा ने उससे पूछा।

''कैसा लगा, क्या मतलब?'' उसने जैसे अपने ही विचारों से जागकर पूछा, ''लगना क्या था, मौत के घर में कोई अच्छा थोड़े ही लगता है। वह बीमार नहीं होतीं तो बेचारी अभी और जीतीं, अच्छी हट्टी-कट्टी महिला थीं।''

''हाँ, वह तो ठीक है, पर उसका भाग्य कैसा लगा?''

''भाग्य? भाग्य तो बढ़िया था। जिस औरत के इतने बेटे हों, फिर सुहागन मरे तो भाग्य तो अच्छा ही हुआ न!''

''न बेटा!'' अम्मा ने गहरी साँस ली, ''वह तो बेचारी अभागन निकली। भगवान् उसे एक बेटा कम करके लड़की दे देता तो कम-से-कम एक लड़की तो होती, जो माँ की मौत पर बिलख-बिलखकर रोती। रोनेवाला तो वहाँ पर कोई नहीं था। बेटे बड़े हो गए, उन्हें क्या परवाह और बहुएँ तो पराई होती ही हैं। उन्हें तो सास के मरने की खुशियाँ मनानी ही थीं। पर बेटी होती तो माँ को याद कर-करके वह रोती तो सही।''

वह चौंककर अम्मा का मुँह देखने लगी, साधारण सी दिखनेवाली अम्मा ने कितनी ऊँची बात कही थी। सचमुच बेटी तो बस जीवन भर रोने के लिए ही होती है। माँ-बाप के मरने के बाद भी लोग उसे सिर्फ रोने के लिए ही याद करते हैं। जैसे आँसुओं की जायदाद ही उसके नसीब में लिखी हो।

□

नंगी आँखोंवाला रेगिस्तान

अहाते की रेलिंग पर लगे काँटेदार तार पर चिड़िया का नन्हा बच्चा, जो पहली बार उड़ान भरना सीख रहा था, तपती धूप से अलसाया सा अपने दोनों डैनों को नीचे गिरा, चोंच खोल लंबी साँस भर रहा था।

लंबे ताड़ के सूखे पत्ते धरती पर गिरकर बेसहारा से दुष्ट हवा के हाथों इधर-उधर बहक रहे थे। पड़ोस में बने बँगले के बच्चे इमली के पेड़ के नीचे खड़े गुलेल लिये शिकार की तलाश में इधर-उधर सतर्क देख रहे थे।

सारा घर हल्दी की सोंधी महक से भरा था। मंजु का गदराया, हल्दी लगा, गोरा शरीर और···और आँखों में आ ठहरता था। फर्श पर हल्दी के दाग लगे थे। कल मंजु की सखियाँ आई थीं। उन्होंने ही मंजु को हल्दी लगाई थीं। सारा दिन वे बड़े कमरे में शोर करती रहीं। उनकी तेज-तेज हँसी के बीच कहे मजाक के शब्द हवा में बहकर उसे यहाँ तक सुनाई देते रहे, पर इच्छा होते हुए भी वह वहाँ नहीं गई।

अमित के दोनों छोटे बच्चे हल्दी से रँगी उँगलियों से सारे घर की दीवारों पर चित्रकारी करते रहे।

बड़े कमरे का सारा फर्नीचर, कालीन, शेर का चमड़ा आदि सब पैक कर दिया गया था। घर के दूसरे कमरों का भारी सामान अमित ने पैक करवा दिया था।

मेहमानों के नाम पर बस अमित के काका आए थे, तब से ही घर का वातावरण अधिक तना-तना सा था। वह जब से आई थी, अमित के ही कमरे में ठहरी थी, पर कल से अमित ने उसे दूसरे कमरे में शिफ्ट कर दिया था, यानी चाहे वह ऊपर से कितना भी बहादुर दिखता हो, पर अंदर से जरूर कमजोर था।

घर में पैर रखते ही काका ने उसे घूरकर देखा था और मंजु को लिपटाकर, अपनी मरी हुई बहू को याद कर रोने लगे थे। सबके बीच अमित और वह अजीब सा महसूस कर रहे थे। एक मरे हुए व्यक्ति का इतना प्रभाव जाने क्यों उसे अच्छा नहीं लगा। मंजु बहुत देर तक काका से लिपटी माँ को याद कर रोती रही।

□

वह देव की पत्नी थी। देव की उम्र से आधी। अधेड़ पति से पिता का सा स्नेह मिला, पर पति का वह पौरुष कहाँ मिला, जिसके लिए उसकी उम्र भूखी थी। देव थका-हारा पलंग पर लेटते ही अबोध बच्चों सा गहरी नींद में सो जाता और वह अपनी ही आग में सुलगती रहती।

देव के उत्तेजना से भरे वे साल बीत गए थे। यहीं पर वह चोट खा गई। ब्याह के पहले साल हेम हुई थी। उसके बाद उसे कोई संतान नहीं हुई। उसे अपना जीवन पिंजरे में बंद तोता-मैना सा लगता, जो लोहे के सींखचों में है और जिसे समय-समय पर खाना-पीना मिल जाता है, और कभी-कभी मालिक की पुचकार, बस।

एक मोटर एक्सीडेंट में देव अपाहिज आदमी बनकर रह गया। एक बुढ़िया के मर जाने से उस पर केस भी चला। रहे-सहे संबंध भी जैसे अपने आप टूटकर नीचे लटक गए। देव अपने जीवन की कड़वाहट को शराब के प्याले में उतारने लगा। पढ़ा-लिखा देव जब नशे में उसे गंदी और सड़कछाप गालियाँ बकता, तो एकदम गँवार और जाहिल आदमी लगता।

जिंदगी कैद बनकर रह गई थी। इन्हीं ऊँघते दिनों में वह हताश सी चार वर्ष की नन्ही हेम की उँगली पकड़े नितांत अकेली भीड़ भरे चौराहे पर आकर खड़ी हो गई।

देव से तलाक, अमित से भेंट, नई नौकरी, सब एक साथ, एक समय वाले ही दृश्य थे, जैसे अलग-अलग कटी फिल्म को एक साथ जोड़ दिया गया हो।

गीली रेत पर बैलगाड़ी के चक्के के दूर तक घिसटते निशान की तरह ही बीते हुए जीवन के चिह्न शेष थे, जो निश्चय ही रेत के सूखते ही मिट जाएँगे।

यौवन की मुरझाई हुई बेल अमित के पौरुष का सहारा पाकर फिर बढ़ने लगी। अपने भविष्य को उसने अमित को सौंप दिया था।

आंटी उसे हमेशा सतर्क करती, ''नीरा, औरत के जीवन में प्रेम यदि देर से आता है, तो वह अंधों की तरह सबकुछ भूलकर ढलान पर उगे जंगली फूलों की डालों की तरह जल्दी-जल्दी बढ़ने लगती है।''

हेम अब कॉन्वेंट में पढ़ने जाती थी। अब वह पूरे नौ वर्ष की हो गई थी। उसने कभी हेम को देव से मिलने से नहीं रोका। जब भी देव आता, वह खुद घर से बाहर चली जाती। देव भी अब हारे हुए बादशाह सा हताश और थका-थका सा लगता था।

समय कैसे उसके सामने से चुपचाप पैर दबाए निकला जा रहा था, उसने नहीं

देखा। वह खुद आँखें बंद किए अमित की कल्पना में खोई रही।

अचानक एक दिन दोपहर को धूम से तमतमाया चेहरा लिये हेम लौटी, तो वह नीचे दरी पर लेटी थी। हेम सीधे उसके पास जाकर बैठ गई, ''मम्मी सच कहो, मेरे पिता कौन हैं? वह अपाहिज बाबूजी या अमित अंकल? स्कूल में टीचरें मजाक करती हैं।''

एकाएक उसे लगा, हेम बहुत बड़ी हो गई है। पहली-पहली बार वह हेम से नजरें नहीं मिला पाई। अपनी ही बच्ची मुँह पर तमाचा मारे, इससे बड़ी डूब मरनेवाली बात और क्या हो सकती है?

तब···तब पहली बार लगा कि भाग्य ने उसे ठगा है। अमित भी देव की तरह निकला। अंतर इतना ही है कि एक ने घर दिया, दूसरे ने नहीं दिया। वह सिर्फ भावुकता की फुसफुसी धरती पर जीती रही।

अमित के हर पत्र से अब वह गंभीर, सतर्क हो गई थी। अमित उसके प्रश्नों से भागता रहा, उसे बहकाता रहा। हारकर उसने अमित के पत्रों का उत्तर देना ही बंद कर दिया।

अमित का अंतिम पत्र आया—नीरा, मंजु की शादी है, नाराजगी छोड़ो। लड़की पीढ़े पर बैठेगी तो घर देखनेवाला कोई नहीं। इस बार सच नीरा, तुम्हारे प्रश्नों का उत्तर मैं दूँगा। मुझे एक मौका और दो।

—अमित

और जब एकांत में बने बँगले का गेट अमित ने खोला, तो पल भर के लिए उसे लगा, वह इस बड़े से बँगले की मालकिन है। अभिमान से उसका मन भर उठा।

मंजु और दो छोटे बच्चों ने उसका स्वागत किया था। बच्चों की आँखों में नए मेहमान को देखकर प्रसन्नता थी, पर मंजु की बड़ी-बड़ी आँखों में क्रोध के कण दूर तक चमक रहे थे।

मंजु अमित के हाथ से अटैची लेकर अंदर चली गई। अमित लंबे सोफे पर टाँगें पसारकर, निश्चिंत होकर सीटी बजा रहा था।

''तुम आ गई हो नीरा, अब मुझे हलका लग रहा है। पहली लड़की की शादी है। उसकी माँ नहीं है। मैं अपने में बहुत अनाथपन महसूस कर रहा था।''

''बाप रे, अमित, रास्ते भर तो जंगल-ही-जंगल नजर आया। मुझे तो लग रहा था, जगदलपुर कभी आएगा ही नहीं। जब हमारी बस किसी छोटे गाँव में खड़ी होती, तो नंगे-काले बच्चे सड़क पर लाइन से आ खड़े होते। उनकी आँखों

में मुझे वैसा ही कुतूहल दिखा, जैसा अकसर अजायबघर देखते समय बच्चों की आँखों में होता है।''

''तुम्हें सुनकर शायद आश्चर्य होगा नीरा, यहाँ के अधिकतर लोगों ने रेलगाड़ी नहीं देखी।''

सामने से दूसरे कमरे में जाते हुए दोनों को जाँचती दृष्टि से देखती मंजु निकली, तो उसे अजीब लगा।

''शादी की तैयारी हो गई?''

''हाँ, करीब-करीब। थोड़ा सा सामान बचा है, तुम्हारे साथ जाकर ले आऊँगा। आखिर तुम अब इस घर की मालकिन होनेवाली हो न।''

वह जोर से हँस दी। साथ ही उसकी दृष्टि परदे के पीछे खड़ी मंजु के पैरों पर ठहर गई। उसका मुँह उतर गया।

शाम को जब वह अमित के साथ शादी का सामान खरीदने गई, तो उसकी चाल में कितना गर्व था। शॉपिंग करते हुए मन अभिमान से भरा था कि वह अमित की होनेवाली पत्नी है। अमित भी हर चीज को उसके सामने खिसका देता, ''भई, मेमसाहब को दिखाओ।''

शब्दों का अपनापन उसे छू-छू जाता। वह इन्हीं सुखी क्षणों के लिए तो भटक रही थी।

रात को हमेशा की तरह वह फिर अमित की बाँहों में खोती जा रही थी, डूबती जा रही थी। वह जिस बात का निर्णय करने आई थी, फिर शायद नहीं कर पाएगी। उसे फिर अमित का पौरुष ढक लेगा।

सारी रात अमित जागता रहा था शायद। आँख खुलती तो वह देखती—अमित पलंग पर बैठा सिगरेट पी रहा है। उसे जागा हुआ पाकर अमित शरारत से मुसकरा देता। वह झेंपकर तकिए में मुँह गाड़कर औंधी हो गई। पीठ पर अमित की उँगलियों का स्पर्श स्नेह से दुलार रहा था।

बंद दरवाजे से अमित के बूढ़े काका की जोर-जोर से चिल्लाने की आवाज यहाँ तक आ रही थी।

''प्रेम, प्रेम···क्या बकवास लगा रखी है। बच्चे बड़े हो गए हैं। उनके सामने यह नाटक करते तुम्हें शर्म नहीं आती? तुम दोनों की उम्र अब दुबारा जीवन शुरू करने की है? तुम दामादवाले हो रहे हो, वह एक लड़की की तीस वर्षीय माँ है। सोचो, तुम दोनों का अब शादी रचाना कितना नाटकीय लगेगा।''

''काका, मैं कब तक अपने पर काबू रखता। आखिर मैं इतनी लंबी जिंदगी

अकेले कैसे काट सकता हूँ? मरी हुई पत्नी की याद कब तक ढोता रहूँ? रहा बच्चों का सवाल, तो उनके लिए मैंने कभी किसी बात की कमी नहीं की। आप क्या चाहते हैं मुझसे कि मैं घुट-घुटकर मर जाऊँ?'' अमित जोर-जोर से चीख रहा था।

बंद दरवाजा धीरे से खुला और रोती हुई मंजु बाहर आई। उसे रोता देख दोनों बच्चे सिटपिटाए से, खेल छोड़कर बरामदे में आ गए थे।

पहली बार उसे लगा कि वह किसी अजनबी, अनजान आदमी के घर घुस आई है। बच्चों के सामने अपने आपको अपमानित होता देख उसे बड़ा कष्ट हो रहा था।

काका दरवाजे के पल्ले भड़भड़ाते हुए बाहर आए। अमित अंदर ही था। वह बहुत चाहकर भी उसके पास नहीं गई। बस कुरसी पर बैठी बाहर देखती रही।

ताड़ की लंबी-लंबी डालों पर भरी दोपहर में टिटहरी 'पीविट-पीविट' कर थके हुए शब्दों से अपनी थकान का ऐलान कर रही थी।

सुख के क्षणों का पीछा करते-करते वह थक गई थी। कैलेंडर में लाल स्याहीवाले छुट्टियों के इने-गिने दिनों की तरह ही सुखी क्षण भी उसकी उम्र के सालों में बड़ी ही आसानी से देखे और गिने जा सकते हैं। कम उम्र की भावुक लड़कियों की तरह प्रेमी के बुलाने पर वह भाग आई थी। उसकी अपनी बेवकूफियों का मूल्य शायद हेम को चुकाना पड़ेगा।

□

घर में बहुत हलचल थी। बाहर भाग-दौड़ सी मची थी। शामियाने का सामान, जनपद से आई लोहे की कुरसियाँ, दरियाँ, टेबल, सब उतारे और रखे जा रहे थे। मजदूर सब्बल से खोद-खोदकर बड़ी-बड़ी बल्लियों को गाड़ रहे थे। जहाँ-तहाँ कीलें, हथौड़ी, रंगीन कागज, लेई वगैरह पड़े थे। पड़ोस के बच्चे बड़े ही उत्सुकता से सारे काम होते हुए देख रहे थे। अमित बच्चों को वहाँ से बार-बार भगा रहा था, पर वे ढीठ दर्शक की तरह डटे थे।

वह बड़े से संदूक पर बैठी थी। पास ही कुरसी पर बैठे काका उसे बार-बार इस बात के लिए तैयार कर रहे थे कि वह अमित से संबंध तोड़ दे। भविष्य में उससे कभी न मिले, बच्चों की खातिर।

अपमान, लज्जा और आँसुओं से उसका चेहरा फक पड़ गया था। अपने में और कोठे की वेश्या में उसे कोई फर्क नहीं लग रहा था। जाने कितने उपन्यासों और फिल्मों में यही दृश्य उसने देखा-पढ़ा था। वेश्या के चंगुल से घरवाले आदमी को निकाल रहे हैं। क्या वह भी इधर वेश्या हो गई है? ऐसी स्थिति की उसने कल्पना की थी कि घर के बुजुर्गों को बच्चों की, समाज की दुहाई देनी पड़ेगी? क्या प्रेम

यथार्थ की भूमि पर आकर इतना फुसफुसा हो जाता है ? आह ! क्या वह गलत पते पर मंजिल ढूँढ़ रही थी ?

हल्दी से सने कपड़ों में मंजु घबराई सी बार-बार आ-जा रही थी। मंजु की आँखों में नए घर जाने का जरा सा उत्साह नहीं था। बल्कि भय था कि उसके जाते ही नीरा इस घर की मालकिन न बन जाए। पहले भी मंजु की नंगी आँखें हमेशा उसका पीछा करती रही हैं। रोज सुबह जब वह अमित के कमरे से निकलती, तब मंजु से टकरा जाती। मंजु की नंगी आँखों की तेजी को वह झेल नहीं पाती थी। हरदम सतर्क, चौकसी करती आँखें देख उसे अजीब लगता।

उसे लगता कि अभी, एकदम अभी निकलकर वह चली जाएगी, पर वह जाती नहीं, वहीं संदूक पर बैठी रहती है। अपने को इतना ढीठ उसने इससे पहले कभी नहीं पाया था।

काका शायद उससे स्पष्ट जवाब चाहते थे, पर उसकी ढीठ आँखों को देख वे थोड़ा सिटपिटाए और तुरंत उठकर बाहर की ओर चले गए। उन्हें एक बात का और डर था कि कहीं अमित इस बीच न आ जाए।

काका के जाने के बाद वह दीवार पर टँगी मंजु की माँ की तसवीर को देखती रही।

□

ब्याहवाला दिन और दिनों से बेहद व्यस्त था। अपने साथ तूफानी हलचलें लिये था। अमित भूखा-प्यासा भाग-दौड़ कर रहा था। सुबह से वह नहाया तक नहीं था। उसकी पीठ पर कमीज पसीने से चिपक गई थी। काम उतना नहीं था, पर पहली शादी होने के कारण वह घबराहट में बदहवास सा हो रहा था।

शाम को जब मेहमान आने शुरू हुए, तब कमरों में बेकार औरतों का हुजूम ज्यादा हो गया, जो सिर्फ दुलहन के पास ही बनी रहना चाहती थीं। भंडारघर में मंजु की सखियाँ और मुँहबोली आंटियाँ घुसी खाने और अपने बच्चों को खिलाने में ज्यादा व्यस्त थीं। बच्चे मुँह में पान के बड़े-बड़े बीड़े ठूँसे इधर-उधर हो रहे थे, उन्हें रोकने या टोकनेवाला कोई नहीं था।

मंजु को नए कपड़ों में तथा नए गहनों में लादकर बैठा दिया गया था और वह बहुत ही ऊबे ढंग से परेशान सी बैठी थी। उसका ध्यान अपने आस-पास उससे बातें करती औरतों की ओर बिल्कुल नहीं था। उसकी खाली-खाली आँखें सारे कमरों को टटोलती सी लग रही थीं। लगता था, वह एक जगह बैठी है, पर उसकी आँखें सारे घर का निरीक्षण कर रही हैं।

बरात, भाँवर, कन्यादान सारी रस्में ग्यारह बजे खत्म हुईं। उसके बाद मंडप में ही खाने की पंगत बैठी।

अमित थका सा बरामदे में पड़ी लंबी कुरसी पर बैठ गया था। सारे काम निपटाते-निपटाते जैसे वह थक सा गया था। जवाबदारी कंधों से उतर गई थी, इसलिए थकान भरी टूटन सारे शरीर में थी।

वह ब्याह के हर प्रोग्राम से कटी-कटी रही थी। वैसे भी किसी भी समय उसकी जरूरत नहीं समझी गई। यहाँ तक कि अमित ने भी किसी काम के लिए उसे नहीं पुकारा। इतने लोग जो किसी-न-किसी बात को लेकर व्यस्त थे, उनमें वह ही एक फालतू दिख रही थी।

बरामदे के आखिर में जो छोटा कमरा था, वहाँ अमित के खास दोस्त बैठे थे। अमित के खास दोस्तों के लिए होटल से कबाब, बिरयानी मँगाई गई थी। घर में तो सब्जियों का ही डिनर था। बंद कमरे से लंबे ठहाके, हवा में तैरती शराब की गंध तथा सस्ते होटल से मँगवाए गए कबाब के कच्चे मसाले की गंध का भभका हवा के साथ यहाँ तक आ रहा था।

फूलों की क्यारियाँ मेहमानों के हाथ धोने से खराब हो गई थीं। शादी के घर से, फूलों की गंध, खुशबूदार खाने की गंध, नई साड़ियों की गंध, तरह-तरह के सेंट और कच्ची-पक्की उम्र के शरीर की अलग-अलग गंध लिये हवा धीरे, मगर चंचल होकर रंगीन झाड़ियों को छू-छूकर भाग रही थी।

वह अपने कमरे में ढेर सारे विचारों से घिरी बैठी थी कि तभी अमित दोनों बच्चों को, जो शायद बाहर भीड़-भाड़ में दरी पर ही सो गए थे, उठाकर ला रहा था। दोनों बच्चों को पलंग पर लिटाकर अमित उसके पास आया, ''थक गया हूँ, नीरा।''

इच्छा हुई कि कहे, 'अमित, तुमने तो मुझे मदद के लिए बुलाया था, पर खुद ही अकेले-अकेले निपटाते रहे, थकोगे नहीं तो क्या!'

''आज मुझे अपने दोस्तों को नहीं बुलाना था।''

''क्यों?''

''वे लोग पीकर बहक गए थे, नए दामाद के सामने तुम्हें लेकर मुझसे बहुत अश्लील मजाक करते रहे।''

उसके गाल तमतमा गए।

''नीरा...मैं एक बात तुमसे कहना चाहता हूँ। प्लीज ठंडे दिमाग से सुनना और बीच में न टोकना,'' अमित ने उसकी जाँघों पर अपना सिर रखते हुए कहा, ''क्या हम दोनों इसी तरह सिर्फ मित्र बनकर नहीं रह सकते? आज मंजु का कन्यादान

करने के बाद से जाने क्यों मुझे अजीब सा लग रहा है। पहली बार आज लगा कि मैं बाप हूँ और अब ससुर बन गया हूँ। मेरी हर हरकत का असर अब मंजु के जीवन पर पड़ेगा। आज मुझे लगा, मैं बूढ़ा हो गया हूँ। इसी बुढ़ापे को मैंने सदा नकारा है, पर जाने क्यों आज लग रहा है, मैं भीतर से···बहुत भीतर से लचक गया हूँ।''

उसे लगा, आज अमित ज्यादा पी गया है, पर उसकी आँखों को देखकर ऐसा नहीं लगा। अपमान और लज्जा से उसका मुँह लाल हो गया। उसने चोट खाए हुए अंदाज में निराशा से भरकर अमित को देखा और वह अमित के नीचे से अपना आँचल खींचती हुई उठ गई।

उसे लगा, यहीं कहानी खत्म हो गई, जिसकी ध्वनि पिछले कई दिनों से वह सुन रही थी। बड़ी ही आसानी से कहानी खत्म हुई, जैसे वह जिद करती हेम को टालने के लिए कहानी सुनाती थी—एक था राजा, एक थी रानी, दोनों मर गए खत्म कहानी।

इतना सब देखकर, समझकर भी उसकी आँखों में आँसू नहीं आ रहे थे, जैसे आँखें रेगिस्तान सी सूख गई थीं। उसने खींचे हुए आँचल को कंधे पर ठीक किया और अलमारी की ओर बढ़ गई।

अलमारी के ऊपर रखी अटैची को खींचते हुए उसने बहुत धीरे से बस छोटा सा वाक्य कहा, ''···अब मैं जाऊँगी, अमित।''

□

सूकी बयड़ी

फागुन का महीना समाप्त हो चुका था और चैत लग चुका था। खेतों में गेहूँ की बालियों के लटकते लंबे-लंबे झुमके बड़े अच्छे लग रहे थे। गेहूँ के दानों में अभी भी थोड़ी कसर बाकी थी। उनमें कच्चा दूध भरा था। गेहूँ की महक सारे वातावरण में बसी थी। ठंड जा चुकी थी, पर उसका असर अभी पूरी तरह से वातावरण से उतरा नहीं था। ठंड का आभास मिल जाता था।

खेतों से हटकर थोड़ी दूर पर एक ऊँचे टीले पर नीम, जामुन और पीपल के पेड़ों के बीच नीमड़ा का अपना कच्चा घर था। घर पर खपरैल लगी थी। ओसारे की छत पर फूस का छप्पर था। नीमड़ा के घर के पीछे जहाँ काँटों की बाड़ी समाप्त होती थी, वहीं से खेत शुरू हो गए थे। दूर तक खेत-ही-खेत दिखते थे। ढेर सारे खेतों की सरहद के किनारे बसे नीमड़ा का अपना एक भी खेत नहीं था। वह तथा उसकी पत्नी रोज दूसरे के खेतों में मजदूरी करने जाते हैं।

तीन बेटियाँ, एक बेटा और ढेर सारे मुरगे-मुरगियाँ—यही नीमड़ा की दुनिया, परिवार, धन तथा संपत्ति थे। इन्हींके इर्द-गिर्द नीमड़ा का जीवन-चक्र घूमता था। नीमड़ा के मुरगे-मुरगियों के कारण रोज आसपास के लोगों से कहा-सुनी हो जाती थी, इसलिए उसने काँटोंवाली बाड़ी चारों ओर बना रखी थी।

घर के आँगन के पीछे कंडे के ऊँचे ढेर के बने टीले पर कलगीदार काले पंख और लाल पंखों की लंबी पूँछवाला कड़कनाथ मुरगा चढ़ा था। ऊँचाई पर चढ़कर वह दूर-दूर तक के दृश्यों को देख प्रसन्न हो रहा था। गरदन मटका-मटकाकर वह सारी दुनिया को निहार रहा था। कुटकूटा-कुटकूटा कर वह नीचे चरते मुरगे-मुरगियों को प्रभावित करने की चेष्टा कर रहा था। नीचे चरते मुरगे-मुरगियाँ उसे बहुत छोटे और बौने लग रहे थे। वे भी ऊँची गरदन कर हैरानी से ऊपर चढ़े अपने साथी को देख रहे थे। वे दंग थे कि उनका साथी मुरगा आखिर इतने ऊँचे सिंहासन पर कैसे पहुँच गया?

फूलाँ लकड़ी बीनने जंगल गई थी। लकड़ी के गट्ठर के साथ वह डलिया में महुआ बीनकर लाई थी। थकान से फूलाँ की नन्ही-सुकुमार देह झुलस गई थी। रास्ते भर सोचती आई थी कि जाते ही घर में खाने को रोटी माँगेगी और दीदी को बताएगी कि महुआ पकने लगा है। जंगल में सवेरे से घूम-घूमकर वह थक गई थी।

घर में आकर फूलाँ ने सबको काम में लगा देखा। माँ गोबर से घर लीप रही थी और थोरा दीदी दीवार पर फूल गाढ़ते गीत गा रही थी। उसकी मीठी, कोयल जैसी बोली सारे घर में गूँज रही थी। थोरा दीदी सच की ही तो कोयल है। कैसी प्यारी आवाज है कि थका परदेसी भी सुने तो अपनी थकान भूलकर सो जाए। थोरा दीदी रूप में भी कोयल जैसी ही थी। होरा दीदी सुंदर और तीखे नाक-नक्श की थी। दोनों अपने-अपने गुणों को पहचानती थीं। फूलाँ होरा के पास बैठकर, रंग में उँगली डुबोकर अपने पैरों पर माँड़ने लगी।

''ऐ, खबरदार, रंग नास मत कर नी।'' होरा बोली।

''क्यों बना रही है फूल? क्या कोई त्योहार है?'' फूलाँ ने उत्सुकता से पूछा।

''त्योहार नहीं, तेरा दूल्हा तुझे देखने आने वाला है।''

''और तेरा नहीं? तभी तो जुटी है।'' फूलाँ चिढ़ गई।

''चुप कर! दीदी की बात पक्की करने आ रहे हैं।'' होरा ने धीरे से रहस्य खोला।

''अरे, क्या सच्ची! कब आएँगे?''

''आज साँझ को।''

''आज फिर तो बढ़िया कुछ पकेगा नी!''

''सपना देखती रहती है।'' होरा हँसी—''घणा दिन खाने का सपना देखती है, भूखी मरती है।''

''हाँ, मरती हूँ। सारा दिन लकड़ी, महुआ, आम बटोरने में ही फिरूँ हूँ जंगल-जंगल। तू तो एक दिन गई थी तो बाघ देख भाग आई थी।''

''तो! खा नहीं जाता?''

''तेरे को ही खा लेता और किसीको नहीं खाता। बाघ भी आदमी देख डराता है।''

''हाँ, बाघ से तेरी तो दोस्ती है।'' होरा गुस्से से बोली, ''जरा सा काम करती है और सारा दिन फिरे है। आज संझा को मुरगा काटेगा बापू।''

''पण, मैं अपना मुरगा देनेवाली नईं।'' फूलाँ सतर्क होते बोली।

''खाने को भी देखती है और मुरगा भी नहीं देगी! चटोरी कहीं की! तू नहीं देगी तो मैं क्यों दूँगी?''

''ठीक है, तू मत दे नी। जिसकी बात पक्की हो रही है वही देगी अपना कड़कनाथ मुरगा।'' फूलाँ जोर से बोली, ताकि थोरा दीदी भी सुन ले।

''छोरी, मेरे कालू पर नजर मत मार।'' थोरा दीदी मचिया पर बैठे-बैठे पीछे घूम गई। उसके हाथ में मोर के पंख की डंडी थी, जिससे वह फूल काढ़ रही थी—''पिछले भगौरिया हाट से पूरे दो सौ रुपए जीतकर लाया था मेरा कालू। साथ हारा हुआ साथी भी लाया था, न्योता खाने के वास्ते।''

''दीदी, तेरे मुरगे पर मेरी नजर नहीं है। यह तो फूलाँ बोल रही थी।''

''पण दीदी,'' फूलाँ बोली, ''जब मुरगी के बच्चों का बापू ने बँटवारा किया था तब ही बात पक्की हो गई थी कि सब अपने काम पर ही अपना मुरगा काटें या बेचें, दूसरे पर नजर नी मारेंगे।''

''वो तो ठीक है, पर मेरे पास एक कालू है नी, बाकी तो सब मुरगियाँ हैं। तेरे और होरा के मुरगा अभी छोटे हैं न और कितने ढेर सारे हैं न!'' थोरा दीदी गुस्से से नाक चढ़ाती बोली।

''पण, काम तो तेरा है नी।'' होरा बोली।

''पण, मुरगी काटने की कोण दरकार है! माँ कहती है, मुरगी नहीं काटना चाहिए। वंश बढ़ाती है। मेरे को पाप लगेगा नी।''

''चींटी बोली मत बोल।'' थोरा दुःखी होकर बोली, ''जाऊँगी तो अपने सारे मुरगे-मुरगियाँ तुझे दे जाऊँगी नी।''

''सच्ची! म्हारी अच्छी दीदी।'' फूलाँ दौड़कर थोरा की पीठ पर लद गई।

''हाँ, पण रिश्ता तो पक्को होने दे नी।'' थोरा ने लजाते हुए कहा।

''मैं मानता माणु नी, दीदी।'' फूलाँ ने दोनों हाथ जोड़ लिये।

''बावली!'' होरा दोनों बहनों का मेल देख चिढ़कर ऐंठती बोली।

''दीदी, देख, ऐंठ रही है यह।''

''ऐंठने दे।''

बाहर से लीपने का काम निबटाकर, हाथ-पैर धोकर माँ अपने लुगड़े के छोर से हाथ पोंछती भीतर आई। तीनों को लड़ता देख बड़बड़ाई।

''छोरियाँ, कदी नी बदलियों! रोज दिना दंदोड़ा उठाए, नथुणाँ फुलाई घूमे हैं। कल से नी बैठे नी बावली छोरियाँ।'' माँ बड़बड़ाकर डलिया से मक्के की रोटी निकालकर खाने लगी।

''भूख लागी है।'' फूलाँ माँ के पास पहुँच गई।

''मर्चा-नमक पीसी ले, चटनी से खई ले। रूखी खाए नी जाए, म्हारी बात

और है।'' माँ रूखी रोटी चबाते बोली।

''नमक से खई लूँ।'' फूलाँ भूख से अधीर होते बोली।

''नहीं रे फूलाँ, चटनी पीसी ले। थोड़ी म्हारा मुँडा में भी डाली दे।'' थोरा बोली।

''पीसी ले, पीसी ले।'' माँ ने दोबारा कहा।

फूलाँ हंडिया से नमक, मिर्च और लहसुन निकालकर पीसने बैठ गई। चटनी पीसकर उसने थोड़ी चटनी व रोटी होरा को दी और थोरा के पास बैठकर उसे खिलाने लगी। अपने भी खाने लगी। खाते-खाते वह थोरा का बनाया सुंदर मोर देखने लगी।

□

काफी दिनों बाद घर में मेहमान आने वाला था। दिन डूबा नहीं था। माँ चूल्हे के पास बैठी भजिया के वास्ते बेसन घोल रही थी। नीमड़ा चूल्हे के पास आकर बैठा और चूल्हे से जलती कोलती उठाकर बीड़ी सुलगाने लगा। बीड़ी का कश लेता वह जलती आग को घूरता रहा। बीच-बीच में पत्नी को परख लेता था। नीमड़ा के मन की उलझन का पत्नी को कोई अंदाजा नहीं था। वह अपने काम में वैसे ही लगी रही।

''एक बात बोलूँ?'' नीमड़ा ने चुप्पी तोड़ी।

''हूँ, बोल नी।''

''वा लोग थोरा के वास्ते माने नी तो?''

''नी माणे तो जाणे दे, कोण और मिलेगा!'' पत्नी चूल्हे पर लोहे की कड़ाही चढ़ाकर तेल डालते बोली, ''राम ने जोड़ी बनई है तो कदी तो आएगा।''

''वा लोग तीनों छोरी ने ब्याहवना चही रिया। उनके तीन छोरा हैं नी।''

''पण इतणो अंधेर! छोरावाला है तो अपणीज ढपली, आपणो राग काढ़ेगा।''

''तो तू बोल नी?''

''नी, तीन-तीन छोरी को एक संग घर से काढ़नेवाली नी। मना बोली दे नी। दुनिया में कैसा-कैसा लोग ना हैं!'' माँ ने गहरी चिंता में डूबते हुए कहा।

''धीरे बोल नी, छोरियाँ सुणे हैं।'' नीमड़ा ने माँ को सतर्क करते हुए कहा तथा चूल्हे की लकड़ियों को चूल्हे में दोबारा सहेजकर, फूँक मारकर आग ठीक जलाते हुए कहा।

''जाणे तो जाण लेने दे न! छोरियाँ भी तो जाणे नी दुनिया कैसी है, दुनिया का लोग ना कैसा हैं!'' माँ दुःखी होकर बोली, ''थोरा के लिए आणेवाला थोरा की बात करे नी। होरा तो रूपवान है, कोई से भी राजी-खुशी माँगकर ले जावेगा।''

"मान जा, स्याणी," नीमड़ा ने पुचकारते-फुसलाते हुए कहा, "टटोलकर ही तो बोल रिया हूँ।"

"एक बइण के वास्ते दो बइण का टेका!" माँ चूल्हे पर लोहे की कड़ाही चढ़ाकर तेल उड़ेलते हुए बोली, "बात फेर दे, एक के वास्ते दो की हकरी छीणें! माँ-बाप होकर ऐसो अन्याय करें!" माँ परात में पकौड़ियों के वास्ते बेसन घोलते हुए बोली, "जाणे दे, और कोण आवेगा! दुनिया में छोरा का काल नी पड़ी गयो। भजिया-पकौड़ी छोरा-छोरी खई लेगा। घणा दिन से चाखी नी पकौड़ियाँ। टेसूआ नी आयो ?"

"ढोर-डंगर ठिकाने बिठइकर आवेगो नी। वोई दिणा पटेल नी बकरी जंगल भागी गई तो देखी नी, पटेल कैइसो बावेला मचाए थो! गाँव से काढ़ने की धमकी सुनई गयो थो।"

"काँईं कराँ! सारा दिन बाल-बच्चा संग खेत-मजूरी कराँ तब भी घर नी चाले। कल सारा दिन चक्की में बेसन पीसी, आज सारा दिना घर लीपा-पोती में निकड़ी गयो। दो दिना की मजूरी डूबी गई नी। छोरी के बात पक्की हुई जाए, ऐसो कोण आसार भी नी दीखे।"

"धैर्य राख बावली, बात नईं तोड़ेगा। उसका छोरा दुश्मन की बेटी नूँ ब्याव वास्ते कूदी घूम रिया है, कोण बीच का रास्ता कढ़ेगा नी!"

"जाणे कब रास्ता कढ़ेगा!" माँ ने गुस्से से पकौड़ियों को तेल में छोड़ दिया। झारे से पकौड़ियों को उलट-पुलटकर बोली, "अमीर लोग गरीब आदमी के वास्ते कभी रास्ता नईं काढ़ता, अपणा बिरादरी का आदमी भी गरीब के लिए मन में दया नी राखे।" माँ ने झारे से गरम पकौड़ियों को कड़ाही से निकालकर बाँस की डलिया में डाल दिया। चूल्हे की आँच तेज हो गई थी। आँच को धीमा करते बोली, "जाणे दे, भगौरिया से कोई ले जावेगा।"

"अंधेर बात मत बोल।" नीमड़ा गरम पकौड़ी डलिया से उठाकर मुँह में डालते बोला, "भगौरिया हाट से सुंदर कन्या को छोरा भगावे है। देख, छोरियाँ घर से ब्याहकर जावें तो सासुरे में मान पाती हैं। सावंगया ब्याव का हमारी जाति में बहुत आदर है। हमारा अपना ब्याव भी तो सावंगया ब्याव था।"

"रहणे दे। अब कोण में ताकत है सावंगवा ब्याह करने की! कोण बिरादरी को खिलाए, कोण ब्याव का खर्चा उठाए, कोण में ताकत है! हमारा बख्त और था। सस्ता का जमाणा था। मेहनत-मजूरी करके गुजर-बसर करनेवाले की इतना बल कहाँ! मैं तो बिन फेरे के छोरियों को बिदा करूँगी। फेरे वह अपने घर फेर लेगा। बस पाँच आदमी आवें, ज्यादा को नहीं खिलानेवाली।"

"तू तो हुई गई बावली, अब झाड़ू लेकर गाँव में फिरेगी!" नीमड़ा ने चिढ़कर कहा, "अरे, पहली छोरी के ब्याव में हाथ टेक रही है। तू कई जाणे, मँगणी करके, फेरे लेकर जानेवाली बेटी भाग्यवान् होती है। बिरादरी और ससुराल की आन होती है।"

"ठीक है, ठीक है। आणे भी तो दे नी! गरीब आदमी क्या बोल! गूँगा है नी?" माँ ने अपना काम तथा अपनी बात पर जैसे विराम लगा दिया।

□

साँझ को गोधूलि वेला होते-होते पाहुने घर आए। घर में चहल-पहल थी। खाट पर दरी और नई चादर बिछा दी गई थी। खाट पर बिछी बड़े-बड़े कमल फूल बने छापेवाली चादर माँ ने पाँच बरस पहले त्यौहारिया हाट से खरीदी थी। घर में कभी कोई पाहुना नहीं आया तो बक्से में पाँच बरस से ताले में पड़ी थी। माँ ने चादर को फटकारकर खाट पर बिछाई तो नई चादर की सोंधी महक घर में भर गई। सबके चेहरे पर प्रसन्नता खिल आई। ठीक अवसर पर चादर निकली देख माँ के चेहरे पर भी प्रसन्नता की आभा थी।

अतिथियों का सत्कार पहले पानी और गुड़ से हुआ। अतिथि जमीन पर बिछी चटाई पर बैठ गए। खाट सजी-धजी पड़ी थी। बात पक्की होने पर खाट पर दोनों समधी विराजते हैं, यह दस्तूर था। गाँव के बिरादरी के लोग भी आ गए थे। नीमड़ा और टेसूआ अच्छे कपड़े पहनकर, पीली पगड़ी बाँधकर तैयार होकर बैठे थे। टेसूआ काँसे की बड़ी परात में पकौड़े लाकर अतिथियों के आगे रख गया था। परात सारी बिरादरी में घूम रही थी। एक-एक पकौड़ा उठाकर सब खा रहे थे। सबके चेहरे पर उत्सुकता थी। सब बात तय होने की बाट तक रहे थे।

भीतरवाली कोठरी का किवाड़ भीतर से बंद था। कुंडी चढ़ी थी। दीवार के बीचोबीच बने आले पर दीया रखा था। दीये का उजाला थोरा के मुँह पर पड़ रहा था। किवाड़ के पास थोरा और होरा बैठी थीं। होरा किवाड़ की झिरी से बाहर झाँक रही थी और थोरा को बाहर की कथा देख-देख सुना रही थी। थोरा उत्सुक, प्रसन्न-सी बहन के चेहरे के भाव को पढ़ रही थी। थोरा की आँखों में ढेर सारे सपने तैर रहे थे।

दूसरी कोठरी का एक किवाड़ खुला था। दूसरे पल्ले की आड़ में फूलाँ माँ के साथ बैठी थी। बाहर की गतिविधियों को फूलाँ देख-देख माँ को बता रही थी। बाहर की धीमी गति देख फूलाँ का धैर्य छूट रहा था और वह ऊब रही थी। उसे नींद-सी आने लगी थी। वह मन-ही-मन बार-बार सोच रही थी, जाने कब बात पक्की होगी। कब रोटी-मुरगा खाने को मिलेगा।

''तीनों छोरियों नी एक संग ले जाऊँगा। मोटी रकम दे जाऊँगा।'' छोरे का बापू बार-बार बोल रहा था।

''नईं-नईं बिरादर, ऐसा मत करो। थोरा की बात पक्की करो। दोनों तो अभी छोटी हैं नी।'' नीमड़ा बोला।

''बईण-बईण देवरानी-जेठानी बनी रहें तो घर की व्यवस्था ठीक बनी रहे नी। तीन छोरा वास्ते तीन बईण ही लाऊँगा, ऐसा विचार से ही तो इतनी दूर आणा पड़ो नी।''

''पण छोरी नी माँ माणे तब नी!''

''छोरी की माँ केणो वास्ते नी माने ? म्हारो घर देख ले, पूछ-परख लेवे। अरे, राज करेगी तेरी बेटी। नी माणेगा तो म्हारा गाँव चला जाऊँगा।''

छोरे के बापू की बात सुनकर नीमड़ा का मुँह लाल तोमड़ा-सा हो उठा। निराशा सी लगी। लगा, घर आई बात लौट गई। गले में पड़े गमछे से नीमड़ा ने अपना मुँह पोंछा और सामनेवाली कोठरी में किवाड़ की आड़ में बैठी फूलाँ की माँ को देखा। फूलाँ की माँ भी उसे ही देख रही थी। वह भी समझ गई, मामला सुलझेगा नहीं। उसने इशारे से दो उँगलियाँ अपनी उठाकर नीमड़ा को संकेत दिया। नीमड़ा ने थोड़ी चैन की साँस भरी।

''ठीक है, बिरादर, थोरा के संग होरा की बात पक्की करो। फूलाँ तो अभी छोटी है। उसपर बात मत उतारो नी।''

''नीमड़ा ठीक बोल रहा है, स्यान।'' गाँव के एक व्यक्ति ने समर्थन किया—''होरा को दे रहा है और कईं! दोनों की बात पक्की करो नी!''

''हाँ-हाँ।'' सभी बैठे लोगों ने समर्थन दिया।

''ठीक है, चलो, आपकी बात मैं राखूँ। भगौरिया बाद बरात आवेगी।''

''ठीक है, तमारो स्वागत है।'' कहते नीमड़ा ने समधी को उठाकर खाट पर बैठाया।

''तम भी बैठो नी।'' कहते समधी ने नीमड़ा को भी बैठा दिया। दोनों खाट पर बैठ गए।

'बधाई! बधाई!' की ध्वनि उठी।

टेसूआ दौड़कर हुक्का भरने भीतर गया। माँ ने जल्दी से हुक्का गरम कर दिया। गरम तंबाकू की गंध उठी। टेसूआ हुक्का ले आया। छोरे का बापू हुक्का पीने लगा। प्रसन्नता की आँच सबके मुख पर खिल रही थी। नीमड़ा के मन का बोझ उतर गया था। हलका-सा लगा उसे। छोरे के बापू ने हुक्का गुड़गुड़ाकर नीमड़ा को

दिया। रिश्ता पक्का हो गया। दोनों ने एक-दूसरे को सम्मान दिया। नीमड़ा ने हुक्के को माथे से छुआकर समधी के अभिवादन को स्वीकारा और एक कश खींचकर हुक्का वापस अपने समधी के हाथ में दे दिया। छोरे का बापू हुक्का का आनंद लेने लगा। प्रसन्नता, हँसी और बातों की गूँज गूँजने लगी थी।

□

भीतर बंद किवाड़ों की ओट बैठी होरा के आँसू ढल-ढल गालों पर ढुलक पड़े। उसका मुख फक सफेद खीरे-सा हो उठा। दर्द से भरी हूक मन से उठी और कलेजा काट गई। ब्याह का सपना देखा था, पर ऐसा? बड़ी बहन को पार लगाने में उसकी बलि क्यों? उसका मन कच्चे बाँस-सा चिर गया था। घुटनों में सिर रख वह रो उठी। थोरा ने लपककर उसे छाती से लगा लिया।

''बईण, म्हारा ब्याव वास्ते मना बोल नी।'' होरा सिसकते बोली, ''मैं तो पुजारी के बेटे खेलिया से ब्याव करूँगी। भगौरिया हाट से जाणे वाली थी अगले बरस।''

''जी छोटा मत कर, बईण, बापू की इज्जत राख।'' थोरा होरा के गालों से आँसू पोंछते बोली, ''तेरा कर्जा मेरे सिर रहेगा नी! जीवन भर उपकार मानूँगी। तेरी चाकरी करूँगी। पुजारी अपने बेटे खेलिया के वास्ते छोटे बिरादरी की लड़की के वास्ते नहीं माणेगा। खेलिया को मैं जाणूँ, एक नंबर का लंपट है। वो तो म्हारा पर भी डोरा डाली रियो थो। जो डोरा डाले वह कभी ब्याव नी करे।''

''बईण, नईं, मैं कहाँ रो रही!'' कहते होरा ने अपने आँसू पोंछ लिये और सँभलकर बैठ गई।

''तेरे करेजे की पीर मैं जाणूँ। तेरे सहारे मेरी नैया पार लग जाएगी। बेटी तो गरीब बाप के वास्ते भारी गठरी होए नी, न ढोए जाए, न उठाए जाए।''

फूलाँ दोनों कोठरियों के बीच बनी बिना कपाटवाली खिड़की से जैसे द्वार से कूदकर आ गई थी। फूलाँ हक्की-बक्की सी थी। उसका भोला, नन्हा सा मुख सिटपिटाया-सा था। आँखों में भय था। उसके चेहरे पर वैसा ही भाव था जैसे कसाईबाड़े की ढेर बकरियों में से जो अचानक कटते-कटते रह जाती हैं। अपने बच जाने की प्रसन्नता थी। अचानक मिली इस प्रसन्नता पर जैसे उसे स्वयं विश्वास नहीं हो रहा था। फूलाँ समझ नहीं पा रही थी कि रोए या हँसे। होरा और थोरा को आपस में घुलते-मिलते और रोते सहमी सी देखती रही। सुख और दु:ख दोनों के भाव एक साथ उसके चेहरे पर थे; जैसे बरसात की फुहार में धूप खिली हो।

माँ की आँखों में भी आँसू भरे थे। बेटी का रिश्ता पक्का हो गया था, इसकी

खुशी थी; पर एक साथ दो छोरियाँ चली जाएँगी, इसका दुःख था। अभी से घर की छत पर सूनापन उतरने लगा था।

"फूलाँ, पानी ले आ।" बाहर से बापू की हाँक सुनाई दी। फूलाँ झट वापस खिड़की से कूदकर माँ के पास आ गई। पानी का कसेला उठाकर बाहर जाने लगी कि माँ ने हाथ पकड़कर उसे रोक दिया। फूलाँ सहमी सी दीवार के कोने में चिपककर बैठ गई। उसे लगा जैसे एक अनहोनी टल गई है। अभी वह बाहर जाती तो लोग उसे पकड़कर बलि चढ़ा देते।

"टेसूआ," माँ ने हाँक लगाई—"आकर पानी ले जा।"

टेसूआ भीतर आया और पानी लेकर बाहर गया। बाहर लोग ताड़ी और शराब पी रहे थे। घड़े पर घड़े खाली हो गए थे। टेसूआ सबके वास्ते रोटी-मुरगा परोसकर ले जाता रहा। हँसी-ठट्ठे से सारा घर गूँज रहा था।

"माँ, दोनों दीदी चली जाएँगी ब्याव बाद?" फूलाँ ने पूछा।

"बेटी के भाग्य—रोपा कहीं डले, फसल कहीं उगे नी।" माँ ने थाली परोसकर फूलाँ की ओर बढ़ा दी—"ले, खई ले, नईं तो भूखी सो जावेगी।

□

गल्ला मंडी में रात से आई बैलगाड़ियों का पड़ाव पड़ा था। ढेरों बैलगाड़ियाँ अनाज से लदी खड़ी थीं। सबने अपने-अपने बैल खोल दिए थे। बैल चारा खाकर सुस्ता रहे थे। बैलगाड़ियों का मेला-सा लगा था। सबने अपनी-अपनी लालटेन सुलगा ली थी। लालटेन बैलगाड़ियों के छप्पर के खूँटे से टँगी थीं। जिधर देखो उधर जलती लालटेन-ही-लालटेन दिख रही थीं। बड़ा सुंदर सा दृश्य लग रहा था। चाँद हँसिया के आकार में आकाश पर उग आया था। सब गाड़ीवानों ने कंडे सुलगा लिये थे। कंडों पर बाटी और भरता तैयार हो रहा था। जगह-जगह कंडे के अलाव सुलग रहे थे, जिनपर आठ-दस आदमियों की टोली में लोग अपना रात का भोजन—बाटी और भरता—बना रहे थे। पकती बाटी की सोंधी सुगंध बड़ी अच्छी लग रही थी। कोई हुक्का गुड़गुड़ा रहा था, कोई बीड़ी का सुट्टा खींच रहा था, कोई लेटा गीत गा रहा था। रात को मंडी पूरी तरह मेले में बदल जाती है। सारी रात का रतजगा था, जागरण था। माल की देखा-भाली के लिए लोग जागते थे, इसलिए भी रात भर रौनक बनी रहती थी।

मंडी के पास एक छोटी सी गुमटी थी। यह लाखो बुआ की चाय की गुमटी थी। सारा दिन, सारी रात उसका चूल्हा सुलगता रहता था। चूल्हे में मोटे-मोटे लकड़ी के लट्ठे सुलगते रहते थे। चूल्हे की आग लाखो बुआ के मन की आग

की तरह ही कभी नहीं बुझती थी। लाखो बुआ भी इतनी मिजाज की गरम थी कि जैसे तीखी मिर्च हो, छूनेवाला पानी माँगने लगे। कभी किसीको मुँह नहीं लगाती थी। सारा दिन चूल्हे पर चढ़े पतीले में चाय का पानी खौलता रहता था। एक-दो लड़के उसने रखे थे, जो चाय पहुँचाने का काम करते थे। लाखो बुआ के चूल्हे से ही आग लाकर लोग अपने कंडे सुलगा लेते थे। कंडे भी लाखो बुआ के यहाँ मिल जाते थे। लाखो बुआ कंडे भी बेचती थी। पूरा एक कोठा उसका कंडों से भरा था। मंडी में आनेवाले हर व्यक्ति को लाखो बुआ की इलायची, गुड़, नमकवाली चाय पसंद थी, जो पीता, हरहरा उठता था। जाने कितने बरस से लाखो बुआ की चाय की गुमटी चल रही थी। उधार चाय नहीं देती थी, बस उसे तो नकद दाम चाहिए।

बड़ा घेरदार घाघरा, पूरे बाँह की कमीज और बड़ा सा ओढ़ना ओढ़े रहती थी लाखो बुआ। काला ओढ़ना, कत्थे रंग का घाघरा तथा जेबोंवाली कमीज-अचकन पहनती थी। लंबी सी थैली कमर में खोंसे रहती थी, जिसमें ढेर सारी रेजगारी, तंबाकू की डिब्बी, नस की डिब्बी, चूने की डिब्बी रहती थी। नाक के दोनों नथनों में नस ठूँसकर, दो-चार छींक मारकर वह ताजा दम हो लेती थी। लाखो बुआ के पास ढेर सारी बकरियाँ थीं। हर बकरी का नाम था, जैसे—लालपरी, नीलमपरी, सफेदपरी, सोनपरी, कालीपरी, चितकबरीपरी, यानी; लाखो बुआ के पास परियाँ-ही-परियाँ थीं। लाखो बुआ जिस परी का नाम लेकर बुलाती वही बकरी आती थी; क्या मजाल जो दूसरी आ जाए। बहुत हुक्म मानती थीं सारी परियाँ। अपने से चरने चली जातीं, अपने से लौट आतीं। क्या मजाल जो कोई कहीं रह जाए। सीधे घर आ जाती थीं। ऐसी अद्‍भुत और सयानी बकरियाँ थीं।

नीमड़ा अपने बेटे टेसूआ को लेकर लाखो बुआ की गुमटी में आ गया। चूल्हे के पास लाखो बुआ बैठी चाय बना रही थी। नजर उठाकर नीमड़ा को देखा। जुहार कर नीमड़ा बैठ गया।

"नीमड़ा जणा, कईं आयो? घणे दिनाँ बाद आयो!" लाखो बुआ ने पूछा।

"उधार लेने वास्ते आयो।"

"तू और कईं आतो! गरीब आदमी उधार लेणे ही आवे है।" लाखो बुआ हँसी—"पण उंघा घड़ा पे पानी नी टिके। सेठ हैसियत देख उधार देवे है। प्यारो छोरो है। कईं नाम?"

"टेसूआ।" नीमड़ा बोला, "म्हारा एक ही छोरा है। मोटी रकम की दरकार है। जमानत के वास्ते छोरा ने मजूरी पर राखूँगा।"

"क्या!" लाखो बुआ के हाथ गिलास में चाय डालते हिल गए—"इतने अच्छे छोरा नी सेठ को भेंट करने लायो?"

'कईं करूँ? छोरी के ब्याव है। बिरादरी नूँ पंगत खिलाऊँ नी।"

"छि:-छि:, तू बिरादरी के वास्ते छोरा नूँ जमानत वास्ते लायो!"

"आपणो इज्जत बढ़ेगा नी। दोनों छोरियाँ ठिकाने लग जाएँगी।"

"ले, चाय पी ले।" लाखो बुआ ने दो गिलास बढ़ा दिए।

"रहने दो, अभी दरकार नी।" नीमड़ा संकोच से बोला, "रोटी बँधी है। खाकर यहीं कोने में पड़े रहेंगे।"

"पी ले, पी ले, दाम नईं चइए।" लाखो बुआ बोली, "जो अपणो छोरो जमानत पर राखे उससे दाम लेणेवाली लाखो बुआ नईं है।"

नीमड़ा ने हाथ बढ़ाकर चाय के गिलास ले लिये और एक टेसूआ को दिया। लाखो बुआ को गद्‌गद होकर देखा और चाय सुड़कने लगा। लाखो बुआ उठकर बाहर आ गई और खाट पर लेटकर ऊपर आकाश पर टँगे चाँद को देखने लगी। अँधेरी रात में हँसिया-सा खिला चाँद बड़ा प्यारा लग रहा था। जाने रात हाथ में हँसिया लेकर कहाँ जा रही थी। कोठे में भीतर बकरियों का मिनमिनाना सुनाई देता रहा।

बाहर गाड़ीवानों की चिल्ल-पों मची थी। नीमड़ा धरती पर लेट गया। सोचने लगा, सारी दुनिया व्यापार करने निकली है। किसीके पास ज्वार है, किसीके पास कपास, किसीके पास तुअर-सोयाबीन और किसीके पास बेटा था। अपने-अपने तरह के लोग जुटे थे मंडी में। सबकी अपनी फसल, अपनी आवश्यकता थी।

रात गहरी होती जा रही थी। सन्नाटा भाँय-भाँय करके दानव की तरह बढ़ रहा था। दुनिया की हलचल शांत होते ही मन के भीतरी पट खुल रहे थे और दबे घाव टीसने लगे थे। कोई अपने जहरीले नाखूनों से घावों को खुरच रहा था। पीड़ा से आँखें टपकने लगी थीं। जाने ये दबे-कुचले घाव रात को ही क्यों टीसते हैं। चाँद नीचे सरक रहा था। किसी रोज चाँद धरती पर उतर आया तो?

दूर से किसी गाड़ीवान का गाया गीत हवा के साथ बहता आ रहा था। गीत के बोल सुनकर सब एकाएक चुप हो गए थे। कुछ सो गए थे, कुछ सोने का ढोंग कर रहे थे।

'संगी कदी मिलेगा रे
काँस फूले फागुण रे
पीर टीसे करेजे में

अब के बरस अइयो भगौरिया हाट रे
पूछे काईं खरीदो हाटा में
बोल बिन मोल खरीदे पुनम नो नवा चाँद रे।'

□

बाघ तहसील की गल्ला मंडी के नुक्कड़ पर सेठ दाँगीलाल की गल्ले की, आढ़त की थोक दुकान थी, जहाँ किसानों से अनाज खरीदा जाता था। आसपास के गाँव के किसान दूर-दूर गाँव से बैलगाड़ियों में अनाज भरकर बेचने आते थे। सेठ दाँगीलाल की दुकान पर बारहों महीना बहार छाई रहती थी। सेठ दाँगीलाल भले मोल कम लगाता हो, पर रकम चुकता नकदी देता था, उधारी नहीं रखता था। यही बात किसानों के फायदे की थी और उन्हें पसंद थी। हाट-बाजार का फुटकर माल भी उसीके आदमी खरीदते थे। पूरी गल्ला मंडी पर सेठ दाँगीलाल का ही अधिकार और राज चलता था।

रात से ही गाड़ियाँ आकर ठिकाने लग जाती थीं। भुनसार से ही सेठ के आदमी गाड़ीवान को नंबर बाँट देता था। जिसकी गाड़ी पहले होती उसे नंबर पहले मिल जाता था, इसलिए लोग रात से ही आकर पड़ाव डाल देते थे। नंबर से ही गाड़ीवान की हाँक लगती थी।

सेठ दाँगीलालजी सुबह घर से पूजा-पाठ करके चलते थे। उनके हाथ में एक थैला रहता था, जिसमें पाव-आध किलो शक्कर रहती। रास्ते में चींटियों के डेरे दिखते, उसमें डालते चलते थे। जो शक्कर बच जाती उसे लौटते में डाल देते थे। सेठ दाँगीलाल धार्मिक आदमी थे। उनकी इस आस्था तथा धार्मिकता की बात दूर-दूर तक फैली थी, जिसे सब जानते थे। दुकान से घर मुश्किल से फर्लांग भर की दूरी पर था; परंतु उन्हें दुकान पहुँचते-पहुँचते एक घंटा के लगभग लग जाता था। श्लोक रटते, भजन गाते-गाते वह शक्कर डालते थे।

दुकान पर पहुँचकर वह किसीसे नहीं बोलते थे तथा किसीका अभिवादन नहीं स्वीकारते थे। किसीकी तरफ मुँह उठाकर देखते भी नहीं थे। सीधे अपनी गद्दी पर पहुँचते, जहाँ बड़ी सी थाली में आरती का सामान रखा होता—फूल, अगरबत्ती, चंदन, धूप आदि। गद्दी के पीछेवाली दीवार पर सभी भगवान् के चित्र लगे थे। भगवान् की आरती उतारते, आरती गाते; अगरबत्ती, चंदन, दीया जलाकर नमन करते, फिर गद्दी पर आँख मूँदकर बैठते। आँख खोलकर सबसे पहले बही-खाते को छूते, फिर सबको देखते, अभिवादन स्वीकारते। इस दिनचर्या से सभी परिचित थे, इसलिए सब हाथ जोड़े चुप खड़े रहते थे। गद्दी पर बैठते ही मुनीमजी बही-खाता आगे सरका देते।

''मुनीमजी, आज के बाजार भाव?'' आँख खोलते ही सेठ दाँगीलाल मुनीम से पूछते।

''प्रणाम, सेठजी!'' मुनीम बोलते, ''मिर्च-तुअर तेज, मूँगफली-कपास कम है। तुअर कम आई है।''

''मुनीमजी, तुअर बरस पीछे उतरती जाण पड़े है। पहले तो तुअर बहुत आती थी।''

''सेठजी, तुअर अब कोण किसान लगाता है! अब तो सोयाबीन को जमाना है।''

''राम-राम! मुनीमजी।'' सेठ दाँगीलाल ने बुरा सा मुँह बनाया—''न तो इको तेल मुँह में रखो जाए, नी इका चारा ढोर-डंगर खाएँ, फिर काँईं वास्ते यह फसल करे हैं किसान?''

''सेठजी, किसान को तो अच्छी रकम मिल जाणी चाहिए। सोयाबीन विदेश जाता है।'' मुनीमजी ने बही-खाते का पन्ना खोलकर पहले दिन का हिसाब दिखाते हुए कहा।

''जाणू..जाणू, मैं सब जाणू, मुनीमजी।'' सेठ दाँगीलाल ने कोट की ऊपरवाली जेब से चश्मा निकालकर चढ़ाते हुए कहा, ''विदेश की गाय खाती है और घर की भूखी रहती है। यह कल की बिक्री इतनी कम क्यों लिखी है?''

''माल अभी बाहर रखा है, गोदाम में नहीं गया। चढ़ाया नहीं था।'' मुनीमजी ने घबराकर अपनी छोटी-छोटी आँखों को मिचमिचाते हुए कहा।

''किसान को समझाओ नी कि तुअर बोएँ।'' सेठजी ने अपने मिजाज को ठंडा करते कहा।

''समझाने से कोण माननेवाला है! किसान को तो बस खड़ी रकम चाहिए।''

''इंदौर से कोण फोन-वोन?'' सेठजी ने पूछा।

''अभी फोन नहीं आया है।''

''तो पता करो नी इंदौर भाव!'' सेठजी ने तेज आँखों से मुनीमजी को घूरा और गले की रुद्राक्ष की माला को माथे से लगाया।

मुनीमजी वापस बही-खाता लेकर गद्दी पर बैठ गए। सेठजी अपनी गरदन को दाएँ-बाएँ घुमाकर चटकाने लगे। मुनीमजी फोन लगाने लगे। इंदौर की लाइन नहीं मिल रही थी। वह बार-बार फोन मिलाते रहे। अचानक लाइन लग गई। मुनीमजी प्रसन्न हो गए। चहककर सेठजी को देखा।

''सेठजी, फोन लग गया। सेठ माणिकलालजी लाइन पर हैं।'' मुनीमजी बोले।

''अच्छा।'' सेठजी ने अपना फोन उठा लिया—''हाँ, हलो! कोण, सेठ

माणिकलालजी, जयरामजी की भाया। काँईं खबर है ? हुकुम करो नी। भाव गिर गया ? क्या सुबह-सुबह के बोल रिया नी। हम तो गरीब आदमी, कमर टूट गई नी। व्यापार की चढ़-उतर से आप लोगन को फरक नी पड़े नी! हम तो छोटे व्यापारी हैं। मेरी दुकान के सामने मंडी में माल लिये गाड़ियाँ खड़ी हैं नी··· हलो···क्या ? गरीब आदमी मारा जाएगा नी। सामने त्यौहारिया हाट है, भगौरिया है। ये लोग को तो यही टाइम रकम की दरकार है नी। इस पखवाड़े भाव चढ़ने की उम्मीद दिखे तो बोलो, माल खरीदूँ। नहीं भाया, दोनों बात नईं। हलो! ठीक, रात को बात कर लेवेंगे।''

सेठजी ने फोन रख दिया। सेठ की नजर बाजार भाव पर थी और सबकी नजर सेठजी के चेहरे के भाव पर थी। सेठजी बेचैनी में अपनी उँगलियाँ चला रहे थे।

''क्या खबर, सेठजी ?'' मुनीमजी ने चुप्पी तोड़ी।

''खबर कोई अच्छे रहे है!'' सेठजी ने सिर की टोपी उतारकर सिर सहलाकर वापस टोपी बैठा दी—''भाव गिर गया बता रिया है अपणो सेठ माणिकलाल।'' सेठजी की ध्वनि में झल्लाहट थी।

''आगे हुकुम ?'' मुनीमजी ने डरते-डरते पूछा।

''माल लो नी।'' सेठजी बोले, ''बेचारा किसान कँई जावेगा ? बोली बीस रुपए गिरा दो।''

''ठीक।'' मुनीमजी को हिम्मत आई और उन्होंने हुड़ककर संपतराम पहलवान को आदेश दिया—''संपतरामजी, भाव बीस रुपए गिरकर बोली चढ़ेगी।''

''हुकुम, मालिक।'' संपतराम ने सिर हिलाकर आज्ञा स्वीकारी और दुकान के बाहर सीढ़ी पर जाकर खड़ा हो गया तथा हाँक लगाई—''बीस रुपए गिरकर बोली उठेगी।''

बाहर मंडी में सनकारा खिंच गया। हलचल मच गई। सब सतर्क होकर एक-दूसरे का मुँह तकने लगे। सबके मुँह लटक गए। एक के कान से दूसरे, दूसरे से तीसरे तक बात फैलती रही। सब सकते में रह गए।

एक गाड़ीवान अपनी गाड़ी पर जाकर बैठ गया। गमछा सिर पर लपेटता दूसरे से बोला, ''भाव कम लगा है। बोल, क्या बोलता है ?''

दूसरा गाड़ीवान—''माल तो खाली करना होगा नी, वापस लादकर कोण ले जाएगा!''

तीसरा गाड़ीवान, जो जवान था और रात को गीत गा रहा था, बोला, ''सेठ की कोई लड़की है ? इस बार भगौरिया हाट से उठाकर ले जाऊँगा।''

चौथा गाड़ीवान—''चोप्प! सेठ का आदमी सुन लेगा तो सारी चरबी निकालकर अरंडी का तेल भर देगा।''

एक गाड़ीवान—''अब रकम तो चाहिए न, त्यौहारिया हाट भरने वाली है। त्यौहारिया हाट से सामान खरीदेंगे तभी तो भगौरिया हाट जा पाएँगे।''

''अरे, घर में छोरियों ने बवेला मचा रखा है। जाने कब से तंग कर रही हैं कि अनाज कब बिकेगा?''

दूसरा गाड़ीवान—''उम्र के साथ ही सारा रस है। अब हमारी उम्र तो बस मेला देखने की रह गई है।''

पहला गाड़ीवान—''बीती याद कम है क्या फुरेरी लाने के लिए! काँईं हम नहीं जानते! तुम सज-बनकर जाते थे भगौरिया हाट में! पर भैया, पतंग तो तुम्हारे हाथ लगी नहीं, कोई दूसरा ही काटकर ले गया।''

दूसरा गाड़ीवान गुस्से से बोला, ''हाँ-हाँ, जानता है तो जान, मैं क्या तेरी बात नहीं जानता! तेरीवाली दूसरे के संग भग गई तो ब्याह कर घर बसा लिया था।''

पहला गाड़ीवान—''तो क्या उसके दुःख में जिंदगानी बिगाड़ लेता?''

चौथा गाड़ीवान—''छोड़ यार, यह लड़ाई-झगड़ा। अभी की सोच। ले-देकर तो सेठ आया है। अब बोली भी गिरा दिया और जाने गाड़ी का नंबर आते-आते साँझ न हो जाय।''

पहला गाड़ीवान—''न्याव तो मिलना चाहिए नी! एक गाँव की बोली टूटे, माल गिरे तब दूसरे गाँव की चालू होनी चाहिए। संग-संग आते हैं तो संग-संग लौट जाएँ। रास्ते में दस दोस्त-दुश्मन मिलते हैं।''

चौथा गाड़ीवान—''बुद्धेन का क्या हुआ! मार दिया था न लुटेरों ने और रकम छीनकर खून कर दिया था। गाड़ी में पटककर बैलों को हाँक दिया था। बैल समझदार थे, लाश लेकर घर पहुँच गए थे।''

दूसरा गाड़ीवान—''बैल तो स्याणे होते हैं। रास्ते में शेर-चीता-भालू की महक पा जाते हैं तो खड़े हो जाते हैं। आगे नहीं बढ़ते, अड़कर खड़े हो जाते हैं। रात का बखत हो तो जंगल में ही रुककर, आग जलाकर पड़ाव डालना पड़ता है।''

तीसरा गाड़ीवान—''जंगल के जानवर डरते भी किसीसे नहीं, बस आग से भय खाते हैं। आग जला लो तो फिर भय नहीं।''

सेठ का आदमी संपतराम हाँक पर हाँक लगा रहा था। सब धीरे-धीरे अपनी बैलगाड़ी लगाने लगे। माल तो बेचना अनिवार्य था, चाहे सस्ता या महँगा। मंडी

में फिर से हलचल उठी। लोगों की धक्का-पेली बढ़ गई। हरेक को अपने माल की चिंता लग गई थी।

□

नीमड़ा टेसूआ के संग सेठ दाँगीलाल की दुकान में बड़ी देर से दरवाजे के कोने में बैठा-बैठा चुप सा सब निहार रहा था। मंडी का शोर बढ़ता जा रहा था। सेठ के सारे आदमी माल खरीदने में लगे थे। बड़ी देर से नीमड़ा मुनीमजी के फुरसत में होने की बाट तक रहा था। मुनीमजी अपने बही-खाते में गोता लगाने लगे थे। सेठजी की कान खुजाते में नजर नीमड़ा पर पड़ गई।

''मुनीमजी, काँईं बात है? वह देर से खड़ा है।''

''कर्जा माँगणे आयो होगो।''

''तो पूछो नी?''

''हाँ, भाया, कँईं वास्ते आया है? इधर आओ नी, सेठजी बुलई रिया है!'' मुनीमजी ने नीमड़ा को पुकारा।

नीमड़ा लपककर मुनीमजी के पास आकर खड़ा हो गया। उसके साथ टेसूआ भी आकर खड़ा हो गया और बट-बट भकवा-सा कभी मुनीमजी को, कभी सेठजी को देखने लगा।

''थारो नाम?'' मुनीमजी ने पूछा।

''म्हारो नीमड़ा...बेटा के नाम टेसूआ है। कर्जा वास्ते आया।''

''कर्जा! जमानत के बिना कभी मिलेगा।'' सेठजी ने कान से मैल का गट्ठा निकालकर अपनी धोती से पोंछा और मैलदानी को फूँक से साफ करते हुए कहा।

नीमड़ा घबराया सा चुप खड़ा था। टेसूआ अपने गाँव से पहली बार बाघ तहसील आया था। पहली बार उसने कोई शहर देखा था, जहाँ थाना, तहसील थी। सेठ की दुकान में लगी भगवान् की फोटो भी वह पहली बार देख रहा था। कैसे सुंदर गहने, मुकुट पहने खड़े थे भगवान् लोग! आँखें फाड़कर वह बिटर-बिटर सब तक रहा था।

''बोले काँईं नी? गूँगा कँईं हुओ!'' मुनीमजी ने उसे फटकारा।

''लाडी नो ब्याव है। कर्जा चाहिए।''

''कँईं रे।'' मुनीमजी भड़के—''कँईं, यहाँ दान खाता खुले हैं नी!''

''नईं मालिक, तुम्हीं तो म्हारे अन्नदाता हो। ब्याव में बिरादरी को जिमानो है। एक साथ दो छोरियों का ब्याव आ पड़ो है।''

''फिर?'' मुनीमजी जोर से बोले।

मुनीमजी और नीमड़ा की बात चल रही थी, तब पूरे समय सेठजी आँखें मूँदकर, मुँह टेढ़ा कर अपने दोनों कानों का मैल निकालने में तल्लीन थे। जैसे उनका कमरे में हो रही बातचीत से कोई सरोकार नहीं था। कमरे में चुप्पी ठहर गई थी। नीमड़ा कभी सेठ को, कभी फोटोवाले भगवान् को निहार लेता था। जानता था, फोटोवाले भगवान् मदद नहीं करेंगे। जो भी करना होगा, सेठ को ही करना है।

''कितना रोकड़ा चाहिए?'' मुनीमजी ने पूछा।

''एक हजार, मालिक।''

''एक हजार! छूट सकेगा?'' मुनीमजी ने ऊपर से नीचे चश्मा लगाकर नीमड़ा को देखा—''जमानत?''

''छोरा नी लिवा लायो जमानत वास्ते। मालिक, एक बरस बंधक मजूरी करेगा।''

''आदमी काँईं करे, खेती-घर हो तो बोल!''

''मालिक, गरीब आदमी की तो संतान ही जायदाद है। यही म्हारो धन-संपत्ति सब है।''

''मुनीमजी आपणो को आदमी की दरकार है?'' सेठजी ने मुँह खोला।

''दरकार तो नईं है।'' मुनीमजी ने सेठजी को देखा और सेठजी की आँख का भाव समझते हुए बोला, ''बेचारा मुसीबत में है। आप मदद नी करो तो इनका उद्धार कोण करेगा! एक बरस की बंधक मजूरी कम है, दो बरस लिखा लेते हैं। रुपया चुकता कर देगा तो कभी भी ले जावे।''

''ठीक है, देखभाल कर करो, नुकसान नी होवे।'' सेठजी ने अपनी खोपड़ी खुजाई और आँखें मूँदकर गुड़पी खाते बोले।

''तो दो बरस की बंधक मजूरी पर राखना पड़ेगा। समझ में बात आवे तो अँगूठा टेक, नईं तो टेम मत बरबाद कर।'' मुनीमजी ने निर्णय सुनाया।

''ठीक है, मालिक।'' नीमड़ा भयभीत सा बोला।

दो बरस बेटा यहाँ रहेगा, सोचकर उसकी आँखों में पानी उतर आया। गला रुँध गया।

''छूट सकेगा?''

''छूटूँगा। अपनी हड्डी को गलाकर छूटूँगा।''

''छोरा यहीं रहेगा। हफ्ता-पंद्रह दिन में तू मिलने आवेगा, बस। रोटी यहीं दे देंगे।''

''ठीक है।'' नीमड़ा ने सिर हिलाया।

"क्यों छोरो ?" मुनीमजी ने टेसूआ से पूछा।

"हुकुम, सरकार।" टेसूआ बोला।

मुनीमजी टेसूआ की बात करने के ढंग से प्रभावित हो गए। समझ गए, सिक्का ठन्न से बोला है—यानी चलेगा। मुनीमजी ने सेठजी को प्रसन्नता से निहारा। सेठजी बगले की तरह आँखें मूँदे बैठे थे, पर कान बातचीत पर लगे थे। आँखें खोलकर उन्होंने मुनीमजी को देखा।

"सिक्का चोखो है, बाजार में ठीक चलेगा। रकम दे दो।" सेठजी बोले।

मुनीमजी ने तिजोरी खोलकर पाँच-पाँच सौ रुपए की दो गड्डी निकालकर नीमड़ा की ओर गद्दी पर फेंक दी, मानो कुत्ते को रोटी दे रहा हो।

"चल, अँगूठा टेक।" मुनीमजी ने नीमड़ा का अँगूठा बही-खाते पर लगवा लिया।

नीमड़ा अँगूठा लगाकर, रुपए की दोनों गड्डियों को उठाकर गमछे में बाँध, कमर में पेटी की तरह बाँधकर धोती को कमर में ठीक से लपेटता मुनीमजी को, सेठजी को हाथ जोड़कर जाने लगा।

"अरे, नीमड़ा! ढेर नी, छोरो को तो छोड़ नी।" मुनीमजी ने पीछे से काल की तरह पुकारा।

"छोड़ जाऊँगा नी, रोटला खिलाकर, पुचकार-समझाकर भीतर लाऊँ नी।"

"ठीक है, ठीक है।" मुनीमजी बोले और शरारत से कुटिल हँसी उनके मुख पर विराज गई।

□

बाहर आते-आते टेसूआ सारी बात समझ गया। समझ गया कि बापू उसे छोड़कर गाँव जाएगा। बंधक मजूरी का अर्थ अब उसकी समझ में आ गया था। बाहर आते ही वह फुक्का मारकर रो पड़ा।

"नी बापू, म्हारे नी छोड़।"

"मत रो नी, रोज आऊँगा। बईण के ब्याव बाद छुड़ाकर ले जाऊँगा। गाँव में तो तू मान गया था।" नीमड़ा ने भी अपने आँसू पोंछे।

"बंधक मजूर, समझ नी आयो थो।"

"ऐसो ही बेटा, बिना आफत पड़े गरीब आदमी के बात समझ नी आवे नी।"

"नी बापू, मना बोल, मैं तो गाँव जाऊँगा।"

"रुकी जा मेरे लाल, छोरियन के ब्याव बाद मैं खुद नी राखूँ।" नीमड़ा ने पोटली से मक्के की रोटी निकाली और टेसूआ को खिलाते बोला, "ले, खई ले, चुप हुई जा।"

रोटी चबाते समय टेसूआ का भय थोड़ा कम हुआ। रोना बंद हुआ। रोटी पेट में जाते ही मन में ताकत बढ़ी। सामने बैलगाड़ियों को देखता-निहारता रहा। सोचता रहा, यदि उसका बापू भी किसान होता, उनके भी जमीन होती तो अनाज होता। लादकर बेचने बाघ की मंडी आते। बापू तो मजूर है। दूसरे के खेत पर मजूरी करता है। वह बड़ा होगा तो ढेर-ढेर रुपया कमाएगा, खेत खरीदेगा। खेत में कपास, गेहूँ, ज्वार, धनिया बोएगा। गाड़ी में भरकर बाघ की मंडी लावेगा, तब हाँ...तब वह अपने बेटे को बंधक नहीं रखेगा।

"काँईं सोची रियो है रे, टेसू?" नीमड़ा ने उसके सिर पर हाथ फेरा।

"बापू, तू कल आएगो नी?"

"रोज आऊँगा, घर से रोटी बाँध लाऊँगा।"

"तो ठीक है, रहूँगा। बापू, मैं स्कूल जाऊँगा। सेठ म्हारे स्कूल जाणे देगा? पढ़कर, बापू, मैं खेत लूँगा।"

"सच्ची!" नीमड़ा गद्‌गद हो गया—"चले जाणा स्कूल, सेठ काँईं मणा करेगा! चल, भीतर कर दूँ। बैलगाड़ियाँ लौट जाएँगी, संग चला जाऊँगा। कल आऊँगा।"

"तू जा बापू, मैं मुनीम के पास अपणे जाऊँगा।"

"अरे, तू तो स्याणा हो गया रे! बेटा के लिए दुनिया रोए, यही वास्ते तो रोए। बेटा बाप का बोझा ढोए।" नीमड़ा ने प्रसन्नता से अपनी आँखें पोंछीं और आगे बढ़ गया।

टेसूआ जाते बापू को देखता रहा। उसका कलेजा मुँह को आया; पर उसने हाथ मुँह पर रखकर रुलाई रोक ली। नीमड़ा पलट-पलटकर बेटे को देखता रहा और आँखें पोंछता रहा।

बड़ी देर बाद टेसूआ भीतर आया और मुनीमजी के पास हाथ बाँधकर खड़ा हो गया। मुनीमजी उँगलियों की रेखा पर गिन-गिनकर हिसाब जोड़ रहे थे। आहट पर पलटे और टेसूआ को देखा।

"नीमड़ा गयो?"

"हो।"

"काँईं नाम बोले थारो?"

"टेसूआ।"

"हाँ, टेसूआ। पढ़ना-लिखना जाणे?"

"नी, म्हारे गाँव नी स्कूल पूरे पच्चीस कोस है। ढोर-डंगर चराई लाता रिया।"

''ठीक, पढ़ना-लिखना कोण अच्छी बात है! सब पढ़-लिखकर कुरसी पर बैठ जावें तो काम-धंधो कोण करेगा!'' मुनीमजी बोले और टेसूआ को ऊपर से नीचे तक देखते मन-ही-मन सोचते रहे कि छोरे की तंदुरुस्ती ठीक है। काम ठीक करेगा।

''जा, ढोर-डंगर चराई ला।'' मुनीमजी ने एक आदमी को पुकारा और उससे बोले, ''टेनालालजी, छोरे को गोशाला में छोड़ आओ। यहाँ दुकान पर बैठा-बैठा कँईं करेगा!''

एक मोटे से नाटे कद के आदमी, जिसका नाम टेनालाल था, के हवाले टेसूआ को कर मुनीमजी वापस बही-खाते में डुबकी लगा गए।

□

टेनालाल के पीछे-पीछे चलता टेसूआ एक सँकरी गली में आ गया। ऊबड़-खाबड़ रास्ता पार करने के बाद वे लोग एक पुरानी टूटी-फूटी हवेली के पास पहुँचे, जो किसी पुराने जमींदार की गढ़ी रही होगी। सामने बड़ा सा टूटा, परंतु मजबूत दरवाजा था। चारों तरफ पत्थरों का परकोटा बना था। गढ़ी टूटी-फूटी हालत में पड़ी होगी, जिसपर सेठजी के आदमियों ने कब्जा कर लिया था। भीतर पूरा खंडहर पड़ा था। जगह-जगह खूँटे गड़े थे और हर खूँटे पर जानवर बँधे थे। ढेर सारे ढोर-डंगर देख टेसूआ के प्राण सूख गए। सोचने लगा, क्या इतनों को चराना होगा?

भीतर कई खाटें डली थीं। राक्षस जैसे पहाड़ की तरह बड़े-बड़े आदमी वहाँ बैठे दारू पी रहे थे, ताश खेल रहे थे। जाने क्यों, टेसूआ को घिन सी लगी। ऐसे लोगों के साथ रहना होगा? दैत्य-से दिखनेवाले डरावने लोगों की मूँछों को देख वह भयभीत हो उठा।

टेनालाल ने बड़ी-बड़ी मूँछवाले एक मोटे से आदमी के कान में कुछ कहा और चुप हो गया। उत्तर में उस मोटेलाल ने कुछ नहीं कहा और अपने कुरते की जेब से धुगिंया की डिब्बी निकालकर, तंबाकू रगड़कर बनाया और टेनालाल को दिया तथा खुद भी फाँक गया। टेनालाल धुगिंया खाकर मुसकराया और वापस लौट गया।

मोटेलाल खाट पर लेट गया। दो-चार लोग और आ जुटे थे। मोटेलाल ने इशारे से टेसूआ को अपने निकट बुलाया।

''नाम क्या है?''

''टेसूआ।'' टेसूआ के मुँह से बड़े प्रयत्न के बाद स्वर फूटा।

''काम क्या करता है?''

''ढोर-डंगर चराना या मजूरी, बस.।'

"चोरी करना जानता है?"

"नईं मालिक।" टेसूआ ने घबराकर अपने कान पकड़े।

"नया बछड़ा है।" किसी एक ने कहा।

"ले जा रे, कालू, इसे ढोर दिखा दे।"

एक लंबा सा, लंबे मुँहवाला आदमी आया, जिसने अपने दोनों कानों में बालियाँ पहनी थीं। पीले लंबे-लंबे दाँत। बोलता कम था, दाँत ज्यादा दिखाता था। आते ही उसने टेसूआ को ऐसे निहारा जैसे वह कोई सड़ी मछली हो। फिर नाक को सिकोड़कर उपेक्षा से बोला, "चल बे!"

टेसूआ को लगा जैसे उसके शब्द बोल नहीं, चाबुक हैं। कालू के पीछे वह पिटे कुत्ते-सा चलने लगा। एक दरवाजा पार करने के बाद एक आँगन आया, वहाँ भी ढेर सारे जानवर बँधे थे। आँगन के बाद एक दरवाजा आया। दरवाजे के पीछे आँगन था। वहाँ छोटी-छोटी कोठरियाँ बनी थीं। एक कोठरी का ताला खोलकर उसे भीतर धकेल दिया गया।

"चोपचाप सो जा, समय पर रोटी मिल जाएगी।" कालू बोला और तंबाकू थूककर उसने कोठरी की साँकल चढ़ा दी तथा ताला ठोंककर चला गया।

अँधेरी कोठरी में सहमा सा टेसूआ खड़ा था। उसकी आँखें डबडबा गईं। माँ और बापू याद आने लगे। तीनों बहनें याद आईं। आँसू ढल-ढल गालों पर ढुलक आए।

"ऐ, रो मत, बैठ जा।" अचानक अँधेरे कोने से आवाज आई।

चौंककर टेसूआ पलटकर देखने लगा। बहुत ध्यान से देखने पर लगा, अँधेरे में कोई बैठा है। टेसूआ को थोड़ा संतोष सा हुआ। आगे बढ़कर उसके पास बैठ गया।

"क्या आज आया है?"

"हाँ, और तू?"

"एक महीना से भी ज्यादा हो गया है।"

"तू भी बँधुआ मजूर है?"

"हाँ, मेरे बाप ने भी कर्जा लिया था।"

"यहाँ क्या काम कराते हैं?"

"अभी कुछ नहीं, पर काम लेंगे।"

"क्या काम कराएँगे?"

"जैसा लड़का वैसा काम। पहले महीना-दो महीना रखकर जाँच करते हैं, फिर काम लेते हैं।"

"मतलब?"

''मतलब बेर-बेर मत पूछ। जानता नहीं, सपेरे पहले साँप को टूकने में रखकर उसे रहना सिखाते हैं, फिर नचाते हैं।''

टेसूआ खाली-खाली भयभीत आँखों से उसे देखता रहा गूँगे की तरह। रोना आया, हिचकी-सी उठी; पर उसने होंठ भींचकर सब गहक लिया। लड़के ने हमदर्दी से उसकी बाँह पर हाथ रखा। टेसूआ को लगा जैसे बापू का हाथ हो। वह उस हाथ पर गाल टिकाकर फफक उठा।

□

रात गहरी हो गई थी। भीतर भी घुप्प अँधेरा था और बाहर भी। बाहर दूर एक लालटेन टँगी थी बस। टेसूआ सहमा सा बैठा था। उसे नींद नहीं आ रही थी। उसे यह दुनिया विचित्र लग रही थी। दूसरा लड़का सोने लगा था। पर जब उसने देखा कि वह बैठा है, सो नहीं रहा तो उठकर उसके पास आ गया। दोनों को अब एक-दूसरे का नाम मालूम हो गया था। उस दूसरे लड़के का नाम सरूपा था। पूरे दो बरस के लिए बंधक था।

''वह मोटेलाल कौन है यहाँ का ?''

''उसका नाम मोटेलाल नहीं, रामचरण है और वही इस गोशाला का मुखिया है। इसीके हुक्म पर यहाँ काम होता है।''

''नाम इत्तो अच्छो और करम बुरो!''

''चुप, मुँह बंद रख! यहाँ दीवार के भी कान हैं। इसीकी चाकरी में हैं हम दोनों।''

''पण काम ? हलको काम हो तो ठीक।''

''यहाँ खदान नहीं खोदी जाए।''

''फिर ?''

''फिर क्या! चोरी, डाका, कत्ल-खून—ये काम होते हैं।''

''हँय! ऐसो अंधेर के काम! कल म्हारा बापू आवेगा तो मैं चला जाऊँगा।''

''कदी आवेगा तेरा बापू रे ?'' सरूपा दर्द से सिहरकर बोला, ''अब कभी नहीं आएगा तेरा बापू। मेरे बापू को भी आने नहीं देते।''

''तो ?'' टेसूआ काँपकर बोला।

''अब तो तेरा-मेरा यही संसार है। हम जैसे बहुत सारे लोग यहाँ कैद हैं। यह सरकारी जेल नहीं, यह कमीने आदमियों की बनाई जेल है। यहाँ पर यमराज का राज है। यहाँ बेईमानी ही इनका ईमान है। हम जैसे सैकड़ों असहाय लोगों को ये मार-मारकर बेईमानी सिखाते हैं। यह नरक है, टेसूआ, नरक।''

''मैं···मैं गाँव जाऊँगा, गाँव जाऊँगा।''

''सो जा, चुप हो! ये लोग सुन लेंगे तो तुझे अकेले अलग कोठरी में रख देंगे; जैसे मुझे रखा था। चल, सो जाते हैं।''

दोनों नीचे लेट गए। टेसूआ सरूपा से लिपटकर रोता रहा। सरूपा भी रोने लगा। बाहर कोई डंडा फटकारकर पहरा दे रहा था। कुत्ते के भौंकने की आवाज आती रही।

□

नीमड़ा घर से मक्के की रोटी, आलू का साग और गुड़ के गुलगुले बनाकर दो दिन बाद अपने गाँव से बाघ आया। नीमड़ा प्रसन्न था। घर में भी सब प्रसन्न थे। माँ और बहनों ने खुश-खुश उसके लिए कलेऊ बनाया था। कलेऊ की पोटली बाँधकर नीमड़ा सेठ की आढ़त की दुकान पर पहुँच गया। सेठ नहीं थे। मुनीमजी बही-खाता सही कर रहे थे। मंडी में वैसी ही चिल्ल-पों मची थी।

नीमड़ा मुनीमजी के ढियाँ आकर खड़ा हो गया। देर तक बाट तकता रहा कि मुनीमजी सिर उठाएँ तो अपनी बात कहे; पर देर तक जब वह अपने बही-खाते के समंदर में डूबे रहे तो नीमड़ा ने गला खँखारा।

मुनीमजी ने सिर घुमाया और चौंककर चश्मे में से नीमड़ा को ताका। जैसे सामने भूत खड़ा हो, वह ऐसे चौकन्ने होकर सतर्क हुए।

''काँईं रे, कईं वास्ते उबो है?''

''मालिक, टेसूआ से भेंट करनी थी। उसकी माँ ने कलेऊ भेजा है।'' नीमड़ा ने प्रसन्नता से कहा।

मुनीमजी ने झट से गुस्से से बही बंद कर दी, कलम रख दिया और दीवार से टिक गए। नीमड़ा को देखने लगे। समझ गए, समस्या सामने खड़ी है। पहले इससे निबटना होगा। मुनीमजी ने तुरंत टेनालाल को हाँक लगाई।

''टेनालालजी! इंदौर से ट्रक आया?''

''नहीं, मुनीमजी! सुबह तो गया है, दो दिन तो लगेगा न?'' टेनालाल ने मुनीमजी की आँखों के भाव ताड़ते हुए अपना बैल जैसा सिर हिलाया।

''नीमड़ा, भाया, तेरो छोरो इंदौर गयो है। काँईं रे कोई धंधो सीखने देगा कि आपणो सरीखे मूर्ख रखेंगा? जा, हफ्ता पीछो फेरा दे।'' मुनीमजी ने नीमड़ा को फटकारा।

नीमड़ा की टिमटिमाती बुझी आँखों के दीये में जैसे किसीने ढेर सारा तेल उलीच दिया। भक से बुझी बाती की चमक तेज हुई। आँखों में चमक, प्रसन्नता, आश्चर्य, सुख, वात्सल्य—सब एक साथ तैर गया। प्रसन्नता से आँखों के गीले होते कीचड़ को हाथ से पोंछता, हाथ जोड़ता, निहोरे करता वह पलटा और बाहर जाने

लगा। उसका खून अचानक शरीर में बढ़ गया था। घर पर उसकी माँ, बहनें सुनेंगी तो कैसे-कैसे निछावर जावेंगी! सोचता गाँव की सड़क पर बढ़ गया।

□

त्यौहारिया हाट भरी थी। लकदक दुकानें सजी थीं। दूर-दूर से व्यापारी माल बेचने आए थे। सारा गाँव सज-धजकर त्यौहारिया हाट जा रहा था। बैलगाड़ियों की होड़ लगी थी। रुपए इकट्ठे करके नवयुवकों ने अलग से बैलगाड़ियाँ किराए पर ले रखी थीं। उसे रंग-बिरंगी झंडी और फुँदनों से सजाया था। लड़कियाँ भी अपनी टोलियों में बैलगाड़ियों में लदी थीं। थोरा, होरा और फूलाँ भी संगवारियों के साथ बैठी थीं। नीमड़ा पैदल-पैदल बैलगाड़ियों के साथ और लोगों के साथ चल रहा था। फूलाँ की माँ सयानी औरतों के संग अलग बैठी थी। सब प्रसन्न थे। चेहरे पर प्रसन्नता की धूप खिली थी। आँखों में चमक थी। हँसी-ठट्ठे और बोलियों से रास्ता गूँज रहा था।

नीमड़ा को बार-बार टेसूआ की याद आ रही थी। पिछले बरस वह भी संग था। लड़कों के बीच गुलाबी साफा बाँधकर कैसा सज रहा था। जाने इंदौर से कब लौटेगा। ब्याह में तो सेठ आने देगा या नहीं। धंधेवाले आदमी को छेड़ना ठीक नहीं। एक दिन टेसूआ भी बड़ा आदमी बन जावेगा, तब सारे दुःख टर जावेंगे। अपने को टटोल-टटोलकर वह बहला रहा था। टेसूआ का मुख आँखों के आगे से हटता नहीं था। ठंडी आह भरकर उसने सोचा, जाने कब आवेगा मेरा टेसूआ!

बैलगाड़ियों में लड़कियाँ आपस में पहेलियाँ पूछ रही थीं। सबका ध्यान पहेलियों के रहस्य को खोजने में लगा था। लड़कियाँ दो भाग में विभाजित हो गई थीं। बैलगाड़ी हिचकोले खाते चल रही थी।

''दुई बैल एक फाटू चावे!'' थोरा ने पूछा।

''गाड़ी को चाका।'' एक लड़की ने कहा।

''हाँ।''

''दुई भाई एक चाँद रहे, पर मिले नईं!'' होरा ने पूछा।

सब गंभीर विचार में डूब गए।

''आकाश!''

''नईं।''

''तो?''

''बईण, बोलूँ?'' फूलाँ धीरे से फुसफुसाई।

''चोप।'' होरा ने धमकाया।

''काँईं रे, बोल!'' देर तक अटकल लगाने पर भी कोई बूझ नहीं पाया। सब सोच-सोच सिर खुजला रही थीं।

''आँखें।'' होरा ने ताली पीटकर खुश होकर बताया।

सब लड़कियों के मुँह से एक स्वर में निकला—''ओ!''

''धम-धम राणी महल चाढ़े!'' एक ने पूछा।

''बिजली।''

''कोई नी।''

''तो बोल!''

''हार मान नी।''

''हार माणे, बोल।''

''गिलहरी।''

'ओ!' का स्वर फिर गूँज उठा।

सभी लोग अपनी-अपनी तरह से प्रसन्न थे। धीरे-धीरे हाट की चिल्ल-पों सुनाई पड़ने लगी। सबकी प्रसन्नता दोगुनी हो गई। सब आगे पहुँचने के चक्कर में अपनी-अपनी बैलगाड़ियों को तेज कर रहे थे।

हाट ठसाठस लगी थी। कोलाहल से कान फट रहे थे। कपड़ा, कंघा, काजल, आईना, चूड़ी, बिंदी, तेल, गुड़, नारियल, बताशा, लाई-चना, महुआ, गोटा-किनारी, गुलाल, रंग, किराना, घाघरा-चोली, गिलट-चाँदी के गहने, बरतन आदि की दुकानें लगी थीं। हाट में क्या नहीं बिक रहा था! दुकानों की सजावट देखते बनती थी। झूला, सर्कस, जादू की परी, फोटू की दुकानें अलग लगी थीं। खोमचेवाले अलग बैठे थे। पान की दुकानें अलग लगी थीं। सबके यहाँ जोर-जोर से कान-फाड़ू रिकॉर्ड बज रहा था। उत्साह, उमंग देखते बनती थी।

थोरा के साथ आई लड़कियों की टोली गोदने की दुकान पर ठहर गई थी। कई लोग गोदना गुदवा रहे थे। उत्सुकता से देखनेवालों की भीड़ थी। 'सी-सी' की पीड़ा भरी चीत्कार गूँज रही थी। गोदनी बुआ ने नजर उठाकर लड़कियों को देखा और मुसकराकर बोली, ''आ, गोदना गुदवा ले।''

''बईण, तू नाम गुदवा ले नी!'' होरा बोली

''कोण का?''

''जीजा का।''

''हट री!'' थोरा लजा गई।

''अगली बरस जोड़े से आकर नाम लिखवाना। आ, अभी मोर काढ़ देती हूँ।''

''ठीक, ले बुआ, काढ़ दे।'' थोरा ने लजाकर कहा। थोरा बैठ गई। थोरा की बाँह पर काँटा चलने लगा। थोरा ने पीड़ा से अपनी आँखें बंद कर लीं। पीड़ा से उसकी आँखें बहने लगीं। काँटे के संग सबकी आँखें घूमने लगीं। सब बक होकर देख रही थीं।

''होरा, तू भी कढ़वा ले। सरसों फूल ठोढ़ी पर कढ़वा ले।'' थोरा ने होरा से कहा।

''दुखेगा, बईण।'' होरा सहमकर पीछे हटी।

''देख, थोड़ा तो दुखेगा री, पर तेरे चाँद-से मुखड़े पर सरसों फूल खूब फबेंगे।'' थोरा ने जिद से उसे खींचा।

''हाँ री, कढ़वा ले।'' सब पीछे पड़ गए।

थोरा ने लपककर होरा को पकड़ लिया और अपनी गोद में सिर रख लिटा लिया तथा उसे पकड़े रही। होरा कष्ट से चिल्लाने लगी, रोने लगी। लड़कों का टोल सड़क चलता रुककर नाटक देखने लगा। सब उन्हें भगाने लगे।

''भगो नी, कई निहोरी रिया हो ?'' गोदनी बुआ ने सबको धमकाया।

लड़के आगे बढ़ गए; पर पलट-पलटकर देखकर हँसते रहे। थोरा की पीठ से टिककर बैठी फूलाँ तंग आ गई थी। उसका मन झूले में चढ़ने का था। वह ऊबकर बोली, ''बईण, चरखी फूल ले दे।''

''धीरज ले नी।'' थोरा ने धमकाया।

''सामने आड़ कर ले।'' गोदनी बुआ ने बाँस पर कपड़ा डालने को कहा।

एक लड़की ने बाँस पर कपड़ा डाल दिया।

''ब्याह होने को है तो पैर की पिंडलियों पर मोर कढ़वा ले।'' गोदनी बुआ ने थोरा से कहा।

''कोई नी।'' थोरा लजा गई।

''बईण, माँ-बापू को ढूँढ नी।'' फूलाँ चिल्लाई।

''ठहर नी, सामान खरीद रहा होगा। चोप बैठ!'' थोरा ने फिर फूलाँ को धमकाया।

गोदनी बुआ ने पहले मीठा तेल लगाया, फिर काजल चुपड़ा, फिर आक के काँटे से गोदने लगी। थोरा ने कनपटी पर चिरत्या और कलाई पर मोर बनवाए थे और होरा ने ठोढ़ी पर सरसों फूल बनवाए।

''गोदना तो गहना से बढ़कर है, मरने पर संग जाता है, जिस छोरी के जितना गोदना होगा उतना उसे सासुरे मान-सम्मान मिले है। देख, अब कैसी सज रही

है !'' गोदनी बुआ बोली।

''काए से माँड़ती हो, बुआ ?'' एक ने पूछा।

''मैं तो काली स्याही से गोदा बनाती हूँ। घी के दीपक की कालिख और हरे बेल की पत्तियों का रस तथा बेल की गोंद को मिलाकर स्याही बनाती हूँ। सूखे आक के काँटे से गोदती हूँ। मेरे हाथ का गोदना कभी नहीं पकता। गाँव-गाँव जाती हूँ। सभी म्हारे से गुदवाते हैं। अब तो लोग शहर से मशीन ले आए हैं; पर मैं तो आक के काँटे से गोदती हूँ।'' गोदनी बुआ ने बताया।

''कितना पा जाती हो, बुआ ?''

''रुपया-पैसा, कपड़ा, अनाज—सब पा जाती हूँ। अब शहरी मशीनवालों ने धंधा मंदा कर दिया, नहीं तो मेरे तो बँधे घर और गाँव थे। आदमियों से नहीं गुदवाती थीं। अब तो गुदवाने लगी हैं; फिर भी मेरा धंधा बढ़िया है।''

''बड़ा अच्छा गोदती हो।''

''छोरी, गोदना गुदवाने से रोग, भूत, बुरी आत्मा नहीं लगतीं। हमारे समय में तो जब तक गोदना नहीं गुदता था तब तक रसोई नहीं छुआते थे। लड़की को पवित्र नहीं मानते थे। ब्याह नहीं होता था।''

''अरे ! सच, बुआ ?''

''और क्या ! ला अब मेरे रुपए।''

दिन ढले पर सब प्रसन्न हो हाट से लौटे। लड़के हाट से खरीदी टोपी लगाए बाँसुरी बजा रहे थे। बाँसुरी का स्वर जंगल में गूँज रहा था। लड़कियाँ-औरतें अपना-अपना सामान दिखा-दिखाकर चहक रही थीं।

☐

पलाश के फूलों से पहाड़ियाँ, जंगल सज गए थे। फागुन मास की बयार चलने लगी थी। पके महुए की गंध, पके गेहूँ और धनिए की गंध लिये वासंती बयार चुहल करती, मस्ती में भरी हर द्वार को खटखटा रही थी।

भगौरिया हाट लगी थी। बूढ़े, जवान और बच्चे—सबके चेहरे पर प्रसन्नता थी। लोग सुबह से भगौरिया हाट में जाने के लिए सज रहे थे। घर-घर से ढोल निकल गए थे। ढोल को ठोक-बजाकर दुरुस्त कर रहे थे। तीर-कमान, तलवार, तरकश, बाँसुरी और मोरल्या निकालकर सब धारण कर रहे थे। गाँव के वातावरण को देख लग रहा था जैसे युद्ध में जाने के लिए सेना सज रही हो। युवकों की नाचनेवाली टोलियाँ अलग-अलग अपनी तैयारी में लगी थीं।

सारे गाँव तथा इलाके में एक उत्सव का वातावरण था। भगौरिया की प्रसन्नता

हर मुख पर विराजमान थी। नाचनेवाले युवकों ने अपनी रंगीन पगड़ियों में छोटी-छोटी जामुन की टहनियाँ मुकुट की तरह सजा रखी थीं। पैरों में घुँघरू बँधे थे। युवतियाँ छिप-छिपकर युवकों के सौंदर्य को निरख रही थीं।

सारे वातावरण में ढोल की थाप और बाँसुरी के मधुर स्वर ने जादू-सा कर दिया था। हर व्यक्ति मुग्ध था। नाचनेवाले युवकों की गेहर टोलियाँ भगौरिया हाट की ओर जाने लगी थीं। युवतियाँ भी उनके जादू से बँधी-खिंची-सी उन्हें निहार रही थीं। रास्ते में दो गेहर टोलियाँ आमने-सामने पड़ जातीं तो जिसका ढोल देर तक बजता उसे जाने के लिए पहले मार्ग मिलता था। गेहर टोलियों के पीछे तमाशबीन लोगों का मजमा लगा था।

गेहर टोलियों के युवकों ने तरह-तरह के स्वाँग रचे थे। कोई स्त्री का वेश धरे था, कोई जानवर का रूप धरे था, कोई 'बुढला' बना था। बुढला के हाथ में मूसल था, जो तरह-तरह की कलाबाजियाँ दिखाकर सबको हँसा रहा था।

सारे रास्ते गेहर टोलियाँ नाचते-गाते, अपनी कला का प्रदर्शन करते भगौरिया हाट जा रहे थे। युवतियाँ-औरतें पैदल, बैलगाड़ियों से गाती जा रही थीं। नए कपड़ों की सरसराहट, चूड़ियों की खनक, पायलों की रुनझुन से वातावरण में गरमी थी। युवतियों का शृंगार तथा प्रसन्नता देखते बनती थी। लग रहा था, देवराज इंद्र की अप्सराएँ स्वयंवर सभा में जा रही हों।

दूर-दूर के गाँव के लोग इकट्ठे हुए थे। अल्हड़ युवतियाँ मोती की झालर से सजे रूमाल को हिलाकर जब झूले पर झूलतीं तो लगता, सारा संसार उनका गुलाम है। ढेर सारी उमंग-उल्लास में भरकर जब वे झूले से अपना मोती की झालरवाला रूमाल किसी अपने खास के लिए गिरातीं तो उसे लेने सैकड़ों जवान हाथ आगे बढ़ जाते थे। उनकी तीरर-मीरर के बीच खिलखिलाती युवतियों का उत्साह देखते बनता था। वे मेला देख रही थीं, पर उनकी आँखों में सजे मेले को दुनिया देख रही थी।

थोरा, होरा और फूलाँ अपनी सखियों के साथ ढोल की थाप पर नाचते-लुभाते युवकों को देखकर प्रसन्न हो रही थीं। बाँसुरी के मीठे बोल पूरे हाट में गूँज रहे थे। नृत्य के बाद मुट्ठी में गुलाल लिये युवक अपनी मनपसंद लड़कियों की तरफ बढ़े तो लड़कियों ने सहमकर अपने मुँह घूँघट में छिपा लिये। कई लड़कियों ने युवकों का साथ दिया। उनका गुलाल स्वीकार कर खुद भी गुलाल लगाने लगीं। हर्षध्वनि से चारों ओर प्रसन्नता छा गई। गुलाल का आदान-प्रदान करनेवाले युवक तथा युवतियाँ अपने जोड़े बनाकर हाट से भाग गए। युवक तथा युवतियाँ शक्कर की विशेष प्रकार की बनी मिठाई 'माजम' खाकर आनंद मना रहे थे। देखते-ही-देखते

जाने कितने जोड़े भगौरिया हाट से भाग गए।

सारे हाट में होरा पुजारी के बेटे को खोजती रही; पर वह कहीं नहीं दिखा। उसे मालूम पड़ गया था कि होरा की सगाई हो गई है। उदास होरा मन मसककर रह गई।

सारे हाट में नीली-पीली, लाल-सफेद, केसरिया पगड़ियों की छटा देखते बन रही थी। सारे दल एक-दूसरे को गुलाल लगाकर भेंट कर रहे थे। एक-दूसरे को टीका लगा रहे थे। रंग-बिरंगे परिधान से किसी रंगीन चित्र का दृश्य उपस्थित हो रहा था। बाँसुरी के स्वर में निवेदन, प्रेम और उत्साह भरा था। प्रणय पर्व का प्रारंभ ढोल और माँदल की थाप से शुरू हुआ था। सजे-सँवरे युवक बंसी और ढोल की थाप पर मस्त होकर नाच रहे थे। महुआ की मदमाती गंध वातावरण को मदमस्त बना रही थी। आकाश पर पूनम का नवाँ चाँद मुसकरा रहा था। ठंडी और शीतल बयार आकर गुदगुदा रही थी।

नीमड़ा अपने परिवार के साथ लौट रहा था। लौटते में सब एकदम चुप थे। सभी की आँखों में मेले का दृश्य समाया हुआ था। साथ की कई लड़कियाँ भगौरिया हाट से भाग गई थीं। उनके बिछुड़ जाने की वेदना-कसक सबको थी। बैलगाड़ी मंद गति से चल रही थी। थके बैलों के पैरों में भी जैसे दम नहीं था।

"बईण, कईं भगौरिया हाट से भागी लड़कियों को ब्याव हुई जावेगो?"

"कुछ को तो हुई जाए; पर कदी-कदी तो भारी लड़ाई मच जाती है रे, होरा।"

"हमारे समय में छोरी छोरे के संग भाग जाए तो छोरी का बापू छोरे के घर तीर और चोली पठाता है। यह एक संदेश है। छोरे के बापू ने चोली राखकर तीर वापस कर दिए तो जाणों ब्याव पक्को और तीर राखकर चोली फिरा देवे तो समझो, लड़ाई मचेगी। लड़की वापस लानी पड़ेगी। दोनों में भारी युद्ध छिड़ जावेगो।"

"माँ, कईं युद्ध हुयो थो कदी?"

"हाँ, म्हारे बखत कई बार हुयो। ऐसी छोरी को फिर कोई दूसरा नहीं ब्याव करे है।"

"ओ माँ।" सब लड़कियों ने सहमकर आँखें मूँद लीं।

□

दोनों छोरियों का ब्याह सामने आ गया था। नीमड़ा सेठ के चक्कर लगा-लगाकर थक गया। जब भी जाता, एक ही उत्तर मिलता कि टेसूआ इंदौर गया, गुजरात गया। नीमड़ा की बुद्धि काम नहीं कर रही थी। टेसूआ का मुँह उस दिन से दोबारा नहीं देखा था। मन में ढेर सारी शंकाओं के नाग फन फैलाकर उठने लगे थे। उसका मन कुम्हलाने लगा था। सामने ब्याह था और बेटा घर में नहीं था। टेसूआ की माँ की समझ

में भी बात नहीं आ रही थी। बेटा ब्याह में आएगा या नहीं, इसका भी पता नहीं था।

"लाड़ी का ब्याव है और छोरे का पता नईं। बईण के ब्याव के टेसूआ को कितनी आस थी! जाने कैसे मालिक हैं!" माँ बड़बड़ाती।

नीमड़ा उत्तर नहीं दे पाता था। सिर को नीचे डालकर चुप बैठ जाता था; जैसे ऊँघती बीमार मुरगी हो।

घर में ब्याह की तैयारियाँ होने लगी थीं। टेसूआ के बिना घर में उत्साह नहीं था; पर ब्याह तो सामने था, उससे निबटना था। तीनों बहनों के मुख पर भी भय उतर गया था। सबकी सूनी आँखों में एक ही प्रश्न था—टेसूआ कहाँ गया?

□

सावंग से भरी बैलगाड़ी नीमड़ा के द्वार पर आ खड़ी हुई थी। सारा गाँव इकट्ठा हो गया था। सब समझ गए कि शादी का शुभ मुहूर्त आ गया। सावंग की गाड़ी में लाड़ी के घर के लिए अनाज, गुड़, रुपया तथा लाड़ी के वास्ते गहने और कपड़े था।

सावंग की गाड़ी जैसे ही द्वार पर लगी, बच्चों की टोल-की-टोल आ जुटी गुड़ खाने। घरों से औरतें आकर इकट्ठा होने लगीं। आदमी लोग भी अपना-अपना काम छोड़कर आने लगे। सबके चेहरे पर प्रसन्नता-उत्साह था। औरतों ने बधाई गाना शुरू कर दिया। ढोलक बजने लगी। देखते-ही-देखते दूर-दूर तक मुनादी हो गई कि नीमड़ा के घर 'सावंग' का शगुन आया है। नीमड़ा ने गाँव के लोगों के साथ मिलकर सावंग के साथ आए लोगों का स्वागत किया तथा भेंट किया; गले लगकर, पैर छूकर उनका मान किया। औरतों ने बधाई गीत गाना शुरू किया और देखते-देखते ही वातावरण शगुनवाला हो उठा।

चहल-पहल के वातावरण के बावजूद नीमड़ा और उसकी पत्नी की आँखों में टेसूआ का न होना खटकता रहा, आँख की कोर भीगी रही, चेहरे की मुसकान के पीछे मन की उदासी बनी रही। हर शगुन पर बेटे का न होना खटकता रहा। शगुन की हर रस्मों में लाड़ी के भाई का महत्त्व होता है।

'सावंग' के शगुन में आया गुड़ बाँटा गया। घर में चूल्हे पर कड़ाही चढ़ा दी गई। पकवान बनने लगे। ब्याह की तैयारी और बधाई गीत गाए जाने लगे।

'सावंग' की बैलगाड़ी से अनाज की टोकरियाँ उतारी गईं। 'सावंग' के साथ आया अनाज औरतों ने माथे से छुआकर गढ़ी के देवता को चढ़ाया। सबको तिलक लगाया गया। 'सावंग' की बैलगाड़ी के साथ आए बैलों को भी तिलक लगाया गया। 'सावंग' के शगुन में आया सामान, गहने उठा-उठाकर औरतें निरख रही थीं। थोरा

और होरा को हलदी लगाई गई। सारा वातावरण मंगलमय हो उठा।

'हलदुली कहाती मँगायो वो हलदुली राणी।
हलदुली धार से मँगाई वो हलदुली राणी॥'

☐

दूसरे दिन बरात आई। बरात ढोल-नगाड़े बजाते आई। गाँव के सारे सगे-संबंधी, बूढ़ों ने आगे होकर बरात का स्वागत किया। एक आदमी बरात के आगे पीतल के कलश में पानी लेकर चल रहा था। कलश के ऊपर थाली में दीया रखा था। गाँववालों ने कलश की थाली में शगुन के रुपए रखे। मादल बज रहा था। दोनों ओर के समधियों ने गले लगकर एक-दूसरे से भेंट की और बधाई दी।

नीमड़ा समधी का हाथ पकड़कर मंडप में लाया। मंडप जामुन तथा आम की टहनियों से बनाया गया था। सभी बरातियों को सलफी पिलाई गई। तिलक हुआ। सभी ने मिलकर भोजन किया। दोनों दूल्हों को एक सजे हुए चबूतरे पर बैठाया गया। भीतर दुलहनों को सजाया गया।

बाजुबंध रूडो ने न रूपालो रे,
मायो मेखे बिंदिया पेहराय दे।
बाजुबंध···
मायो मेखे भेला पेहराय दे
बाजुबंध···

सारी रात नृत्य, हँसी-ठट्ठा चलता रहा। फेरे हुए। गाँव के लोगों ने बरसों बाद फेरे देखे। फेरेवाला ब्याह महँगा पड़ता है, इसलिए अब कोई नहीं करता। लड़कावाला अपने घर ले जाकर फेरे कर लेता है। भुनसारे नीमड़ा ने गोद में उठाकर दोनों बेटियों को बैलगाड़ी पर बैठा दिया। बैलगाड़ी में दोनों दूल्हे भी बैठ गए। बाकी लोग पैदल विदा हुए। थोरा और होरा रोते-सिसकते अपने नए संसार की तरफ चलीं। टेसूआ की याद कर सब रोए। औरतों ने विदा गीत गाया। बरात ने प्रस्थान किया। सबने हलदी लगे चावल फेंके।

☐

ससुराल की ड्योढ़ी पर जब बरात पहुँची तो ससुराल के लोगों ने स्वागत किया। थोरा और होरा के सिर पर से काली मुरगी उतारी गई। थोरा से ज्यादा होरा को निहार रहे थे लोग, यह बात थोरा ने महसूस कर ली थी। होरा का गोरा मुख पूरनमासी के चाँद-सा दमक रहा था। उसकी ठोढ़ी में कढ़े सरसों के फूल और प्यारे लग रहे थे। सब लोग बहू की तारीफ करते और होरा को देखने लगते थे।

थोरा समझ गई थी कि होरा के कारण उसको ब्याहा गया है; फिर होरा सुंदर भी थी। ससुराल में उसका आदर ज्यादा होगा।

रात को कोठरी में दीया जल रहा था। थोरा कोने में चुप खड़ी थी। वह एकटक दीये को देख रही थी। दीये का उजाला उसके मुख पर पड़ रहा था। खट्टी-मीठी कल्पना में वह डूबी बैठी थी। बाहर बिरादरी का खाना-पीना चल रहा था। औरतें सुहाग गा रही थीं।

थोरा का पति भीतर आया। साफा उतारकर उसने दीवार की खूँटी पर टाँग दिया। खाट पर बैठकर कुटिल मुसकान से उसे देखता बोला, ''तेरी बईण तो राणी रूपमती है। मेरा भाई बड़ा भाग्यवान् है।''

थोरा को लगा, अँधेरे में बिजली कौंध गई है। काँपकर वह सन्नाटे में खड़ी हो गई। लगा जैसे मन की खड़ी फसल पर पाला पड़ गया है। समझ गई, बहन का रूप पति की आँखों में समा गया है। अपनी गरीबी और कंगाली पर उसे दुःख सा हुआ। ईश्वर ने गुण दिए थे, पर रूप नहीं। माँ कहती थी—'काली कोयल-सी ही मेरी थोरा है। भगवान् ने सुर दिया, चित्रकारी में बढ़िया हाथ दिया, बस रूप में कमी कर दी।'

जाने काली कोयल-सा जीवन न हो जाए। माँ कहती है। कोयल काली थी तो उसका पति उसे मायके भेज दिया था। जब वसंत आया तो कोयल गा उठी थी—'पी कहाँ? पी कहाँ?' उसकी सुरीली आवाज से मोह में बँधा कोयल का पति लौटा था और उसे लिवा ले गया था।

□

दिन धीरे-धीरे सरकते गए। थोरा हमेशा होरा का ध्यान रखती। समझ गई थी कि पति की नजर उसपर है। होरा के एक बेटा हो गया, परंतु थोरा माँ न बन पाई। अपने माँ न बनने का थोरा को जरा भी दुःख नहीं था। वह होरा के बच्चे की माँ बन गई थी। सारे दिन उसकी सेवा-चाकरी करती। होरा का बच्चा सारे दिन थोरा के पास ही रहता; जैसे वह उसकी माँ हो।

एक दिन जब थोरा बच्चे के साथ बैठी खेल रही थी, तभी थोरा का पति कोठरी में आया। बच्चे को देखकर सुलग गया और उसे जलती आँखों से देखता बोला, ''अपना तो जनी नहीं, दूसरे के बच्चे की सेवा करती है!''

''दूसरे का कोण! मेरी बईण और तेरे भाई का है।''

''चोप्प! पण मुझे तो अपना बेटा चईए नी!''

''तो…!'' थोरा सहमकर चुप रह गई और बटर-बटर पति को देखने लगी।

"दूसरी लाऊँगा।"

"क्या? पण मैं तो ब्याहकर आई हूँ नी।"

"तो? अब कोण दूसरा ब्याह करूँगा!" पति हँसा—"इस बार तो अपनी मरजी से भगौरिया हाट से लाऊँगा।"

"ओ मा रे!" थोरा डरकर बोली।

"मैंने तो पहले ही देख रखी थी, पण बापू नी माणा। उसके बापू से म्हारे बाबा का पुराना वैर जो चल रहा था।"

"अब इतना दम दिखा रहा है, पहले क्यों नहीं लाया?" थोरा गुस्से से बोली।

"मेरे भाग्य में तो तू बदी थी नी, पड़िया भैंस!" कहता थोरा का पति बाहर चला गया।

थोरा धम से धरती पर बैठ गई—एकदम पत्थर की मूर्ति की तरह। उसकी आँखों से बस आँसू बहते रहे।

□

आँगन में चाँद उतर आया था। होरा खाट पर पड़ी-पड़ी चाँद को निहार रही थी। निहारते-निहारते उसको झपकी आ गई। थोरा का पति खेत से लौटा। बैलगाड़ी लगाकर भीतर आया तो देखा सूने आँगन में होरा अकेली सो रही है। थोरा का पति देर तक उसके रूप को निहारता रहा। होरा की नंगी गोरी पिंडलियाँ चमक रही थीं। वह धीरे से उसे छूता रहा, उसे सहलाता रहा, उसके पैरों के गहनों को छूता रहा। होरा जाग गई। सामने जीजा को देख डर गई। उसने सहमकर उसे देखा। जीजा उसे फन काढ़े काले नाग-सा लगा, जो बस डसने ही वाला था। उसका हाथ ऐसा लगा जैसे देह पर साँप रेंग गया हो।

"जीजा!" वह डरकर चिल्लाई।

"चोप्प!" उसने बढ़कर उसके मुँह को दबा दिया और बोला, "म्हारे वास्ते एक बेटा जनेगी तो राणी बनकर इस घर में रहेगी।"

"नी, नी!" कहते होरा छूटकर भागी।

□

दूसरे दिन दोपहर को होरा थोरा की कोठरी में आई। थोरा लहँगा सिल रही थी। होरा को देख खुश हो उठी। होरा सहमकर थोरा से लिपट गई। थोरा चौकन्नी-सी उसे देखने लगी।

"क्या बात है रे, होरा? तू इतना डरी कैसे है?"

"बईण, जीजा म्हारे पर बुरी नजर राखे है।"

''काँईं!'' थोरा चौंककर बोली। कलेजे में जैसे सुई चुभ गई थी।

''हाँ, बईण, कल रात मैं आँगणे में सो रही थी तो वह मेरे पैर सहला रहा था और बोला—म्हारे वास्ते बेटा जनेगी तो राणी बनकर रहेगी।''

''जानती हूँ रे, होरा, म्हारा पति के मुँडा पर जवानी की खील उठी है।'' थोरा सहमकर बोली और उदास हो गई। उसकी बड़ी-बड़ी आँखों से आँसू झर पड़े।

''रो मत, बईण।''

''होरा, तू तो बईण है म्हारी, इसलिए आकर बता दिया; पर सोच नी, जिस औरत का आदमी दूसरी औरत पर नजर राखते है, उसकी अपनी कईं इज्जत! कौड़ी भर भी मोल नहीं नी।''

''ऐसा मत बोल। तू तो इस घर की बड़ी बहू है, मेरी बड़ी बईण। बापू ने सोच-समझकर ही तो हमारा ब्याह एक घर में किया। मैं देखूँगी, तेरी इज्जत कैसे घटेगी!''

''और कईं बोलियो?'' थोरा ने दु:खी मन से पूछा।

''बोली रियो थो, थारी ठोढ़ी को सरसों फूल म्हारे बड़ा अच्छा लागे है। देख बईण, मैं मना करती थी, पण तू नी मानी और कढ़वा दिया, अब यह तो मुझे साँप के दाँत लागे है।''

''देवर को बताया तो नी?''

''नी, दोनों भाइयों में बैर हुई जातो।''

''अच्छा करी जो नी बतायो। तू मत डर, थारा बाल भी बाँका नी होगा म्हारा रहते।'' थोरा ने होरा को सांत्वना दी। पर भीतर से उसका अपना मन बुरी तरह से मथ गया था।

□

टेसूआ को दल के साथ जानवर चुराने भेजा जाता था। जानवरवाला हजार- दो हजार की रकम जमा कर अपने जानवर छुड़ाकर ले जाता। छुड़ाकर ले जानेवाले इक्का-दुक्का ही लोग आते, वरना कोई नहीं आता। ट्रक में भरकर जानवरों को गुजरात की मंडी में ले जाकर बेच दिया जाता था।

सेठजी का यह बड़ा भारी व्यापार था। लगभग पाँच सौ आदमी इस कार्य में लगे थे। गाँव-गाँव जानवर पकड़ने, डाका डालने सौ-पचास आदमी जाते थे। पुलिस के आदमी सेठ से मिले थे। रोज सेठ के घर दावत खाने आते थे। काम के समय किसानों के जानवर चोरी हो जाने से किसान अपाहिज-से हो जाते थे।

नीमड़ा सेठ की दुकान पर आता और बैठा-बैठा साँझ को गाँव लौट जाता

था। बेटे के दुःख ने उसे कमजोर और बूढ़ा कर दिया था। रोज वह घर से बेटे के लिए कलेऊ लेकर आता और फिर उसे वैसे ही लौटा ले जाता। रोज नीमड़ा रोता-गिड़गिड़ाता; पर मुनीम जरा भी नहीं पसीजता था।

''मुनीमजी, यह नीमड़ा तो रोज कुत्ता घाईं आकर सीढ़ियों पर बैठ जावे है।'' सेठजी ने चिंता व्यक्त की।

''क्या करूँ, सेठजी, कितना हका लूँ, जाता ही नहीं। रोज दिना आकर बैठ जाता है।''

''हकलाने से काम नईं चले नी।'' सेठजी बोले, ''मुनीमजी, देशी कुत्ता और देशी आदमी अइसे नहीं जाणेवाला। कोई उपाय करो।''

''समझ गया, सेठजी।'' मुनीमजी ने समझते हुए कहा।

□

''मैं चोरी का काम नहीं करूँगा। अब मना कर दूँगा।'' टेसूआ ने कहा।

''तो क्या करेगा?''

''सेठ ने मेरे बापू के संग धोखा किया। सेठ तो पूरा काँस है। खेत में काँस उग आता है तो फसल नहीं उगती, ऐसे ही यह समाज की धरती पर उगा काँस है। मैं इसे जड़ से उखाड़ दूँगा।'' टेसूआ गुस्से से बोला।

''ऐसा मत बोल, इसी काम में कोई रास्ता कढ़ेगा।''

''मैं करने से नहीं डरता।''

''चुप हो, कोई आ रहा है।''

दोनों चुप हो जाते हैं। घनी काली रात बड़ी डरावनी लगती है। पर आकाश पर चमकते तारे देख बड़ा अच्छा लग रहा था। टेसूआ को आकाश माँ के चमचमाते पल्लू-सा लगा। जाने अब इस जन्म में बापू और माँ को देख पाएगा या नहीं। उसकी आँखें डबडबा उठीं। भीतर से कलेजे को काटती एक दर्द भरी सिसकी उठी। अपनी कोहनी में मुँह डालकर वह जोर से रो पड़ा।

सेठजी की एक ही लड़की थी। सेठजी चाहते थे कि पढ़-लिख जाए; पर उस लड़की का मन पढ़ाई में जरा भी नहीं लगता था। वह रोज सरकारी स्कूल में जाती थी। ले-देकर वह पढ़ती थी। उसका नाम कमला था। कमला जब स्कूल जाती तो मास्टर भय से काँपते थे। एक तो सेठजी का दबदबा था। हर व्यक्ति सेठ का कर्जदार था। कमला को पढ़ाने में अच्छे-अच्छे मास्टर को पसीना आ जाता था। वह चंचल भी बहुत थी। थोड़ी देर भी एक जगह टिककर नहीं बैठती थी। घर में मन नहीं लगता तो स्कूल आ जाती और स्कूल में मन नहीं लगता तो घर पहुँच जाती।

घर में संदूकों में रुपया-गहना भरा रखा था। वह रोज ढेर-ढेर गहने पहने बैठी रहती। कमला की माँ बचपन में ही मर गई थी। कमला सारे नौकरों को डाँटती, मारती, दंड देती रहती थी।

गोशाला से एक आदमी रोज सेठ के घर दूध पहुँचाने जाता था। जो लड़का दूध पहुँचाता था वह बीमार पड़ गया। उसे निमोनिया ने आ दबाया।

एक दिन गोशाला के मुखिया रामचरण ने टेसूआ की ड्यूटी सेठ के घर दूध पहुँचाने पर लगा दी। टेसूआ बड़ा घबराया। मुखिया रामचरण ने उसे सेठ के घर का पता समझा दिया। पहली बार उसे स्वतंत्र कार्य दिया गया था। दूध की केतली लेकर टेसूआ धीरे-धीरे रेंग गया। बाहर आकर मन में आया कि भाग जाए; फिर सोचा, सेठ के आदमी फिर पकड़ लाए तो? वह डर गया।

सेठ के घर पहुँचकर टेसूआ ने दरवाजा खटखटाया। दरवाजा कमला ने खोला। टेसूआ कमला को देख दंग रह गया। ढेर सारे गहनों में लदी-फँदी कमला सामने खड़ी थी। नथ और बौर पहने देख वह समझा, कमला का ब्याह हो गया होगा। कमला टेसूआ को देखकर प्रसन्न हो गई। पहली बार घर में किसी नवयुवक को वह देख रही थी, वरना मोटे-ताजे लट्ठमार राक्षस-सी देहवाले जवान ही थे घर में, जो चाकरी करते थे।

''मालकिन, दूध है।'' टेसूआ डरता-डरता बोला।

''हम मालकिन नहीं, हमारा नाम कमला है।'' कमला जोर से हँसी। उसे अपने लिए 'मालकिन' शब्द बड़ा अच्छा लगा। बड़े से घाघरे को सकेलती वह कुरसी पर बैठ गई और बाँह तक चढ़ी सोने की बड़ी-बड़ी चूड़ियाँ और कंगन को सँभालती बोली, ''तुम्हारा नाम क्या है? पहली बार दिख रहे हो!''

''हम तो सेठजी के चाकर हैं। जो दूध लाता रहा वह बीमार है, इसलिए मुखिया ने हमें भेजा। हमारा नाम टेसूआ है।''

''पढ़ते हो?''

''पढ़ तो पाए नहीं, बस थोड़ा-बहुत गा-बजा लेते हैं। गाँव में बाँसुरी बजाते थे।''

''तुम रोज आना और मुझे बाँसुरी तथा गाना सुनाना। मैं तुम्हारे गाँव के गीत सुनना चाहती हूँ।''

तभी भीतर से एक मोटा हट्टा-कट्टा जवान बाहर आया और पागल कुत्ते-सा भौंका—''कौन है रे तू? यहाँ कैसे आया?''

''गोशाला से मुखिया ने दूध भेजा था। उसीको पहुँचाने आया था।''

''ठीक है, अब चलता बन। ला दूध की केतली।'' उसके हाथ से दूध की केतली झपटता वह बोला।

वह जवान भीतर दूध रखने गया तो कमला ने दु:खी होकर उसे देखा और बोली, ''कल आना, अब रोज तुम आना। कल बाँसुरी और गीत सुनाना।''

''आपके पास बाँसुरी होगी?'' टेसूआ प्रसन्नता से बोला।

''हाँ, है। कल सुनाना।''

तभी भीतर से जवान आ गया। टेसूआ केतली लेकर सीढ़ियाँ उतर गया। वह जवान कमला को डपट रहा था।

''गहने चुराकर ले जाता तो? चलो अंदर।''

□

दूसरे दिन टेसूआ फिर दूध पहुँचाने गया। आज भी कमला गहनों से लदी-फँदी कुरसी पर विराजमान मिली। वह कुरसी पर बैठी उसीका रास्ता देख रही थी। टेसूआ को देख वह प्रसन्न हो उठी। टेसूआ भी दूध की केतली नीचे रखकर नीचे फर्श पर बैठ गया।

''अच्छा, अब कोई गीत सुनाओ।''

''गीत, पण कोई पीटेगा तो?''

''कोई नहीं पीटेगा, सुनाओ। बाँसुरी लाऊँ?''

''नहीं, बाँसुरी आज नहीं बजा पाऊँगा। गीत भी नहीं सुना पाऊँगा।''

''क्यों?''

''गीत सुनाने से म्हारा गाँव, चौपाल, माँ-बापू, बईण, मक्का की रोटी, मरचा की चटनी—सब याद आ जावेगा। म्हारे आँख से बरसात की लड़ी नी थमेगी, मालकिन।'' टेसूआ की आँखें डबडबा उठीं।

''तो अच्छा, कोई कहानी सुनाओ, टेसूआ।'' कमला ने उसके दु:ख को समझते हुए कहा।

''सुनो, मालकिन,'' टेसूआ ने कहानी सुनाई—''एक आदमी आपणा बेटे के संग चोरी करने निकल्यो। एक गेहूँ का खेत दिखो। आदमी ने आपणे बेटे से कहा कि तू बयड़ी, यानी टेकरी पर बैठ जा और कोई आवतो दिखे तो झट मेरे से कह दीजे। छोरा एक बयड़ी पर चढ़ गयो और बैठकर इधर-उधर देखने लगो। उसका बापू गेहूँ जल्दी-जल्दी काटने लाग गयो। थोड़ी देर में उसने बेटे से पूछा—काँईं रे, कोई देख तो नी रियो? लड़के ने उत्तर दिया—बापू, कोई आदमी नो नईं देखे, पुण ऊपर भगवान् देख रे छे नी। आपणे छोटे से बेटे की बात सुण वह आदमी दंग रह गयो और दराँती फेंक तुरंत बेटे को लेकर घर आ गया। कितना दिना से उनने चोरी का काम छोड़ देई।''

"टेसूआ, बड़ी अच्छी कहानी है।" कमला ध्यान से कहानी सुन रही थी। वह प्रसन्नता से भर उठी—"टेसूआ, तू तो बहुत ज्ञानी है। इतनी अच्छी कहानी तुझे कोण सुनाया?"

"म्हारा बापू बहुत अच्छी-अच्छी कहानी जानता है। वही हम सबको रोज रात में कहानी सुनाता था। मेरा बापू बहुत ज्ञानी है। बोलता है, ऊँची बयड़ी पर बैठने आदमी बात-विचार करता है" कहते टेसूआ की आँखें भर उठीं।

"तू रोज आकर मुझे कहानी सुनाना।"

"भाग्य में होगा तो आऊँगा। दूध ले लो नी।"

"अच्छा, लड्डू खाएगा?"

"रहने दो मालकिन, गरीब आदमी के भाग्य में लड्डू नी हैं।"

"नहीं, तू गरीब नहीं है। तू तो ज्ञानी है।"

"पता नी।"

कमला ने दूध खाली करके केतली वापस लाकर दे दी। टेसूआ लौट गया। कमला औटाले में बैठी टेसूआ को जाते देखती रही।

□

समय का चक्र अपनी धुरी पर घूमता रहा। भगौरिया हाट लगा। माँ ने खबर भेजी; पर थोरा और होरा नहीं आ पाईं। फूलाँ बहनों के बिना उदास हो गई। माँ और बापू मजूरी पर जाते, फूलाँ घर पर रहती। अब वह घर का सारा काम करने लगी थी।

थोरा का पति भगौरिया हाट गया था। लौटा तो अकेला नहीं आया, उसके साथ एक गोरी लड़की थी। घर में उथल-पुथल मच गई। होरा दौड़ी-दौड़ी थोरा के पास गई। थोरा औंघाई-सी खाट पर लेटी थी। ज्वर ने उसे आ दबाया था। सिर पर पट्टी बाँध रखी थी।

"बईण!" होरा ने उसे जगाया—"बईण, जीजा भगौरिया हाट से किसीको ले आया है।"

"काँईं!" थोरा हड़बड़ाकर उठी। उसे लगा, वह कुएँ में नीचे-नीचे डूबती जा रही है। धम-धम नसें बजने लगीं। ठगी-सी बैठी रही। पति अपना बोला सच कर आएगा, उसने सोचा नहीं था। क्रोध की अग्नि और ज्वर की अग्नि दोनों जोर पकड़ रही थीं। लगा, सिर फट जाएगा।

"बईण! कुछ बोल, बईण!" होरा ने थोरा को जोर से हिलाया, जैसे बुझती बाती को ऊँचा कर रही हो।

''अब काँईं बोलूँ रे, होरा! उसने तो जीवन भर के लिए म्हारा मुँडा सीली दियो।''

''देख, सब उसका कैसे स्वागत कर रही हैं!''

''करने दो, भगवान् ने ही जब मेरे भाग्य को सूकी बयड़ी बना दी, किससे कहूँ? बयड़ी का भाग्य जाणे नी, ऊँची रहे है, पर पानी नी ठहरे, फसल नी उगे। जाके खेत माँ बयड़ी होए वह किसान तो माथा फोड़े नी। उसकी जमीन तो बेकार चली जाए।'' थोरा डूबी आवाज में बोली।

''भूली गई? बापू कहानी सुनाता था, जो ऊँची बयड़ी पर बैठे वह बड़ी बात बोले, बड़ा मान पावे। फसल नी उगे तो कईं, फसल वास्ते तो जमीन-ही-जमीन है। पण आदमी ऊँचो होनो चाहिए, ऊँची बात बोलनेवालो।''

''पण, बयड़ी तो सूकी रहे नी। सूकी बयड़ी ने घाम भारी लाग्यो नी!'' थोरा के होंठ काँपने लगे, आँखों से आँसू बहने लगे।

''खेत के भाग्य की सारी घाम बयड़ी झेल जावे तब ही तो खेत हरा रहे नी, म्हारी बईण।''

''गोरी लाया होगा नी?'' थोरा ने पूछा।

''पण मन की काली है।''

''ठोढ़ी पर दाना होगा?''

''घर फोड़नी है।''

''बई, बईण के टेका दे री है!'' रोते हुए भी थोरा के मुख पर हँसी आ गई।

होरा, जो देर से अपनी रुलाई रोके थी, अपने को रोक नहीं पाई और थोरा के गले लगकर रो पड़ी। दोनों बहनें रोती रहीं। तभी दरवाजा खटका। दोनों सँभल गईं।

कोठरी में थोरा के पति ने प्रवेश किया। होरा झट जीजा की तरफ पीठ कर कोने में खड़ी हो गई। थोरा का पति गहरी आँखों से होरा की पीठ पर अपनी नजर फेरता रहा। थोरा उठी और उसने अपनी आड़ में होरा को कर लिया। थोरा की यह हरकत थोरा के पति को बहुत बुरी लगी। उसने गुस्से से चिढ़कर थोरा को देखा।

''कोठरी खाली कर दे। तू माँ की कोठरी में चली जा। मोहनी रहेगी इसमें, समझी?''

''काँईं वास्ते जाऊँ माँ की कोठरी में, राँड ले आया इसलिए?''

''छिनाल, मुँह लड़ाती है! हाँ-हाँ, राँड ले आया! इसलिए कि तू सूकी बयड़ी निकली, किसान के कोण काम की!''

पति की बात सुनकर थोरा का चेहरा काला कोयले-सा हो गया। गले तक

आती रुलाई को रोकती, आँसुओं को धकियाती वह बोली, "देखूँगी नी, वह कितनी हरी-भरी होगी?"

"चोप्प, पेट में आँटी राखनो! सोत से डाट करे है!"

"मैं काँईं पेट में आँटी राखूँ, राखे तेरी प्यारी। जा, चले जा, कोठरी मैं खाली नी करूँ। म्हारे बापू ने ब्याह कराया है। फेरे लेकर लाया है। ब्याहवाली हूँ। म्हारी इज्जत है।"

"बड़ी इज्जतवाली आई! ठीक है, दूसरी कोठरी बाँध लूँगा।" कहता वह गुस्से से भनभनाता चला गया।

होरा अँधेरे कोने से निकलकर सहमकर बहन के कंधे से चिपक गई। दोनों की आँख के नाले फूट गए। बाहर लोग महुआ की दारू पी रहे थे। महुआ की गंध भीतर तक आ रही थी। ढेर लोगों की बातचीत सुनाई दे रही थी। होरा ने आगे बढ़कर किवाड़ बंद कर लिये।

□

घर में नई कोठरी बनने लगी थी। थोरा की सौत का नाम मोहनी था। उसने आते ही पति को मोहनी कर अपने बस में कर लिया था। सारे दिन मोहनी सजती-सँवरती रहती। थोरा का पति, जो पहले हफ्तों घर से गायब रहता था, अब घर पर ही पड़ा रहता। जब से मोहनी आई थी, थोरा ने कोठरी से निकलना बंद कर दिया था। होरा ही आकर उसे रोटी-पानी दे जाती और घर के समाचार सुना जाती।

एक दिन मोहनी अपनी चोटी के फुँदने को घुमाती थोरा की कोठरी की तरफ निकली। रास्ते में होरा की कोठरी पड़ती थी। होरा ने कमरे से उसे जाते देखा तो झट बाहर आ गई।

"कहाँ जा रही है?" होरा ने टोका।

"सौत से मिलने। सोचा, सौत तो कोठरी से निकलती नहीं, तो मैं ही फेरा लगा आऊँ। सारा दिन कोठरी में पड़ी रहती है। बुस जाएगी।"

"बुसने दे, तू क्यों उसकी चिंता करने लगी? इतनी चिंतावाली थी तो आई क्यों?"

"बईण की तरफदारी तो देखा!"

"काँईं नी करूँ? तू तो उसके संसार में डाका डालने आ गई।"

"बई, इज्जत से बोल नी, मैं तेरी बईण लाँगू।"

"जा, काँच में मुँह निहारकर आ।"

"दुई बहना घर को खाए रही हैं।"

''तीसरी को भी माँग रहे थे, म्हारे बापू ने मना बोल दी थी।''

भड़ से थोरा की कोठरी का दरवाजा खुला और थोरा दरवाजे पर आई—''चोप्प कर, होरा, काँईं बके जई री है?''

''धन्य भाग्य, सौतन के दर्शन हुए।'' मोहनी बोली।

थोरा ने मुँह नीचा कर लिया और भीतर चली गई।

होरा धम से अपनी देहरी पर बैठ गई। मोहनी वापस पलटकर लौटी। अलगनी में पिंजरे में टँगा मिट्ठू अपनी टाँय-टाँय आवाज में चीखता रहा।

□

टेसूआ रोज दूध लेकर सेठजी के घर आता था। कमला उससे प्रभावित होती गई। दोनों देर तक बैठे बातें करते। टेसूआ कमला को कहानी सुनाता। कमला, जो सिरचढ़ी लड़की थी, किसीके काबू में नहीं आती थी, ढेर गहने पहनती थी, अब ठीक से रहने लगी थी। किसीके स्नेह ने उसे जीना सिखा दिया था। एक दिन भी यदि टेसूआ नहीं आता तो कमला घर सिर पर उठा लेती। अंत में टेसूआ को बुलाना पड़ता। सेठजी के कान में भी भनक लगी। चिंता में रहने लगे। उन्हें चिंता सताने लगी। व्यापार में मन नहीं लगता। रात-दिन बेटी की चिंता में रहते। ज्यादातर घर में रहते। मुनीमजी सारे रजिस्टर लेकर घर ही आ जाते थे।

एक दिन जब मुनीमजी आए तो सेठजी अधिक दुःखी थे। मुनीमजी को पास बैठाकर बोले, ''मुनीमजी, देखो, कैसो आपणो मंत्र उलटो हो गयो! नीमड़ा नी बेटो तो सपोलो निकलो। बीन पर मेरी बेटी को नचा रिया है। काँईं तुम सोचो नी।''

''ऐसो अंधेर तो, सेठजी, कहीं नहीं देखणे को मिलो। हिरन बाघ नूँ खा रियो है। कलयुग आ गयो। कमला बिट्टी राणी भील छोरो नी प्रेम में फाँस गयो!''

''मुनीमजी, प्रेम नहीं,'' सेठजी बैचेनी से भरकर बोले—''तू और मैं सब यह उम्र में भवरी नचाणे जाते थे नी, ऐसे ही जाणों, कच्ची उम्र के छोरा-छोरी प्रेम काँईं जाणें!''

''छोरा चतुर निकलो, उलटो पाँसा फेंको। काँईं अच्छो चाल चलो। कमला बिटिया नूँ फाँसकर सब चित कर लीयो नी। कैरम के खेल में राणी को घर में डालो तो खेल खत्म। ऐसो ही चाल चलो नी।''

''भील छोरा है नी। भील को मतलब तुम जाणे नी, भील तीर को बोले है।'' सेठजी घबराकर बोले, ''तम काँईं विचार नी। धू-धू करी म्हारो घर जली रियो है।''

''छोरो नी छोड़ दे नी, नीमड़ा के बुलाए कर छोरो नी सौंप दे नी, सेठजी।''

''पण मुनीमजी, नीमड़ा के छोरो ने अगाड़ा-पिछाड़ा सब देख लीयो नी।''

''अबे काल हलांगा पणरियो नी। काल टल जाणे दो नी। इलाज वास्ते दवा की टोंटा है काँईं! एक दवा नी लागे तो दूसरी, दूसरी नी लागे तो तीसरी।'' मुनीमजी ने उपाय बताया।

''ठीक बोले, भाया।'' सेठजी की जान में जान आई—''उठती गडार पे गाड़ी वापस खिसली जाय, एक जोर धक्का लगायो, दो बखत लगायो, पण तीसरी बखत तो गाड़ी ऊपर चढ़ी जाए नी।''

''यी जाए न पाले आवे, बस फिर कमला बिट्‌टी के ब्याव झटपट करें।'' मुनीमजी अपनी बुद्धि के चमत्कार से खुद ही प्रभावित होते बोले।

सेठजी उकड़ूँ बैठ गए पलंग पर। झूले की तरह झोंका खाते प्रसन्नता से बोले, ''चौपड़ के वास्ते दिमाग पर जोरने सोच्यो पड़ी हैं। घास की पूलो नी कि कुप्पी लायो न छिंड़की, न माचिस बताई, जरा विचारो नी।''

''नीमड़ा के खबर भेजूँ नी ?''

''काँईं वास्ते ? कोई दरकार नईं ? छोरा नी छोड़ो, अपणो जाकर ठिकाणे पर लाग जावेगा।''

''पण, लिखा-पढ़ी ?'' मुनीमजी चिंता से बोले।

''मुनीमजी, धंधो में कभी घाटो भी सहणो पड़तो। सोचो नी भाव नीचे गिरी गयो।''

''ठीक कही, सेठजी, छोटे जानवर हाँका में राखकर बड़े जानवर फँसे तो कोण नुकसान! फायदा-ही-फायदा।''

''ठीक अक्ल की बात बोले, भाया।'' सेठजी प्रसन्नता से गद्‌गद होते बोले।

□

रात्रि के समय जब कुत्तों ने एक साथ भौंकना शुरू किया तो गाँव के लोग चौंके। पत्तों की चरमर-चरमर की आवाज से सब डर गए। कोई डाकू तो नहीं ? पुलिस तो नहीं ? जूता पहन के कोण चल रिया है ? गाँव के लोग चिंता से अपने-अपने घर से बाहर आए। बाहर घुप्प अँधेरा था।

''कोण है रे ?'' एक ने साहस से आवाज लगाई।

दूसरी तरफ से कोई आवाज नहीं आई। शांति बनी रही। पर कोई चल रहा था, यानी कोई था। पर कौन ? गाँववालों के बाहर आते ही कुत्तों ने भौंकना बंद कर दिया और अपनी-अपनी ओलती में जा दुबके। एक घर से लालटेन ले आया। लालटेन की मंद रोशनी में सबने देखा और चौंककर चिल्लाए।

"टेसूआऽऽ!"

"नीमड़ा! नीमड़ा रे बेगा आ रे! छोरो अई गयो रे! बेगा आ नी!" एक साथ कई लोग चिल्ला पड़े।

देखते-ही-देखते सारा गाँव बाहर आ गया। हर घर का दरवाजा खुल गया। नीमड़ा लड़खड़ाता सा बाहर आया। उसे लगा, गाँववाले मजाक कर रहे हैं।

"काँईं मजाक उड़ा रिया है!" नीमड़ा बाहर आकर खड़ा हो गया बिना हिले-डुले। बस उसकी आँखों से आँसुओं की धार फूटकर बह रही थी। वह जैसे गूँगा-बहरा हो गया था। बस आँखें जीवित थीं।

नीमड़ा पागलों की तरह दौड़ा और भरभराकर पहाड़ की तरह टूटकर बेटे से लिपट गया। किसीने बारूद लगाकर पहाड़ को उड़ा दिया हो, वह ऐसे टुकड़े-टुकड़े होकर, बिखरकर पागलों-सा रो उठा। फूलाँ और उसकी माँ भी बेटे से लिपटकर फफक उठे। गाँव के लोगों ने बढ़कर नीमड़ा को सँभाला, औरतों ने फूलाँ की माँ को सँभाला।

दौड़कर माँ भीतर गई और गुड़ ले आई। घर की चारों दिशाओं में फेंक-फेंककर, हाथ जोड़-जोड़कर विलाप करती रही। सभी देवी-देवताओं को हाथ जोड़-जोड़कर धन्यवाद देती रही।

"लाज राख लियो रे! म्हारी कोख नी लाज राख्यो। मानता उतारूँ, प्रभु, बकरा दूँ। ऐ मैं सदके जाऊँ रे म्हारा पुरखा! थारे धोक दूँ।"

टेसूआ घर के आँगन में बैठ गया। फूलाँ को वह पकड़े था, मानो कहीं फिर सब न बिछड़ जाएँ। टेसूआ अपने बावरे हुए माँ-बापू को देखता रहा और रोता रहा। सारा गाँव उन सबको घेरे था। सबने टेसूआ को घेर रखा था। सारा गाँव अचरज, अविश्वास से टेसूआ को देख रहा था। आज तक सेठजी के यहाँ से कोई नहीं लौटा था। देखते-देखते टेसूआ के लिए हर घर से रोटी-साग-दाल आ जुटी।

टेसूआ की माँ भी अपनी कोठरी से मक्के की रोटी और मिर्च की चटनी ले आई। माँ के हाथ में रोटी देख टेसूआ की आँखों में चमक उतर आई और वह उठा। बढ़कर उसने माँ के हाथों से रोटी चटनी ले ली और खाने लगा। वह खाते जा रहा था और साथ ही रोता जा रहा था। आँख से, नाक से पानी बहता जा रहा था। कमीज की बाँह से वह आँखें पोंछता जाता था। आज जाने कितने बरस बाद माँ के हाथ की रोटी मिली थी। उसने तो सोच लिया था, इस जन्म में अब कभी वह गाँव नहीं जा पाएगा, कभी माँ और बापू से नहीं मिल पाएगा, कभी माँ के हाथ की मक्का की रोटी नहीं खा पाएगा।

घर की परछी पर बरसों बाद बेटे को रोटी खाते नीमड़ा, माँ, फूलाँ और गाँव के सारे लोग देख रहे थे। सबकी आँखों से आँसू बह रहे थे। अद्भुत दृश्य था।

□

थोरा के घर मोहनी का दबदबा बढ़ता गया। मोहनी का राज सारे घर पर था। मोहनी के गाँव का आदमी रोज दिन आकर मोहनी से मिलता। मोहनी उसके संग घंटों बोलती-हँसती। धीरे-धीरे घर में शक की आग सुलगने लगी और एक दिन भड़क उठी। हाट से लौटते में थोरा के पति और मोहनी के पुराने प्रेमी का आमना-सामना हो गया। लड़ाई मची। दोनों ने डटकर महुआ की शराब पी रखी थी। मोहनी के प्रेमी ने एक बड़ा सा पत्थर थोरा के पति के सिर पर दे मारा और जंगल में भाग गया। थोरा के पति का सिर कुचल गया और वह वहीं मर गया।

□

लाश घर आई। लाश को खाट पर डालकर लाया गया था। सारा घर काँप उठा। सब हक्के-बक्के रह गए। थोरा कोठरी से चीखती-चिल्लाती-रोती दौड़ती आई। सारा गाँव इकट्ठा हो गया। होरा भी दौड़ी थोरा के पीछे। पति की लाश आँगन में पड़ी थी। थोरा पति की लाश के पास गई और चिल्लाई—''म्हारे तू सूकी बयड़ी बोलता था नी! अब अपणा खेत हरा किए बिना काँईं चला गया? बोल, काँईं वास्ते चला गया?''

थोरा जोर-जोर से विलाप कर रही थी, सिर पटक रही थी। होरा और औरतें उसे सँभाल रही थीं; पर वह पगलाई हथिनी की तरह बौरा उठी थी। मोहनी सकते में चुप, पत्थर बनी दहलीज पर बैठी थी।

□

दूसरे दिन लाश को मिट्टी देकर सब लोग घर आए तो देखा, घर में पुलिस आ गई थी। पुलिस पूछताछ कर रही थी।

''इसकी घरवाली कौन है?'' सिपाही ने पूछा।

''मैं हूँ साहब, इसकी ब्याहता।'' थोरा सामने आकर खड़ी हो गई।

''तेरे पति को किसने मारा?''

''कोण नी मारा! हाट से अई रियो थो तो बाघ झपटी गयो। वह पहाड़ी से लुढ़की गयो और मरी गयो।''

''कोई से वैर-दुश्मनी?''

''कोण से वैर नी, कोण से दुश्मनी नी थी। सीधा-सादा आदमी था।''

''यह कौन है तेरी?'' पुलिस ने होरा और मोहनी को देखकर पूछा।

''दोनों म्हारी बईण हैं। होरा तो देवरानी भी है और मोहनी तो हफ्ता पहले गाँव से आई थी।'' थोरा ने कहा।

पुलिस का सिपाही पूछताछ कर, थककर लौट गया। सब प्रसन्न हो उठे। सारे गाँव ने थोरा की वाहवाही की, वरना जाने कितने महीने पुलिस गाँव पर आफत किए रहती।

मोहनी दंग थी। उसने पहली बार थोरा के बड़े रूप को देखा था। उसका मन कितना सुंदर है, इसकी थाह पाई थी। मोहनी की आँखें भर उठीं। उसने थोरा के पैर छुए और क्षमा माँगी।

''अब तू भी जा अपने गाँव। अब वह तो रहा नहीं, यहाँ रहकर काँईं करेगी? जा, नईं तो पुलिस यूँ ही फिर रार मचाएगी।'' थोरा ने मोहनी से कहा।

''और तू?'' मोहनी ने पूछा।

''मैं कोण भगौरिया हाट से आई हूँ! ब्याह करके दिया है मेरे बापू ने, फेरे लेकर आई हूँ, देहरी नी छोड़ूँगी।'' थोरा ने गर्व से कहा।

मोहनी अपना सामान गठरी में बाँधकर जाने लगी। थोरा देहरी पर खड़ी थी। मोहनी जाते-जाते पलट-पलटकर 'सूकी बयड़ी' को देखती रही।

□

ढहता कुतुबमीनार

सुमेर चला गया था। वह जैसे ही उसकी आँख से ओझल हुआ, एक विचित्र से खालीपन के एहसास ने उसे दबोच लिया। उसे लगा, आज जीवन की अंतिम आस की डोर भी टूट गई, जिसके सहारे उसका मन बँधा था। उसे लगा, उसका अपना शरीर खाली डब्बे सा टनटना उठा है।

मन का वह साहस जो अभी कुछ देर पहले तक कुतुबमीनार सा खड़ा था, अब कमजोर, दस्तु, बूढ़ा सा बन अचानक भरभराकर बैठ गया है। उसने जिंदगी में इतना थका हुआ अपने को कभी नहीं पाया था। हमेशा हर परेशानी में कोई-न-कोई विश्वास की रेखा थी, जो उसे सँभाले रहती थी। पर आज लगा, सबकुछ डूब गया है। भयानक प्रलय आई और सबकुछ डुबाकर अपने साथ समेटकर ले गई··· विश्वास, आशा, साहस और उसका अपना आत्मबल जो उसकी जमापूँजी था। वह सारा आज बाढ़ में बह गया और वह इन शक्तियों के बिना बेजान लाश बनकर रह गई है। वह लौटकर वापस कमरे में आ गई। उसने दरवाजा भीतर से बंद कर लिया था, कसकर। पर अभी भी लग रहा था, कुछ था जो कमरे में गूँज रहा था। सोफे पर वह धँसी सी बैठ गई। कमरा···कमरा एकदम खाली था। खाली कुरसियाँ, खाली कमरा, पर उसमें अब भी जैसे सुमेर के होने का एहसास था। सुमेर के शब्द अभी भी पंखहीन पक्षी की तरह कमरे में छटपटा रहे थे।

कित्ते-कित्ते बरसों बाद आज सुमेर अचानक उससे मिलने चला आया था। जब नौकर ने सुमेर के नाम की चिट उसे पकड़ाई तो वह पागलों की तरह बाहर की तरफ दौड़ी थी।

दरवाजा खोलते ही एक मूर्ति उसके पैरों की तरफ बढ़ी और उसे लगा था, बस जिंदगी काश यहीं ठहर जाती!

"दीदी," सुमेर उसे निहारते हुए बोला, "एक इंटरव्यू में आया था। लौट रहा था। ट्रेन में बैठ भी गया था; दीदी, पर मैं अपने को रोक नहीं सका और अटैची लेकर ट्रेन से उतर आया। देखो यह टिकट।"

सुमेर टिकट दिखाता बोला और उसकी दोनों आँखों से पानी धार बाँधकर बह चला। यह आवाज सुनने के लिए वह कित्ते बरसों से तरस गई थी। उसका मन हुआ कि सुमेर बोलता रहे और वह बस सुनती रहे, सुनती रहे। कित्ते-कित्ते संबोधनों से उसे बुलाया जाता था, पुकारा जाता था; पर इस संबोधन को सुनने के लिए ही जैसे वह अब तक जिंदा थी।

''बाबूजी कैसे हैं···और माँ?'' उसने डरते-डरते आखिर साहस करके पूछ ही लिया।

''बाबूजी अब नहीं रहे। तुम्हारे जाने के बाद बाबूजी थक से गए थे। वह अधिक चुप हो गए थे। हर आहट पर चौंकते थे, उनका चौंकना सिर्फ मैं समझता था। और माँ ठीक है।''

''क्या?'' सुमेर के लिए फ्रिज से ठंडा पानी निकालते उसके हाथ बर्फ हो गए। उसकी आँखों में बाबूजी का चेहरा घूम गया। वह सकते में रह गई। बाबूजी नहीं रहे, किसी ने सूचना देने की आवश्यकता भी नहीं समझी? सुमेर घर में चक्कर काटकर उसके पद की गरिमा को तौलता रहा। सुमेर पूरे दो घंटे उसके पास रहा और अपने बारे में बताता रहा, पर सुमेर ने एक बार भी उससे उसके अपने वर्तमान के बारे में नहीं पूछा।

जाते समय, जब वह जाने के लिए उठा और उसके पैर की तरफ झुका तो वह प्रश्न आखिर पूछ ही लिया, जिसे पूछने के लिए वह दो घंटे से अपने को तैयार कर रही थी, ''सुमेर, मुझे लोग याद करते हैं?''

सुमेर ने सिर उठाकर, चौंककर उसे देखा था, फिर उसने सिर झुका लिया।

''तुम्हें झूठ कहकर भ्रम में नहीं रखूँगा,'' सुमेर बोला, ''तुम्हें कोई याद नहीं करता। सच दीदी, सब अपनी दुनिया में खुश हैं। तुम्हारी कमी किसी को नहीं खलती, सब जैसे तुम्हारी चर्चा करने से भी कतराते हैं। अब कोई यह जानना या सुनना भी नहीं चाहता कि तुम खुश हो या दुखी, सब जैसे अपनी जिम्मेदारी से बरी हो गए हैं।''

''हाँ दीदी,'' सुमेर रुककर बोला, ''तुम्हारी कमी उस घर के लोगों को नहीं खटकती, काम उसी तरह से चल रहे हैं। तुम्हारे बिना किसी का कोई काम नहीं रुका। दीदी, लोगों को पहले भी तुमसे लेना-देना नहीं था और अब भी नहीं है। पता नहीं तुम कैसा भाग्य लेकर आई थीं, तुम्हें सबने बोझ समझा और तुम्हारी हर जिम्मेदारी से कतराते रहे और आज तो सबके पास उचित बहाना है कि तुमने सबकी इच्छा के विरुद्ध यह कार्य किया। मैं यह बात जानता हूँ कि जब सबकी मरजी से

था, तब किसने तुम्हारी खबर ली ? अब तो तुम्हें कोई देखनेवाला नहीं, तुम्हारे लिए रोनेवाला नहीं, फिर क्यों तुम आस लगाए हो कि कोई तुम्हारी खबर लेगा! मरनेवाले के नसीब में तो साल में कम-से-कम एक बार दान-पुण्य भी लिखा होता है, पर तुम्हारे नसीब में तो वह भी नहीं।'' कहते-कहते सुमेर बच्चों की तरह रो पड़ा।

वह अवाक् बेजान मूर्ति सी खड़ी रही।

''तुम्हें सबने नोच-नोचकर खाया, पर किसी ने तुम्हारे आगे एक टुकड़ा नहीं डाला। दीदी, जानता हूँ इनसान इसी अकेलेपन से घबराकर तो सारी यातनाएँ झेलता है, जिंदगी से जुड़ा रहता है, उफ नहीं करता, और करता है तो उसे यही दंड घर, परिवार, समाज, बिरादरी देती है जो तुम्हें दे रही है।'' सुमेर उसे डबडबाई आँखों से निहारता बोला, ''दीदी, तुम क्यों अभी भी अपन को पीछे छूटे से जोड़कर दुःख पाती हो ? भूल जाओ सब। बस, समझो मरनेवाले के साथ कोई नहीं मरता, थोड़े दिन हलचल रहती है, लोग आँसू बहाकर अपने रास्ते चले जाते हैं।''

सुमेर के शब्द उसके मन पर हथौड़े से पड़ रहे थे। वह अवाक् स्तब्ध सी उसे एकटक देखती रह गई थी। सुमेर ने जैसे उसके आगे शीशा रख दिया था, जिसमें वह स्पष्ट सब देख-सुन रही थी।

इत्ते वर्ष से जो रोष उसके मन में पल रहा था, दप्प सा बुझ गया। जैसे किसी ने खट से कुछ काट दिया हो।

''अच्छा, अब चलूँगा दीदी, सच बोलने के लिए, हो सके तो क्षमा कर देना।'' सुमेर आँखें पोंछता आगे-आगे बढ़ता गया।

वह अपनी घबराहट पर काबू भी नहीं पा सकी थी कि सुमेर एकदम चला गया। वह उसके पीछे-पीछे बरामदे तक आई और लौट पड़ी, जैसे झन्न से काँच-काँच होकर बिखर गई हो।

आदमी कितना विचित्र होता है! भ्रम को पाले, झूठ को सहेजे ही रहना चाहता है, झूठ ही सुनना और देखना चाहता है, अपने आपको छलना ही चाहता है। वह तो सुमेर से सुनना चाहती थी—दीदी, तुम्हें सब याद करते हैं। माँ का रोते-रोते अंत हो गया। राहुल तुम्हें याद करते हैं। जब भी तुम्हारी चर्चा चलती है, वह यही कहते हैं कि सपना की तरह भला घर कौन सहेज सकेगा ? सपना गई, जिंदगी का सारा रंग ही उतर गया, बस अब तो जीवन के दिन काट रहे हैं।

वह तो सुमेर से ये सारी बातें सुनने की आशा किए थी; पर इससे ठीक उलटी बातें सुनकर उसे लगा, वह जिंदगी का मुकदमा हार गई है। बीते हुए, सहेजे हुए अतीत की पैरवी कर अपने को वह सुखी बना लेती थी, पर सब झूठ···झूठ के सिवाय कुछ नहीं।

कितना कष्टकारक है यह सब सोचना, कितना भयानक है इस विडंबना को जीना! उसने हमेशा अपने अतीत को मेहरबान समझा, दयालु समझा। पर आज उसकी समझ में सब बातें आ रही हैं, उसकी किसी को आवश्यकता ही नहीं थी, न पहले, न अब।

अचानक सामने सड़क के पार रेल की पटरियों पर एक ट्रेन खटखट करती निकल गई। उसने सिर उठाकर देखा। पैसेंजर ट्रेन थी, पर उसके सारे डब्बे खाली से लगे; उसमें इक्का-दुक्का पैसेंजर ही बैठे थे। खाली ट्रेन की खाली-खाली सी ध्वनि उसे खलने लगी। ट्रेन जब तक उसकी आँखों के सामने से ओझल नहीं हो गई, तब तक वह ट्रेन को देखती रही। भरी-भरी ट्रेन का तेज फर्राटे से दौड़ना कितना भला लगता है!

बचपन से ही उसे सलीका, कायदा और करीने से रहना पसंद है। बेहूदापन उसे जरा भी पसंद नहीं था। जोर से हँसना, भौंड़े तरीके से उठना-बैठना उसे कतई पसंद नहीं था। वह किसी बेकायदावाले व्यक्ति को देखती तो चिढ़ जाती। घर में भी वह जब-तब माँ को टोकती रहती। कभी माँ उसका ब्लाउज भी पहन लेती तो वह उन्हें टोक देती, ''माँ, क्या पहन लिया!'' दादी की पान खाकर इधर-उधर थूकने-खँखारने की गंदी आदत से सदा उसकी नाक चढ़ी रहती। खाने के समय भी कोई जोर से मुँह चपड़-चपड़ चलाता तो वह खाने पर से उठ जाती। बचपन से उसकी इन बातों को देखकर दादी उससे चिढ़ सी जाती और चिल्लाती, ''बड़ी सलीकेवाली लड़की निकलेगी, पता नहीं कोई राजकुमार ही आए इसे ब्याहने!'' वह दादी की बात पर हँस देती और रस्सी कूदते कहती, ''दादी, राजकुमार तो आएगा ही, अगर वह भी सलीकेवाला नहीं हुआ तो मुँह की खाएगा, मेरे नाम पर रोएगा!''

कॉलेज जाते समय सड़क पर छेड़नेवाले शोहदे लड़कों से उसे बेहद चिढ़ थी। साथी लड़कियाँ मुँह इधर-उधर करके हँस देतीं, पर उसका तना हुआ मुँह जरा भी ढीला नहीं पड़ता था। क्लास में छेड़ना, पैर चलते-चलते दबाना, चोटी खींचनेवाले, पेंसिल पीठ पर चुभानेवाले लड़कों को वह कभी मुड़कर भी नहीं देखती थी। उसके साथ की लड़कियाँ कहतीं, ''प्यार इसी छेड़छाड़ की उपज है।'' तो वह चिढ़कर कहती, ''अगर प्यार ऐसे बेहूदा ढंग से शुरू होता है, तो मैं बिना प्यार के भली।'' हमेशा उसके मन में पति और प्रेमी के लिए बहुत ही ऊँची कल्पना रही। जिस तरह आदमी अपने ईश्वर की कल्पना करता है, बस उसी तरह। उसमें कोई बुरी आदत, बुरी बात तो हो ही नहीं सकती। वह बस पवित्र ही होगा और पवित्र

ही रहना चाहिए उसे, सिर्फ उसके लिए रहना चाहिए या सही शब्दों में वह सिर्फ उसी के लिए, उसी जैसा सलीकेदार, हुनरदार होना चाहिए।

अनछुई चीजें ही उसे पसंद थीं। अनछुआ सपना, अनछुआ जीवन। उसे याद है कि वह हमेशा अपनी सहेलियों से कहती, उसे ऐसी चीजें देना, जिसे किसी ने नहीं देखा हो, किसी ने नहीं पहना हो। साड़ी, प्रिंट या फैशन जिसकी सब नकल कर रहे होते, उसे कभी पसंद नहीं आते।

हमेशा वह लीक से हटकर चली; पर उसे क्या पता था, उसकी अपनी ही जिद उन्हें भस्मासुर की तरह राख कर जाएगी। उसकी इस आदत से सब सहेलियाँ उसे चिढ़ाया करतीं, ''अपने सपने के राजकुमार को तो तू जादू की छड़ी से मक्खी बनाकर जूड़े में रखना, जैसा रूपनगर की जादूगरनी करती थी।'' वह बस हँसकर रह जाया करती थी।

आज वह स्नेह के एक नन्हे बिंदु के लिए संघर्ष कर रही थी। अपने आसपास एक मजबूत किले का निर्माण करना चाहती थी, ताकि वह सुरक्षित रह सके, क्योंकि वह जानती है, बेनाम व्यक्ति का कोई अस्तित्व नहीं होता। विजयी व्यक्ति भी अपने निर्माण किए किले में अकेला नहीं रह सकता है।

□

राहुल मिलिटरी में मेजर थे। वह खुश थी कि उसकी एक मिलिटरी अफसर से शादी हुई है। पर राहुल को उस जैसी छुई-मुई लड़की नहीं चाहिए थी।

जब पहली बार वह राहुल के पास रहने गई तो पहले ही दिन राहुल ने जिस औरत से उसका परिचय कराया, उसे बताया गया था कि वह उसकी दोस्त है, पर हर बात में उसका डार्लिंग-डार्लिंग कहकर संबोधन करना उसे बुरा लगा था।

रात जब वह अपने कमरे में इंतजार करते-करते थक गई तो वह राहुल को देखने ड्राइंगरूम में आई। वहाँ दोनों नशे में बेसुध से थे।

''सपना?'' उसे देखते ही राहुल जोर से हँसा, ''नीलू, मेरी पत्नी सपना से मिलो। पता है, पत्नी का काम क्या है? पति के साथ सोना। तो पत्नीजी, आप बेडरूम में रहिए, हम आते हैं।''

अपमानित वह लौट पड़ी थी। पर वह रात और उसके बाद की कई रातें भी उसे अकेले ही काटनी पड़ीं। राहुल कभी नहीं लौटा। जब वह उसके पास शरीर के साथ रहा भी तो मन से वह कहीं और रहा।

राहुल ने माँ-बाप की जिद से और छोटी बहन के ब्याह के लिए उससे अपना ब्याह किया था, वरना उसे ब्याह की आवश्यकता ही नहीं थी। उसके दहेज और

रुपयों से छोटी बहन ब्याह दी गई; बस फर्ज समाप्त हो गया था। सारे अधिकार, प्यार, ममत्व सबकुछ नीलू के हिस्से में आया और उसके हिस्से में आया—भव्य-शानदार, सजा-सजाया सरकारी बँगला, कीमती फर्नीचर, कायदे और करीनेवाले वरदी पहने नौकर और सारे घर को अपनी दहाड़ से हिला देनेवाला एक अदद आलीशान कुत्ता।

जब उसने राहुल से नीलू को लेकर बात की थी तो राहुल का साफ उत्तर था, "सपना, तुमसे पहले नीलू मेरी जिंदगी में आई है, त्याग तो उसका है। मैं अगर पुराने विचारोंवाले माता-पिता के सामने उससे ब्याह नहीं कर सकता तो प्यार तो कर ही सकता हूँ न!"

"पर मैं ऐसा नाटक पूरी जिंदगी नहीं जी सकती, हमें अलग होना होगा?"

"बेशक, तुम जब चाहो अलग हो जाओ, मेरे कई मित्र वकील हैं, जो तुम्हें आसानी से तलाक दिला देंगे।" राहुल ने सपाट शब्दों में चाय पीते हुए कहा।

"फिर तुम अपना हक जरा भी नहीं जताओगे?" उसने आश्चर्य में भरकर पूछा था।

"एकदम नहीं," राहुल बोला, "तुम्हें पता होना चाहिए, फारगेट का सबक हमें सिखाया जाता है, वरना जीना ही मुश्किल हो जाए। हम रोजाना देखते हैं, हमारी टुकड़ी के साथी, अजीज दोस्त लड़ाई में मारे जाते हैं, अगर हम उनके लिए मातम करने बैठे रहे तो शायद जिंदा ही नहीं रह पाएँगे न!"

"अच्छा!" खट से मन में कुछ टूटा।

और एक शाम जब राहुल ने उसे जो पेपर दिए, उसे पढ़कर वह स्तब्ध रह गई। वह बाकायदा तलाकनामा था। राहुल पहले की तरह ही उस शाम उसके साथ बैठकर चाय पीते रहे।

रिश्ते इतने सड़-गल गए थे कि उनमें कहीं खून, मवाद, दर्द नहीं था। टूटने का, अलग होने का जरा भी एहसास नहीं था। वह ही बेकार में इतने दिन भ्रम को पाले थी। सब कुछ सहेजना, समेटना चाहती थी।

वह पेपर पकड़े हैरान सन्न सी बैठी रह गई थी सोफे पर। मन आँखों से निकल पड़ना चाह रहा था। पर वह अपने को सँभाले बैठी रही।

वह दिन और दिनों की तरह ही सामान्य बीता। हर दिन की तरह ही उसने घर का सारा काम निपटाया, लोगों से मिलती रही, पर भीतर-ही-भीतर वह बेहद भयभीत थी। क्या वास्तव में यही शादी थी और यही तलाक? चारों तरफ पानी-ही-पानी दिख रहा था, कहीं खड़े होने के लिए उसे सूखी धरती नजर नहीं आ रही थी।

वह दिन, दूसरा दिन, तीसरा, चौथा इसी तरह निकलते चले गए···और फिर एक दिन अचानक राहुल उसके सामने आ खड़े हुए, ''तुमने अपने जाने का इंतजाम नहीं किया?''

''राहुल, निर्णय लेने में समय निकल गया, पर आज जरूर जाऊँगी।''

''कहाँ जाना है, पहले सोच लो।'' राहुल को भय था कहीं वह आत्म-हत्या न कर ले।

''कहीं भी जाऊँ, अब तुमसे मतलब? मैं माँ के पास जाऊँगी।''

''मुझे पता है तुम माँ के घर नहीं जाओगी, इसलिए कहता हूँ, ठंडे दिमाग से जाना।'' राहुल ने कहा।

राहुल का यह विश्वास उसे बुरी तरह खल गया। वह एड़ी से चोटी तक सुलग उठी और बिना रोए-पीटे, एकदम तटस्थ भाव से अपने जाने का प्लान बनाती रही, अपने को समेटती-सहेजती रही और एक दिन एकदम चुपचाप उसने राहुल का दरवाजा छोड़ दिया।

एक लंबा पत्र बाबूजी के नाम लिख वह दिल्ली के भीड़ भरे सैलाब में खो गई थी। वह जानती थी, जहाँ शादी के नाम पर लड़कियों की बलि चढ़ाई जाती हो, उस घर में उसकी बात सुननेवाला कोई नहीं होगा।

वह उस संस्कृति के वातावरण में पली थी, जहाँ पुरुष का हर रूप आदेश माना गया है।

वह एक छोटे से अखबार के दफ्तर में अपनी एक दोस्त के सहारे काम तलाशने में सफल हो गई थी। उसे खड़े होने के लिए बस थोड़ी सी जगह ही तो चाहिए थी। जहाँ लड़ाई में वह सबकुछ हार गई थी, वहाँ यह एहसास क्या कम था कि वह एक बेजान, निर्जीव वस्तु नहीं है, उसके भी जजबात हैं, उसकी भी भावनाएँ हैं।

जिंदगी की लड़ाई अकेले लड़ते जब उसने अपने आपको कुतुबमीनार की तरह खड़ा कर लिया था, तब आज इतने वर्षों के बाद सुमेर ने जरा सी एक ईंट खींच दी तो उसे लगा—उसका किला, उसका कुतुबमीनार ढह गया है और वह एक ध्वस्त किले की मालकिन भर है।

□

समर

अपने घर की अँधेरे में डूबी छत पर मैं चुपचाप गुमसुम-सी खड़ी थी। चारों ओर पटाखों का शोर गूँज रहा था। पटाखों के धुएँ से सारा वातावरण भर गया था। पटाखों की तेज आवाजों से भ्रम हो रहा था कि कहीं किसी दुश्मन देश ने आक्रमण करके बमबारी तो नहीं कर दी है। चार इमली के सारे घर रंग-बिरंगी रोशनी से सजे थे। हमारा घर भी पहले ऐसे ही सजा होता था। इस बार पूरा घर अँधेरे की कालिमा में डूबा था। भीतर-बाहर सब तरफ अँधेरा-ही-अँधेरा था। जाने इस बार यह कैसी काली दीवाली आई थी।

मेरी आँखों के आगे एक पागल आँधी-सी उठती है। आँधी के बवंडर से सामने का सारा दृश्य धुँधला हो उठता है। ढेर सारे रेत के कण, धूल के कण जैसे आँखों में चले जाते हैं। घबराकर मैं अपनी आँखें बंद कर लेती हूँ। कितनी अविश्वसनीय घटना हमारे घर घट गई थी। सोचती हूँ तो लगता है जैसे बीता समय सत्य नहीं था, या आज जो वर्तमान में है वह समय सत्य नहीं है। दोनों समय के बीच अनिर्णय की स्थिति में मैं हतप्रभ, भौचक्की सी रह जाती हूँ।

मेरे बेटे समर का देहांत हुए अब लगभग दो माह होने को आ रहे थे। कैसे समय धीरे-धीरे चींटी की चाल से आगे सरका था। हर क्षण, हर घड़ी कितनी लंबी लगी थी। समय जैसे पहाड़ की तरह एक जगह खड़ा हो गया था। काल के इस अकस्मात् आए भूकंप ने सारी जिंदगी ध्वस्त कर दी थी। सबकुछ तहस-नहस हो गया था। सबकुछ काल के गाल में समा गया था। चारों ओर पुरानी यादों के बिखरे अवशेष खंडहर के रूप में धराशायी होकर पड़े थे। इतना बड़ा झटका सहने के बाद भी मैं जिंदा हूँ, देख आश्चर्यचकित थी।

24 अगस्त को बेटे की मृत्यु हुई थी और ठीक चार दिन बाद यानी 28 अगस्त को उसका जन्मदिन आया था। सवेरे मुँहअँधेरे से मैंने अपने पलंग पर बैठकर उसका इंतजार किया था। हर पल, हर क्षण लगता, बेटा आएगा और मेरे पैर छुएगा; जैसा

वह हर जन्मदिन पर करता था। मैं उसका माथा चूमकर उसे लंबी आयु का आशीष दूँगी। पर वह नहीं आया। एक-एक क्षण मेरे लिए भारी होता गया। बेटे के बिना बेटे के जन्मदिन की कल्पना से ही मन काँप उठा था। इस वर्ष वह अठारह में लग जाता। सोचा था, इस वर्ष उसकी अठारहवीं वर्षगाँठ अच्छे से मनाएँगे।

कितनी ढेर-ढेर स्मृतियाँ हैं। पूरे सत्रह बरस की स्मृतियाँ। बेटे की माँ बनकर मैं कैसी गदबदाई सी रहती थी। पहली बार अपनी कमजोर काया पर मांस की परत चढ़ते देखा था।

ऐसा दुर्भाग्य! आँख के सामने बेटा इतनी छोटी उम्र में चला गया! बेटे के आगे तो सभी माता-पिता जाते हैं। बेटा काँधा देता है, पिंडदान करता है, फातेहा पढ़ता है। मेरे अपने भाग्य में यह सबकुछ क्यों नहीं था? ऐसा क्यों किया खुदा ने? क्या इसलिए कि मुझे खुदा पर बहुत आस्था थी? मेरी आस्था-विश्वास का यह फल मिला! इससे तो नास्तिक रहती तब शायद इतना दुःख नहीं होता। मेरी आस्था को इतनी गहरी चोट क्यों लगी? मेरी आस्था का अंत भी बेटे की मृत्यु पर होना था?

आज जैसे मैं कुछ नहीं हूँ—बस, एक रोती-कलपती, विलाप करती माँ बन गई हूँ। लगता है जैसे संसार से सारे रिश्ते-नाते टूट गए हैं। केवल मिट्टी का ढेर बनकर रह गई हूँ। मेरी सारी दुनिया अँधेरी हो गई थी। बेटे के बगैर मैं अब कुछ देखना, जीना नहीं चाहती। सब समाप्त हो चुका था। दुःख या तो सिखाते हैं या मिटाकर चले जाते हैं।

संसार पहले जैसा ही था। वही शोर, वही आवाजें; सारी गतिविधियाँ पहले जैसी थीं। वही चिड़ियों का शोर, गाड़ियों का शोर, रेल का शोर, टेलीफोन का शोर; छिपकलियों का वैसे ही दीवार पर दौड़ना, झींगुरों का बोलना—सबकुछ ज्यों-का-त्यों था। बस, संसार में एक मेरे बेटे की आहट नहीं थी।

मेरे पैर जैसे पत्थर के हो गए थे, उठते नहीं थे; जैसे किसीने लोहे की मोटी-मोटी जंजीरें डाल दी हों। बेटे के बिना अब मुझसे एक कदम नहीं चला जाता। जब बेटा था तब मैं सारी दुनिया में घूमती थी, कार्यक्रमों में व्यस्त रहती थी। बेटा जैसे मेरी शक्ति था, आत्मा था। वह मेरा डैना था। उसीके पंख के सहारे मैं चारों दिशाओं में उड़ती फिरती थी। आज जैसे किसीने मेरे डैने ही काट दिए थे और मैं बेबस जमीन पर पड़ी थी। उसीकी शक्ति के सहारे मैं सब कर लेती थी। उसके बिना मेरे भीतर शक्ति समाप्त हो गई थी। वह तो मृत्यु पाकर मुक्त हो गया और मैं जीवित मृत्यु झेल रही थी। बाजार में मिट्टी की गुड़िया मिलती है, जिसका पूरा

शरीर होता है, बस प्राण नहीं होते। लगता है, ऐसी ही मैं हो गई हूँ—कहीं भी बैठा दो, टुकुर-टुकुर देखती हूँ।

बेटा था तब मुझमें कितनी शक्ति थी। मैं दुर्गा की तरह थी। मेरे कई-कई हाथ थे। हर हाथ में अलग हथियार और शक्ति थी। अब लगता है जैसे किसीने मेरे हाथ काट दिए हैं। मैं बिना हाथोंवाली दुर्गा बन गई हूँ। खंडित मूर्ति बन गई हूँ। मिट्टी का ढेर। बिना हाथ और शक्ति की दुर्गा जैसी। इसका तो विसर्जन होना चाहिए! मेरा भी अब अंत होना चाहिए।

आत्मा व्याकुलता से हाड़-मांस के पिंजरे में मैना की तरह फड़फड़ाती है, मार्ग ढूँढ़ती है बाहर निकलने के लिए; पर मार्ग नहीं मिलता तो हताश, अँधेरे को घूरती बैठ जाती है।

□

बेटे की स्मृति में शोक में डूबी, तड़पती, व्याकुल, अधीर मन से बीती बातों की जुगाली करती खड़ी थी कि देखा, सामने से नेहा आती दिखी। नेहा मेरे बेटे की दोस्त थी। मन के दुःख को परे सरकाकर मैं तुरंत नीचे उतरी। नेहा मेरी बेटी के साथ बैठी बातें कर रही थी। मुझे देखते ही वह उठी और बढ़कर मेरे पैर छू लिये।

"नेहा बेटी, कैसी हो? आज दीवाली के दिन तुम्हें देख अच्छा लगा।"

"आंटी, घर में मेरा मन नहीं लग रहा था। सब दीवाली मना रहे हैं। मैं आपके पास आ गई। जानती थी, आप लोग भी दुःखी बैठे होंगे।"

नेहा मेरे साथ बेटे के कमरे में आ गई। मैं पलंग पर बैठ गई। नेहा बेटे के कमरे में बैठी चारों ओर सजी उसकी चीजों को नजर भर-भरकर, छू-छूकर देखती रही। हर चीज में वह अपने प्रेमी को ढूँढ़ रही थी। उसकी तड़प, उसकी उदास होती गहरी आँखें अपने में खोती जा रही थीं। वह मेरी उपस्थिति को भी जैसे भूल गई थी।

हर वर्ष की तरह इस वर्ष भी दीवाली आई थी; पर इस बार घर में दीया तक नहीं जला था और पूजा भी नहीं हुई थी। बीती बातें, यादें मन को कुतर रहे थे। पिछले वर्ष कितनी बढ़िया दीवाली हुई थी। बेटे ने कितनी रात तक पटाखे जलाए थे। अनारदाने के फव्वारों से सारा आँगन खिल उठा था। पहले दीवाली की तैयारियाँ कितने दिन पहले से होती थीं। धनतेरस के दिन मैं दोनों बच्चों के साथ कुछ-न-कुछ खरीदने जरूर जाती थी। जब से बेटा हुआ था, मैं नियम से धनतेरस पर सामान खरीदकर लाती थी।

घर का दीपक ही बुझ गया था। चारों ओर अब बस अँधेरा-ही-अँधेरा शेष था। अब तो बस अमावस्या-ही-अमावस्या थी। उजली रातें तो बेटे के साथ चली

गईं। कितनी बातें, यादें रह-रहकर कलेजे को नोचती थीं। उसके बोल कान में गूँजते हैं—'मम्मी, मुझे यह चाहिए। मम्मी, इस बार पकवानों में यह बनाइए। घर में लाइटें ज्यादा लगाइए। दीये और मँगवाइए' आदि। जाने कितनी लंबी फरमाइशी लिस्ट होती थी। लक्ष्मी-पूजन के बाद बेटा पैर छूता तो मेरा रोम-रोम उसे लंबी आयु के लिए आशीष देता था। पर मुझे क्या पता था कि मेरी दुआ में कोई असर ही नहीं है।

घर में जश्न-ही-जश्न होता था। भीड़, चहल-पहल, अतिथियों की रौनक, पटाखों की गूँज से घर आबाद रहता था। आज घर में चारों ओर सन्नाटा था। घर में कोई आहट नहीं, बस एक ठहरी हुई चुप्पी चारों ओर समाई थी। सारी आवाजें बंद हैं। लगता है, पुरानी बातें किसी भुतहा महल की तिलिस्म कहानी थीं। सारे स्वप्निल दृश्य छिन्न-भिन्न होकर झर चुके थे। अब तो व्यापक शून्यता मातमी अँधेरे की तरह फैली थी।

□

''नेहा, यहाँ बैठो।'' मैंने नेहा को अपने पास बुलाया, जो समर की तसवीर को पकड़े टकटकी बाँधे ताक रही थी।

नेहा तसवीर रखकर मेरे पास आकर बैठ गई। उसकी गहरी-गहरी आँखों का पोखर भरता जा रहा था। उसके अंतर्मन की बेचैनी, उमस, घुटन उसके चेहरे पर छाई हुई थी। मैंने उसके दोनों हाथों को अपने हाथों में लिया और उन्हें थपथपाते हुए उसे देखा। वह सुंदर नाक-नक्शवाली लड़की थी। गंभीर चेहरा, बड़ी-बड़ी गहरी आँखें। मेरे बेटे की तरह ही उसकी लंबी-पतली उँगलियाँ थीं। दुबली-पतली सी लड़की, जिसने जिंदगी में पहला सपना देखा था और उसके सपने हमेशा के लिए छीन लिये गए थे। बोलते-बोलते वह रो पड़ती थी; फिर सँभल जाती थी। रिक्तता से घना तिमिर उसे निगल रहा था। अपने को संयत रखने का विचित्र हुनर वह जानती थी।

वैसे भी यह उम्र ही ऐसी है जिसमें अपने मन का राज छिपाने का गजब का सलीका होता है, तभी तो बेटे ने भी कभी इस बात की भनक तक मुझे नहीं लगने दी थी।

मैं देर तक नेहा को देखती, निहारती और टटोलती रही। मन-ही-मन बेटे की पसंद को सराहती रही। बेटे ने कैसी धीर-गंभीर लड़की चुनी थी, जो आज की आधुनिक दुनिया के ताम-झाम से परे थी। काश, बेटे ने अपने जीवनकाल में ही कभी उसे लाकर मुझसे मिलवाया होता! शायद बेटे को विश्वास नहीं था कि उसकी पसंद को मैं स्वीकार लूँगी। उसने मुझपर विश्वास तो किया होता, अपने

मन की बात एक बार तो मुझसे कही होती। मन के भीतर से एक टीस-सी उठी और दिल के आसपास का हिस्सा दर्द से कराहकर दुखने लगा।

''नेहा, समर कभी सपने में दिखता है?''

''हाँ, आंटी।'' नेहा बोली और सिर नीचा कर लिया। उसकी आँखों से आँसू टपक पड़े—''वह तो रोज सपने में दिखता है। मैंने आज ही सपने में देखा कि हमारी शादी हो रही है। उसने क्रीम रंग का सूट पहना है और मैं दुलहन के लाल जोड़े में हूँ। आंटी, सब कहते हैं, सवेरे का सपना सच होता है; है न? मगर वह तो अब नहीं है, सपना कैसे सच होगा?''

मैं सन्न! अवाक् सी उसकी दुखती आँखों को देखती रही। उसके प्रश्न का मेरे पास कोई उत्तर नहीं था। उसके सपने की मेरे पास कोई ताबीर भी तो नहीं थी। उसकी आँखों से टप-टप टपकते आँसू मेरे हाथों पर टपक रहे थे। मैंने अपने हाथ उठाकर उसकी काँपती पीठ पर रख दिए। जानती थी, दिलासा देने के लिए मेरे पास शब्द नहीं थे। उसके लंबे बाल पीठ पर फैले थे। दोनों की जोड़ी कितनी प्यारी होती, मैंने मन में सोचा। मैं उसे दुलहन बना देख रही थी। एक माँ का यह सपना था, जिसे मैंने बेटे के जन्म से ही पाल रखा था। मेरी आँखों में भी नेहा का सपना उतर आया था।

''आंटी,'' नेहा शांत-सौम्य स्वर में बोली, ''काश, समर का नाम मेरे साथ जुड़ जाता! फिर यदि यह घटना घटती तो कम-से-कम उसके नाम के सहारे तो मैं जी लेती।''

मैं फिर चौंकी। प्रेमी की स्मृति को इस तरह सँजोकर जिंदा रहनेवाली कितनी लड़कियाँ हैं? समाज के रिश्तों में बँधी बहुत सी औरतों को देखा था; पर मन के रिश्तों का इतना गहरा बंधन कम ही देखने में आता है। रिश्तों के परे मन की रस्मों को माननेवाले क्या अब भी लोग होते हैं? मुझे अपने बेटे की पसंद पर गर्व-सा हुआ। काश, मौत ठहर गई होती! दोनों इकट्ठे मेरे पैर छूने आते! उस क्षण की स्मृति के दंश की वेदना से मैं छटपटा उठी। मेरे नसीब में यह पल क्यों नहीं आया? इस सुख की गरमाहट को मैं क्यों नहीं महसूस कर सकी? हमेशा ऐसी अभागिन क्यों रही? नदी के तट पर पहुँचकर भी मैं कभी रिश्तों की ठंडक को क्यों नहीं छू पाती हूँ?

आज मैं नेहा की आँखों में अपनी बरसों पुरानी स्मृतियों के बचे अवशेष को फिर से पहचान रही थी, जान रही थी। नेहा की आँखों में बसा दर्द मेरा पहचाना दर्द था। ऐसा ही एक सपना मेरी बालिग होती उम्र ने भी देखा था। वह भी बारहवीं

कक्षा का छात्र था और मैंने सातवीं कक्षा में प्रवेश लिया था। वह मेरे अब्बा के दोस्त का साला था। स्कूल से लौटते में वह अकसर घर आता था। हमारे स्कूल अलग-अलग थे। उसका घर आना मुझे अच्छा लगता था। अपने टेबल पर पुस्तक खोले मैं उसकी बातें सुना करती थी, जो वह मेरी अम्मी से करता था। बातें वह अम्मी से करता था, पर ध्यान उसका मेरी ओर रहता था। आते-जाते वह अकसर मेरी चोटियाँ खींच देता था। फिर वह रोज आने लगा था। घंटों बैठता; अकसर खाना खाकर जाता था। एक बार वहाँ हिंदू-मुसलिम के दंगे भड़के थे। उसका पूरा परिवार हमारे घर रहने आ गया था। वे लोग शहर में आबादीवाले हिस्से में रहते थे। पूरे एक माह वे लोग हमारे घर रहे थे। हम दोनों अधिक निकट आ गए थे। रोजाना छोटी-मोटी शरारतें करता था। मेरी पुस्तकों में रोज मुझे एक खत मिलता था। मैं भी उस खत का उत्तर लिखकर वहीं रख देती थी। वह उठा लेता था। बहुत खुशदिन थे वे। उनकी महक आज भी मेरी यादों में बसी है। अचानक अब्बा का ट्रांसफर हो गया था। हम लोग ट्रांसफर पर छत्तीसगढ़ आ गए थे। काफी दिनों तक उसके पत्र आते रहे। वह अम्मी के नाम पत्र लिखता था; पर सारी बातें मेरे लिए होती थीं। अम्मी की तरफ से भी खत का जवाब लिखती थी। दो-तीन लाइनें अम्मी की लिखाई होती थीं, फिर चार-पाँच पेज मेरे अपने होते थे। अम्मी को पता नहीं पड़ता था। एक बार वह आने वाला था; पर वह नहीं आया, उसकी मौत की खबर आई थी। सारा घर उस दिन रोया था और मैं बिना रोए चेहरे पर मुसकान रखे घूमती रही थी। उस दिन जाना था कि आँसू कैसे पीए जाते हैं, नदी क्यों सूख जाती है, उसका पानी कहाँ चला जाता है।

मेरी कुँआरी आँखों का वह सपना, वह प्यार भी ऐसे ही मरा था। वह दुनिया से चला गया था, पर मेरी जिंदगी से कभी नहीं गया। वह मरकर भी हमेशा मेरे आसपास ही रहा। जब भी किसीने प्रेम की, प्यार की बात छेड़ी तब मेरी आँखों के कोने में वह हमेशा आँसू बनकर उगा था। जो प्यार कभी पनप नहीं पाया वह सारी उम्र मेरी आँखों में स्थायी रूप से डेरा डाले रहा था।

□

नेहा भी तो अनायास बेटे की मृत्युवाले दिन मिली थी। बेटे की क्लास के सभी बच्चे आए थे। सभी रो रहे थे। उनमें एक लड़की के अविरल वेग से बहते अश्रुओं ने मेरा ध्यान खींचा था। दो-तीन लड़कियाँ उसे समझा रही थीं। वह लड़की जैसे अपने होश में, आपे में नहीं थी। उसके छटपटाहट भरे विलाप में मुझे विचित्र सा स्वर सुनाई दिया था। मैंने उसे अपने निकट बुलाया था।

नेहा से यह मेरा पहला परिचय था। नेहा ने ही बताया था कि वह मेरे बेटे की करीबी मित्र थी। वह अपने को दोस्त बता रही थी, पर उसकी आँखें बता रही थीं कि वह उसका सबकुछ था। सबकुछ खो चुकने का दर्द, हताशा का भाव उसकी आँखों में समाया हुआ था।

घर में बहुत भीड़ थी। ऐसे में उसे अधिक टटोलना मुझे ठीक नहीं लगा; पर मैं सतर्क हुई थी। मैं माँ थी और बेटे की अंतिम जमा-पूँजी को पहचान रही थी। एक कुँआरी कन्या को विधवा का दुःख भोगते देख रही थी। इतनी भीड़ में भी मैं उसके मन की एक-एक धड़कन को सुन रही थी। विशाल भीड़ में भी अकेले रह जाने का सूनापन मुझे अपने अलावा किसी और में भी महसूस हो रहा था। अपने दर्द की आँच उसके चेहरे पर भी स्पष्ट देख रही थी।

नेहा मुझे अपनी लगी थी। एक गहरे रिश्ते को मैंने महसूस किया था। दर्द का ऐसा तार था जिसका पहला सिरा मुझसे शुरू होता था और दूसरा सिरा उसपर जाकर खत्म होता था।

कुछ दिनों बाद मैंने नेहा को तलाशना शुरू किया। एक परिचित मित्र से मुझे उस लड़की का फोन मिला। मैंने तत्काल फोन करके उसे बुलाया। अब तो जैसे मेरे लिए नेहा ही सबकुछ थी। आनेवाले परिचितों की भीड़ से, जो संवेदना प्रकट करने लगातार आ रहे थे, उनमें मेरी कोई दिलचस्पी नहीं थी। मेरी तो सारी रुचि, जिज्ञासा नेहा में थी। बेटे के जीवन का वह पृष्ठ, जो कभी मेरे सामने नहीं खुला था, उसे खोलना तथा पढ़ना चाहती थी। मेरे दिमाग में कभी यह बात आई नहीं थी कि बेटे के मन की कोमल धरती पर प्रेम का बीज अंकुरित हो चुका है। बच्चे अपना घोंसला बनाने के लिए तिनके सहेजने लगे थे।

शास्त्रानुसार पुत्र तीन प्रकार के होते हैं। एक पुत्र पिछले जन्म का अपना ऋण चुकाने आता है। कमा-कमाकर माता-पिता को देता है, परंतु माता-पिता को संतुष्टि नहीं होती। हमेशा बेटे की बुराई करते हैं। उनका मन कभी नहीं भरता। दूसरा पुत्र ऋण लेने आता है और अपना सारा वसूल करके बाप का माल मुफ्त में जुआ-शराब में उड़ा देता है। तीसरे प्रकार का पुत्र न तो देने आता है और न ही लेने आता है, बस सेवा करने आता है। सेवा करता है, अपनी कोई इच्छा व्यक्त नहीं करता; जो मिला, पहन लिया, खा लिया और चला जाता है। इस तरह पुत्र अपने पूर्वजन्मों का हिसाब-किताब निभाने आते हैं और चले जाते हैं।

मेरा बेटा भी तीसरे प्रकार के पुत्र में आता था। माता-पिता का आदर, सम्मान और सेवा करके चला गया। कभी थककर लेट जाती थी तो झट पैर दबाने लगता

था। कभी उसने अपनी कोई इच्छा-माँग नहीं रखी। जो दिया वही पहन लिया, खा लिया। दूसरे बच्चों की तरह कभी जिद करके कुछ नहीं माँगा।

□

नेहा देर तक मेरे पास रही। नेहा से मैं खोद-खोदकर बेटे की बात पूछती रही। नेहा की बातें सुनकर मुझे अच्छा लग रहा था। मेरे बेटे को एक लड़की मन की गहराइयों से प्रेम करती है, जानकर सुख मिल रहा था। मेरा बेटा नेहा की किस्मत था। मौत बाज की तरह झपटकर उसे ले गई, वरना दोनों कितनी सुखी गृहस्थी करते, सोच मेरा मन बार-बार डूब रहा था।

नेहा के साथ हमने भोजन किया। नेहा के घर में रहने से मुझे अपने बेटे का पास-पास होने का एहसास हो रहा था। घर में थोड़ी रौनक थी, उदासी कम हुई थी। मनहूस हुए घर में जिंदगी की थोड़ी हलचल आई थी।

नेहा जाने लगी तो मैंने उसके माथे पर हलदी और चावल का तिलक करना चाहा। किंतु नेहा एकदम पीछे हट गई।

"नहीं, आंटी, हलदी मत लगाइए। चंदन हो तो उसका तिलक कर दीजिए।" नेहा बोली।

नेहा की बात सुनकर मैं दंग रह गई। नेहा पर गर्व-सा हुआ। मेरी बेटी झट चंदन घिसकर ले आई। मैंने नेहा को तिलक किया। उसने मेरे पैर छुए। मुझे अचानक लगा जैसे मेरे बेटे ने आकर मेरे पैर छू लिये हों। मैं बेटे के स्पर्श से भीगकर गद्‌गद हो उठी।

"नेहा, बेटा आते रहना। तुम्हें हम बाँध नहीं सकते, बस कभी-कभी आते रहना। तुम्हारा आना हमें अच्छा लगता है।"

नेहा कुछ नहीं बोली। उसकी आँखें डबडबा उठीं। चेहरा आँसुओं से भीग गया। मुझे अपना दुःख बहुत छोटा लगा, नेहा का दुःख बड़ा लगा। माँ के साथ तो वह रह लिया था, पर जब नेहा के साथ रहने का समय आने वाला था तब वह चला गया था।

नेहा को छोड़ने मैं उसके साथ बाहर तक आई। नेहा जा रही थी। जाते समय वह बार-बार मुड़कर मुझे देखती थी।

मुझे लगा, मैं समंदर के किनारे गीली रेत पर खड़ी हूँ और मेरे पैर सूखी रेत पर नीचे धँसते जा रहे हैं। मुझे लगा, सामने विशाल समंदर फैला है; पर अब वह मेरे किस काम का? ऐसे ही अब मेरे सामने अपनी विशालता, भव्यता लिये संसार फैला है; पर अब संसार मेरे किस काम का था? मेरे जीवन का तो सबकुछ अंत हो

चुका था, कुछ शेष नहीं रह गया था। रेत पानी की एक-एक बूँद को सोख चुकी थी, परंतु उसकी ठंडक का आभास अभी भी मुझे हो रहा था। रेत नीचे गीली थी। सूखी रेत मुझे सँभाले थी; पर गीली रेत के ऊपर आते ही मेरे पैर नीचे धँसने लगे थे। मैं जैसे नीचे-नीचे समाती जा रही थी।

नेहा ने जाती बार जो मेरे पैर छुए थे, वह स्पर्श समंदर की ठंडक का आभास करा रहा था। बहू का भाव लिये यह किसीका पहला स्पर्श था, जिसने मुझे भीतर तक सिहरा दिया था। इस स्पर्श की आत्मीयता ने मेरे भीतर के सूखे तरल को जैसे कुरेद दिया था।

मेरी आँख के आँसू पूरे वेग से बाहर बह रहे थे। मेरे जीवन की उस कहानी का अंत हो गया था, जो मेरे जन्म से शुरू हुई थी। अब जैसे कहने-सुनने के लिए मेरे पास कुछ नहीं बचा था। मन का ताल सूख गया था। ऐसे ही बड़ी-बड़ी नदियाँ सूख जाती हैं।

मुझे लगा, मुझे अपना ओढ़ना-बिछाना समेट लेना चाहिए। अब मुझे कहीं नहीं जाना, किसीको नहीं देखना था। अब तो मुझे अपने पीछे छोड़कर आए पदचिह्नों को पहचानकर लौट जाना है।

आगे के सारे रास्ते बंद हो गए। पुल जो था, वह टूट गया था। जिंदगी के मदारी का खेल समाप्त हो चुका था। जीवन के सारे उपद्रव बेटे के लिए फैला रखे थे। मृत्यु को इतने निकट से देखकर मेरे भीतर संसार त्यागने की इच्छा जोर पकड़ने लगी थी। मुझे लगा, अब मैं उठती क्यों नहीं, लौटती क्यों नहीं? सब लोग कहते हैं, अब बेटा कभी लौटकर नहीं आएगा।

सारी उम्र मैंने जिंदगी से युद्ध किया था, पर अब नहीं। मैंने हार मान ली और अपने सारे हथियार नीचे रख दिए। मेरे जीवन का समर समाप्त हुआ, अब नेहा के जीवन का समर शुरू हो गया था। अपने जीवन के समर को मैं नेहा की आँखों में पुनः जीवित होते देख रही थी।

□

लाल गुलाब

वह सुबह उठ गई थी। घर के दरवाजे-खिड़की खोलते ही यूकेलिप्टस की तेज मादक गंध ने उसे भीतर तक भिगो दिया। आँधी-पानी ने यूकेलिप्टस के ऊँचे-ऊँचे पेड़ों को एकदम नंगा कर दिया था। पत्तियाँ चारों ओर बिखरी पड़ी थीं। उनकी गंध हवा में समाई हुई थी। मोगरे के फूलों, जड़ी-बूटियों और पत्तियों की सोंधी महक भी उसमें शामिल थी। उसने जोर से साँस खींचकर उस मोहक गंध को अपने भीतर खींचा। लगा, जैसे उसे बहुत आराम-सुख और राहत-सी मिली है।

यह 28 अगस्त की भोर थी। लगातार दो-तीन माह सूरज की तपन के बाद पानी हफ्ता भर बरसकर आज थमा था। धूल भरी आँधी और तेज झंझावात के साथ पानी की बूँदें सरककर धरती पर दौड़ी थीं। गरमी से झुलसे लोगों ने पहली बार ठंडक से चैन की साँस ली थी। तेज गरम हवा के थपेड़ों के बाद तेज अंधड़ के साथ बूँदाबाँदी हुई थी, जो बाद में तेज बारिश में बदल गई। काले बादलों ने भी जैसे शहर के ऊपर अपना तंबू डालकर डेरा गाड़ दिया था। बिजली की चमक और बादलों की गड़गड़ाहट ने सारी धरती को कँपा दिया था।

शहर का जनजीवन अस्त-व्यस्त हो गया था। घरों के छप्पर उड़ गए थे। कहीं-कहीं बड़े-बड़े पेड़ धराशायी होकर सड़कों पर आ गए थे। शहर की बिजली व्यवस्था कहीं-कहीं ठप्प हो गई थी। भयभीत बगुले तथा पक्षी आकाश में चीखते भाग रहे थे। पक्षियों का कोलाहल तेज हो गया था। मौसम ठंडा हो गया था।

चारों ओर अभी भी पानी-ही-पानी दिख रहा था। बड़े-बड़े पेड़ अभी भी घुटने-घुटने पानी में डूबे खड़े थे। पानी अभी नहीं बरस रहा था, परंतु बाहर का सारा दृश्य पानी से सराबोर था।

आज उसके स्वर्गीय बेटे समर का जन्मदिन था। आज वही सौभाग्यशाली दिन था जब वह बेटे की माँ बनी थी। आज से अठारह बरस पहले जब वह भोर आई थी, उस भोर में और आज की भोर में कितना अंतर था। कितनी सुहावनी भोर

थी वह ! लगा था जैसे सारा संसार उसकी खुशी में शामिल है और नगाड़े बजा रहा है; परंतु अब लग रहा है कि आज की ही तरह उजड़ा-बेरौनक उसका भाग्य है। काल की अंधड़-आँधी ने उसके जमे पैर उखाड़कर उसे भी सड़क पर धराशायी वृक्ष की तरह फेंक दिया था। उसके सपने भी ऐसे पत्तों की तरह झड़ गए थे और वह नंगी-उघाड़ी होकर रह गई थी।

आज तो कब्रिस्तान जाना है। दो दिन से वह खुदा से दुआ कर रही थी कि पानी थम जाए। खुदा ने वैसे तो कभी भी जीवन में उसकी नहीं सुनी, जो चाहा या कहा, ठीक उसका उलटा हुआ था। बेटे की बीमारी के समय उसने न जाने कितनी प्रार्थनाएँ की थीं, कितनी अरजी लगाई थीं, कितने करार किए थे कि वह यह करेगी, वह करेगी; परंतु खुदा को तो अपनी मनमानी करनी थी और वही उसने किया। आज जाने कैसे उसने सुन लिया था और पानी रुक गया था। धुली-पोंछी, साफ-सुथरी भीगी-भीगी बिना पानीवाली भोर आज उसके द्वार पर दस्तक दे रही थी।

नहाकर वह तैयार हो गई। पति से जल्दी तैयार होने का आग्रह करने लगी। वह जल्दी से बेटे की कब्र पर जाकर फूल रखना चाहती थी।

पति ने उठकर खिड़की के बाहर ताकते हुए पूछा, ''कब्रिस्तान कैसे जा पाएँगे ? वहाँ तो पानी-ही-पानी भरा होगा न ?''

''तो,'' वह एकदम बिफर गई। लगा, सारा धैर्य छूटा जा रहा है, ''पानी बरस गया तो क्या हम बेटे की कब्र पर नहीं जाएँगे ? आज उसका जन्मदिन है। हर दिन की अपनी अहमियत, अपनी महक होती है। उसे दूसरे दिन नहीं किया जा सकता।''

उसके तीखे स्वर में बोले गए तर्क पर उन्होंने कोई उत्तर नहीं दिया। उसे भी अपने स्वर पर आश्चर्य-सा हुआ। इधर जब से बेटा नहीं रहा, वह अधिक चिड़चिड़ी हो गई है। विषय भी तो ऐसा है, जिस पर कोई तर्क-वितर्क नहीं होता। यह विषय तो केवल आस्था और मन से जुड़ा है। वह तो सुबह तड़के से ही उठ गई थी। सत्य तो यह था कि वह रात भर सोई ही नहीं थी, सारी रात बिस्तर पर पड़े-पड़े भोर के होने की आहट लेती रही थी। बेटी को भी जल्दी से जगा दिया था। इतने सबके बाद भी देर हो रही थी। उत्तेजना के कारण उसके सिर में दर्द हो रहा था। बार-बार लग रहा था कि माथे की कोई नस फट जाएगी; लेकिन ऐसा कुछ नहीं हुआ और आखिर वे लोग कार में कब्रिस्तान की ओर चल पड़े। पूरे रास्ते सब चुप थे। सबके हाथ में सफेद गुलाब की टहनियाँ थीं—बेटी ने घर के बगीचे से तोड़े थे।

जाने क्यों, आज उसे बार-बार लगता रहा था कि वे लोग कब्रिस्तान नहीं

जा पाएँगे; पर ऐसा कुछ नहीं हुआ और वे लोग समय पर घर से निकल पड़े थे। हमेशा हर बात का उसे टेंशन हो जाता है।

कार कब्रिस्तान के गेट के पास एक तरफ सड़क पर खड़ी हो गई। बेटे की कब्र पर शीघ्र पहुँचने की उतावली में वह कार का दरवाजा खोलकर सड़क पर कूद पड़ी। फच से सड़क का पानी साड़ी पर आ गया। अपने विचारों में गुम होने के कारण उसे ध्यान ही नहीं था कि सब तरफ पानी-पानी है। जल्दबाजी में कार के दरवाजे के पास की टीन के कोने से उसकी साड़ी फँसकर चिर गई थी। साड़ी के फँसे आँचल को उसने जोर से खींचा और आगे बढ़ गई। तेजी से वह कब्रिस्तान की ओर, बिना किसी का इंतजार किए, लगभग दौड़-सी पड़ी। पति और बेटी पीछे धीरे-धीरे सधी चाल से आ रहे थे।

रास्ते में पानी भरा था। कीचड़ फच-फच कर रहा था। वह अपनी साड़ी को उठाए कीचड़ लाँघती-कूदती-बचती आगे बढ़ रही थी। चप्पलें काली मिट्टी होने के कारण चिपकने लगी थीं। चप्पलों में गीली मिट्टी चिपक गई थी, जिसके कारण वे भारी हो गई थीं। कई जगह तो पैर मिट्टी में धँस जाते थे तो निकलते नहीं थे। चप्पलों में मिट्टी की मोटी तह चिपक गई थी, जिससे चलने में कठिनाई हो रही थी। पैर भारी हो गए थे; पर वह सारी बाधाओं को परे सरकाकर आगे बढ़ना चाहती थी। पैर जोर लगाकर, खींचकर आगे करके रखना पड़ रहा था। उसे लग रहा था, वह किसी पुलिस की परेड में शामिल है और बहुत भारी बूटों के साथ परेड करनी पड़ रही है।

कब्रिस्तान एकदम सूना था। बारिश के कारण कब्रिस्तान का तकियादार भी वहाँ नहीं था, वरना और दिन तो वह मिल जाता था। बारिश में भीगी कच्ची-पक्की कब्रें सूनी और उदास लग रही थीं। सन्नाटा भयानकता की सीमा को पार कर गया था। चारों तरफ पेड़ों से झड़े पत्तों का ढेर बिछा था। जामुन, नीम, गुलमोहर और पलाश के पेड़ वहाँ अधिक थे। सन्नाटे से घबराकर पक्षी बोल रहे थे। बहुत दिनों बाद बारिश थमी थी, इसलिए पक्षी प्रसन्न थे और शोर कर रहे थे। वे अपने टूटे घोंसलों को सुधारने में व्यस्त थे। उनका कोलाहल वहाँ गूँज रहा था। उनकी जल-तरंगमय चहचहाहट सूनेपन को भंग कर रही थी।

अब बेटे की कब्र लगभग दिखने लगी थी। बेटे की कब्र का सफेद संगमरमर का पत्थर दूर से चमक रहा था। अचानक वह चौंकी। कब्र के सफेद पत्थर पर एक लाल गुलाब लंबी टहनी के साथ रखा था। अरे! आखिर इतनी सुबह, वह भी

बारिश में, कौन गुलाब रख गया होगा? वह दूर से ही टकटकी लगाकर जड़वत् लाल गुलाब को देखती रह गई। उसके पैर और तेज हो गए। कब्र के पास पहुँची और जाकर खड़ी हो गई तथा लाल गुलाब को स्तंभित हो देखने लगी। सफेद संगमरमर के पत्थर पर रखा लाल गुलाब बहुत सुंदर लग रहा था। लाल गुलाब की कली अधखिली थी; आकार और चटक सुंदर रंग को देख लग रहा था कि वह बाजार से खरीदा गया था। बारिश की बूँदों में वह भीगा रखा था, जैसे रो रहा हो। उसकी भीनी-भीनी सुगंध वहाँ फैली थी। उसने लाल गुलाब को उठाकर अपने गालों से लगाया और चूम लिया, बहुत चैन-सा मिला, मन शांत सा होने लगा था। उत्तेजना, बेचैनी कम होने लगी थी। उसने फिर जल्दी से वापस उसे उसी स्थान पर रख दिया। लगा जैसे वह दूसरे की संपत्ति को छू रही है।

पति और बेटी भी वहाँ पहुँच गए थे। उनके हाथ में सफेद गुलाब और अगरबत्ती थी। गुलाब वही घर के बगीचेवाले थे। उसने दोनों की ओर नहीं देखा, परंतु अनुमान लगा लिया कि वे दोनों भी ठीक उसकी तरह चौंक पड़े हैं। सब एकदम मौन, गूँगे से टकटकी लगाकर देखते खड़े थे। लाल गुलाब जैसे खुद चीख-चीखकर अपना परिचय दे रहा था।

‘‘इतनी सुबह कौन लाल गुलाब रख गया?’’ पति ने मौन तोड़ा, जानते हुए भी पूछा।

‘‘पता नहीं…’’ कहते हुए उसके मन के भीतर ठहरी वेदना की नदी आँखों के रास्ते जैसे अपने उद्‌गम स्थान से बाहर आना चाहती थी। उसने उसके वेग को पूरी ताकत से वापस पीछे ढकेला और दूसरी कब्रों को निहारने लगी।

उसकी ही तरह पति और बेटी भी लाल गुलाब को लानेवाले को पहचान गए थे। पर कोई मुँह से नाम नहीं लेना चाहता था। पति ने हाथ बढ़ाकर उस लाल गुलाब को धीरे से छुआ। पति का मन भर आया था। वह सब अनदेखा करके पास ही जामुन कुतरती गिलहरी को देखने लगी।

वे सब लोग आते ही लाल गुलाब में उलझ गए थे। किसी को ध्यान नहीं रहा था कि बेटे को जन्मदिन की मुबारकबाद देनी है, दुआ के लिए हाथ उठाना है। किसी का भी चित्त एकचित्त नहीं हो पा रहा था। सभी के हाथों में अपने लाए गुलाब बेचैनी से कसमसा रहे थे, नीचे उतरने को आतुर-से हो रहे थे। अब किसी का साहस अपने गुलाब रखने का नहीं हो रहा था। सब गुलाब रखने की बात भी जैसे भूल गए थे। लाल गुलाब पहले पहुँचकर अपना अधिकार वहाँ जमा चुका था।

कब्रिस्तान में भी जैसे अधिकारों की लड़ाई शुरू हो गई थी। लाल गुलाब अपनी भव्यता, अधिकार के साथ सही जगह रखा था।

मन-ही-मन वह प्रसन्न, ममता से भीग उठी थी। आर्द्रभाव उसके नेत्रों में उतर आया, पोर-पोर सुख में डूब गया था। उसके बेटे को और भी कोई इतना प्रेम करता है, जानकर अच्छा लग रहा था। लाल गुलाब अपने पूरे वजन-वजूद और समर्पण की भावना से वहाँ उपस्थित था, उनके साथ अपनी उपस्थिति दर्ज करा रहा था। विचित्र मोहनी से उसने सबकी आँख को नजरबंद करके मंत्रमुग्ध कर दिया था। यह अधिकारवाली भावना ठीक उसके मन में भी बेटे के जन्म के समय आई थी।

लाल गुलाब वहाँ अकेला कहाँ था? किसी की पहचान, स्पर्श, नाम एक अनकही कथा में लिपटा था। एक ऐसी प्रेम कहानी, जिसकी खबर उसे बेटे की मृत्यु पर पता चली थी। जानकर हतप्रभ होकर विमूढ़-सी रह गई थी। उसके अंधकारमय भविष्य के साथ नेहा का भी भाग्य जुड़ गया है, जानकर उसका मन चीत्कार उठा था।

बेटे की मृत्यु के बाद तेरहवीं के दिन जब होम के लिए उन लोगों ने हाथ बढ़ाया था, तब ठीक उसकी पीठ के पीछे से एक मासूम हाथ भी आगे बढ़कर सामने आया था। उसने चौंककर पीछे देखा था। सुंदर, मासूम-सी नेहा सिर पर सफेद चुन्नी ओढ़े अपनी गहरी, दुःखी, गीली आँखों के साथ कंपित होंठ लिये वहाँ मौजूद थी। नेहा को तब पहली बार देखा और जाना था। वह अपनी इच्छापूर्वक ही आई थी। उसे किसी ने नहीं बुलाया था। आमंत्रित लोगों में वह अधिकार से बैठी थी। जब बाहर सब खाने में व्यस्त थे तब वह चुपचाप बेटे के कमरे में उसके पलंग पर बैठी थी—भीड़ से अलग-थलग व अकेली, उदास, भयभीत, गहरी मुद्रा में।

बाद में जब एक दिन नेहा आई और बेटे के कमरे में अपने पत्र खोजने लगी, तब उसे यह भेद पता चला था कि बेटे के कमरे में तो कीमती खजाना गड़ा है। इस गुप्त खजाने की तो उसे जरा भी भनक, जानकारी नहीं थी। वह तो अपना घर सजाने-सफाई की आदत से मजबूर जब-तब घर को उलट-फेर करती रहती थी, उसकी पुस्तकों को झाड़ती-पोंछती रहती। बेटा जब स्कूल से लौटता और कमरे को कायाकल्प स्थिति में देखता तो खुश होने की जगह परेशान हो जाता और पूछता—

'मम्मी, आपने कमरा साफ किया था?'

'हाँ, बहुत गंदा हो रहा था। सारी पुस्तकें बिखरी पड़ी थीं।'

'मम्मी, आप मेरे कमरे की सफाई मत किया करो न, मैं ठीक कर लूँगा। सब सामान इधर-उधर हो जाता है।'

'नहीं, मैंने कुछ इधर-उधर नहीं किया, जहाँ का सामान था वहीं रखा है।'

उसकी धृष्टतापूर्वक दी गई दलील को सुनकर बेटा चुप रह जाता, आगे कुछ बोल नहीं पाता। आज जब यह घटना याद आती है तो मन कितना दु:खी हो जाता है। बच्चे बड़े हो गए हैं। बेटी तो कॉलेज चली गई, बेटा भी इस वर्ष कॉलेज चला जाएगा। बच्चों की अपनी भी निजी दुनिया है, यह बात उसने कभी क्यों नहीं सोची? छुपाने-सहेजने लायक उम्र तो यही होती है न, जब मन के ठहरे जल में तरंग उठती है। यह सब क्यों ध्यान में नहीं आया? वह तो बस सोचती थी कि बच्चे उसकी उँगली पकड़कर ही चल रहे हैं। नेहा जब पत्र खोज रही थी तब वह दु:खी, आहत मन लिये बैठी थी। लगा था, उसके अधिकार छोटे कर दिए गए हैं। वह कैसी माँ थी, बच्चों की बातें तक पता नहीं थीं। नेहा को भी नहीं जानती थी। दोनों बारहवीं कक्षा में साथ पढ़ते हैं, यह भी नहीं जानती थी। दसवीं कक्षा से दोनों एक ही क्लास में पढ़ते थे। कभी दूसरे सेक्शन में भी नहीं गए। लड़-लड़कर टीचर से एक क्लास ले लेते थे। दोनों के जीवन में पहली बार प्रेम के बौर का अंकुर फूटा था। प्रेम के अद्‌भुत आकर्षण में दोनों बँध गए थे।

□

एक दिन नेहा उसके पति से समर की बीमारी की बारीकी से जाँच-पड़ताल कर रही थी, तो पति भी उसके लगातार प्रश्न तथा जिरह से परेशान होकर हक्के-बक्के रह गए थे। पति ने सोचा नहीं था कि बेटे की मृत्यु के बाद उन्हें किसी को हिसाब-किताब देना होगा। नेहा अधिकार से मालिक की तरह पूछताछ कर रही थी। पति अपराधी-सा महसूस कर रहे थे। अभी तक तो बाप की हैसियत से बेटे पर अकेले उनका ही तो अधिकार था। पत्नी किस खेत की मूली होती है? औरत का काम तो केवल बच्चे पैदा करना है; हैसियत, अधिकार, प्रतिष्ठा तो बाप देता है न! अभी तक वह सोचे बैठे थे कि उन्हें बेटे को बचाना है, पर उन्होंने यह नहीं सोचा था कि किसी के प्रेमी तथा भविष्य में होनेवाले पति को बचाना है। किसी के प्रति जवाबदेही है। देर तक बात होती रही और अंत में नेहा ने अपने आँसू दुपट्टे से पोंछे और बहुत हताश होकर कहा था—

'अंकल, भोपाल का तो कोई अस्पताल अच्छा नहीं है। आपको तो समर को तुरंत दिल्ली ले जाना था न। आपने यहाँ आठ दिन क्यों खराब किए?'

नेहा का प्रश्न उसकी आँखों में भी उतर आया था। उसने भी पहले माँ की हैसियत से यह प्रश्न पति से कई बार किया था, तब पति ने उसे धमकाकर कहा

था, 'यहाँ क्या लोग बीमार नहीं होते? अच्छे नहीं होते? भला होनी के आगे किसी का वश चलता है!'

'नेहा बेटी, होनहार को कैसे टालें? कितनी कोशिश तो की, नसीब में ही वह नहीं था न!' पति ने उदास-थके शब्दों में उत्तर दिया।

तब उसने चौंककर नेहा को देखा था। काश! नेहा दिल्ली आ जाती तो शायद सब ठीक हो जाता। कहते हैं, सब अधिकारों के ऊपर एक अधिकार होता है—प्रेमिका का। सारे रिश्तों से ऊपर मन का रिश्ता होता है, जो पवित्र होता है, जिसमें कोई स्वार्थ नहीं होता है। अकस्मात् इस विचार के जनमते ही वह पछतावे से भर गई थी। शायद नेहा के भाग्य से वह बच जाता! नेहा की आँखों से झर-झर आँसू बह रहे थे, जिन्हें पोंछने का साहस किसी में नहीं था।

□

तेज बुखार की पीड़ा में तड़पता बेटा जब भी आँख खोलता, उसका हाथ पकड़कर भयभीत-सा बस एक ही बात दोहराता था—

'मम्मी, घर पर सबको बता देना कि मेरे स्कूल से यदि किसी भी दोस्त का फोन आए तो कह दें कि मैं बाहर गया हूँ। बीमारी की खबर न दें, कितनी भी पूछताछ करे, अस्पताल का नाम न बताएँ।'

'ठीक है बेटा; लेकिन ऐसी छुपानेवाली क्या बात है? दोस्तों को पता चलेगा तो क्या हुआ? आएँगे तो तुम्हारा मन ही तो बहलेगा न!'

'नहीं, किसी को न कहें, मम्मी।' बेटा पीड़ा से कराहते हुए जिद करता।

'क्यों?'

'ठीक होने पर ही मिलूँगा न!'

'अच्छा, सबको बता दूँगी, तेरा फोन आए तो कह दें कि बाहर गए हैं।'

बेटे की बात को उसने गंभीरता से नहीं लिया था। सोचा, अस्पताल में भीड़ लगेगी, सो नहीं मिलना चाहता होगा। उसने बेटे की बात मानकर घर पर सबसे कह दिया था। बाद में पता चला था कि एक लड़की का फोन बार-बार आता था। उसने इस बात को भी गंभीरता से नहीं लिया था। जब समर को जहाज से दिल्ली ले गए, तब सबको सूचना हुई। स्कूल में प्रिंसिपल ने समर के लिए प्रार्थना करवाई। प्रार्थना के बाद जब सब बच्चे अपनी क्लास में चले गए, तब नेहा ठगी-सी पत्थर बनी जड़वत् अवाक् रह गई। समर बीमार होगा, यह तो कभी उसने सोचा ही नहीं था। हर समय हँसनेवाला, चुहल करनेवाला समर इतना बीमार था? फिर तो बात

खुलती गई। समर तो पंद्रह दिन से भोपाल के एक प्राइवेट नर्सिंग होम में था। घर के लोगों ने झूठ क्यों कहा?

नेहा ने ये सारी बातें जब उसे बताईं तो वह स्तब्ध रह गई। मुँह से एक शब्द नहीं निकला। सारे धुँधले दृश्य स्पष्ट होने लगे थे। बेटा बार-बार क्यों मना करता था? नेहा परेशान हो जाएगी, उसके पेपर खराब होंगे। वह तो एग्जाम दे नहीं पा रहा था। उसे अपने से ज्यादा नेहा की चिंता थी। नेहा अस्पताल में आ जाती तो सारी ढकी-छुपी बात खुल जाती। बेटा अपने प्रेम को उजागर नहीं होने देना चाहता था। बीमारी में भी भय, आतंक उसे परेशान किए था।

'नेहा, क्या कहता था समर?'

'आंटी, कहता था, हम लोग बारहवीं पास करके पूरे पाँच साल नहीं मिलेंगे। डिग्री मिलेगी तब···फिर कोई कुछ नहीं कहेगा।'

'कौन मना करता? क्या उसे मुझ पर विश्वास नहीं था? मैं तो तुरंत 'हाँ' कह देती न?'

'आंटी, आप पर तो था, अंकल से डरता था। कहता था—बिना डिग्री लिये पापा शादी नहीं करने देंगे। मम्मी तो हर बात में 'हाँ' बोल देती हैं। मम्मी को मनाना तो बाएँ हाथ का खेल है।'

□

अपने जीवन की कितनी बातें वह बच्चों को बताती रहती थी। बच्चे उसके हमराज, दोस्त, सब थे। एक दिन वह अपनी शादी की बात बता रही थी कि दिल्ली में जब वह और पापा शादी के लिए कोर्ट गए तो दोनों बहुत घबराए हुए थे। वह भूतनी-सी, घबराई, सिकुड़ी बेंच पर ऊपर पैर करके बैठी थी। मामूली सी सलवार-कमीज पहने थी। पापा भी सफेद कुरता-पाजामा पहने थे। जब भीतर उन्हें बुलाया गया तो पापा ने उसका हाथ पकड़कर भीतर ढकेला था। अफसर ने दोनों को ऊपर से नीचे तक देखा, फिर पेपर देखा और पापा से बोला, 'आज आपकी शादी है। कम-से-कम आज तो आप दोनों अच्छे से तैयार होकर आते न! आप तो अधिकारी हैं।'

'हम दोनों कॉमरेड हैं।' पति ने बताया था।

उसने घबराकर पति को देखा और जोर से 'नहीं' में सिर हिलाया था। वह बताना चाहती थी कि वह कॉमरेड नहीं है, लेखक हैं और सरकारी संस्थाओं में अच्छे पदों पर हैं। पर पति ने आँखों से उसे डपट दिया था और वह सहमकर चुप

रह गई थी। उसकी घबराई हालत देख अफसर उसे गाँव की देहातन समझ रहा था। उसकी बात सुन-सुनकर दोनों बच्चे खूब हँसे थे।

'अच्छा मम्मी, पापा ने आपको कुछ भेंट दिया था?' बेटे ने अचानक पूछा था।

'कुछ भी नहीं दिया, मैंने माँगा भी नहीं कभी।'

'मगर पापा को तो आपको खुद ही अँगूठी, साड़ी देना चाहिए था न?' बेटा बोला।

बेटे की बात पर वह हँस दी और मन-ही-मन चकित हुई। यह बात खुद उसने कभी क्यों नहीं सोची? सच, वह कितनी बुद्धू थी! उससे तो कहीं ज्यादा चतुर, दुनियादार आज के बच्चे हैं। एक दिन बेटा अचानक अपने पापा से बोला था—

'पापा, आपने शादी के समय और बाद में भी कभी मम्मी को अँगूठी, मंगलसूत्र वगैरह क्यों नहीं दिया? आपके घरवालों ने भी कभी गहना, साड़ी नहीं दिया, ऐसा क्यों? देना चाहिए न? देने से रिश्ते गहरे होते हैं, तभी तो लगता है, आपने सामनेवाले को अपनाया है।'

'हम लोग कॉमरेड हैं।' पति ने अपनी पुरानी बात को दोहराया।

'कॉमरेड आप हैं, मम्मी नहीं; क्या कभी दूसरों के मन की खातिर हमें कुछ नहीं करना चाहिए? क्या कॉमरेड लोगों के भीतर इच्छा नहीं जगती?'

पति दंग! घूरकर उसे देखा। सोचा—सारी पट्टी उसकी सिखाई हुई है। बेटे की बात सुनकर वह बाहर से भयभीत होते हुए भी भीतर से अवाक् रह गई थी। बेटा कितना समझदार, जिम्मेदार हो गया है। उसके मन के भीतर के मौन प्रश्नों को आज वह अपने शब्द दे रहा था। उसके लिए बेटा मोरचा ले रहा है, उसकी पैरवी कर रहा है। आनंद से उसकी आँखें भर उठीं, मन गद्गद हो उठा था। बेटे का नाम समर क्या उसने इसलिए ऐसे ही रखा था? उसे पता था, वह खुद कभी अपनी लड़ाई नहीं लड़ सकी, इसलिए बच्चों के रूप में अपने जीवन-संघर्ष के लिए सेना इकट्ठी कर रही है।

उसके जीवन के युद्ध के सेनापति दोनों बच्चे हैं। उसकी शक्ति, आत्मबल, ऊर्जा—सब वही हैं। सारे जीवन वह मूक-बधिर रहकर जीवन की त्रासदी को सहती आई थी। सारे जीवन वह कमजोर बनी रही। सभी ने अपने आदर्श, रिश्तों, अंधविश्वास, मर्यादाओं को बिना उसकी इच्छा जाने उस पर लादा। जीवन के दुःखों को वह भाग्य का लेखा समझकर स्वीकारती रही थी, पर आज बेटे को अपनी तरफ खड़ा देख वह दंग थी। लगा—सारा संसार ही उसके पक्ष में खड़ा हो गया है।

एक दिन जब वह अपनी गोदरेज की आलमारी सहेज रही थी, तब बेटा उसके पीछे आ खड़ा हुआ था। उसके पद-शब्द को जानकर उसने उसे मुड़कर देखा। वह देर तक चुप खड़ा रहा।

'मम्मी, क्या लड़कों को चेन पहननी चाहिए?'

'हाँ, क्यों नहीं! आजकल तो सभी पहनते हैं।'

'तो मुझे कोई अपनी एक चेन दे दो।'

बहुत अधिक प्रसन्नता हुई। चलो, बेटे ने कुछ तो कभी मुँह खोलकर माँगा। उसने बेटे के गले में सोने की एक पतली सी चेन डाल दी। बाद में अपनी व्यस्तता के कारण देख नहीं पाई कि वह पहन रहा है या नहीं। जब बेटे की मृत्यु के बाद नेहा ने यह कहकर चेन लौटाई कि 'आंटी, इसे अपने पास रखो। जब कुछ बन जाऊँगी, दूसरों को उत्तर दे पाऊँगी तब ले जाऊँगी। अभी सहेज नहीं पा रही। आंटी, समर चाहता था कि मैं अपना अच्छा कैरियर बनाऊँ। अब तो बस उसकी इच्छा को जीवित रखना है।'

वह हतप्रभ होकर विमूढ़-सी रह गई। शरीर बर्फ की सिल्ली-सा ठंडा बेजान-सा पड़ गया था। बेटे के मन की आहट-भनक वह क्यों नहीं ले पाई? क्यों अपने कामों में इतना अधिक व्यस्त रही? बेटे ने चेन अपने लिए नहीं, किसी और के लिए माँगी होगी, यह विचार क्यों नहीं मन में आया? आँखों से अविरल अश्रुधारा बहती रही, उसका आँचल भिगोती रही। आँखों के आगे की धुंध छँटी भी तो कब, जब बेटा नहीं रहा। बेटे के मन की दीवार पर कान लगाकर वह क्यों उसके भीतर का कुछ नहीं सुन सकी? बच्चे की भूख से तो माँ की छाती में दूध भर जाता है, फिर वह अपने बच्चों की जरूरतों को, आवश्यकताओं को क्यों नहीं समझ पाई? उसे लगा जैसे उसका पूरा शरीर काठ का टुकड़ा होकर रह गया है। शरीर की सारी चेतना शून्य हो गई है। शरीर जड़-सा हो चुका है, हाथ उठाने की भी शक्ति नहीं रही थी जैसे। मुँह से एक शब्द नहीं फूटा। गूँगे की तरह वह बस टुकुर-टुकुर देखती रह गई। पहले भी अंधकार था, पर इतना नहीं। अब तो जीवन में घुप्प काला अंधकार है चारों तरफ। वह कितनी भाग्यहीन, अभागिनी माँ थी। उसने अपना सिर झुका लिया। आँसू आँचल भिगोते रहे। जीवन में क्या मिला? जीवन के पीछे इतना नंगे पैर दौड़कर देख लिया। कहीं सुख नहीं। सभी ने केवल उसे कठपुतली की तरह नचाया। बच्चों ने ही तो उसे सुख-प्रेम दिया था। वही तो उसकी संपत्ति-संपदा थे। जीवन की गरम रेत पर चल-चलकर उसके तलवों में घाव

हो जाते थे, तब ठंडी हवा का झोंका बच्चों की ओर से ही तो आता था। उसकी जरूरत किसी को नहीं थी, बस बच्चों को उसकी आवश्यकता थी।

□

बेटा जब पैदा हुआ था तब प्राइवेट कमरे में उसे शिफ्ट करवाकर पति घर चले गए थे। हफ्ते भर तक नहीं आए। वह अपने सरकारी प्रशासनिक कार्यों में बहुत अधिक व्यस्त हो गए थे। उनके निकट के लोग उनकी ओर से उसे तरह-तरह के तर्क देकर समझाते थे। वह व्याकुल-बेचैन हो उठती थी। संदिग्ध-भाव से वह दरवाजे को ताकती रहती थी। सारी सुविधाएँ उसके इर्द-गिर्द थीं। देखभाल के लिए दफ्तरी लोगों की भीड़ सी थी, पर वह तो पति को अपने निकट देखना चाहती थी। कोई बताता—वह अधिक व्यस्त हैं; कोई कहता—उनके परिवार के सभी लोग समाचार पाकर गाँव से आए हैं। वह उनकी व्यवस्था में लगे हैं। उसे विश्वास, आस्था जगी थी कि पति के परिवार के लोग, जो उनके अंतरजातीय विवाह के कारण नाराज रहते थे, अब बेटे की माँ बनने के बाद उसे सम्मान देंगे। वह पारिवारिक और सामाजिक प्रतिष्ठा पा सकेगी। कुलवधू के रूप में न सही, बेटे की माँ होने की मर्यादा वह पा सकेगी। लांछन और अपमान तो वह सहती आई थी, परंतु अब गौरव पा सकेगी; परंतु हफ्ता भर बाद भी जब पति के घर के लोग उसे तथा बेटे को देखने अस्पताल नहीं आए तो वह घबरा उठी।

अस्पताल से वह तुरंत घर लौटना चाहती थी। अचानक उसके इस निर्णय से सब चकित थे। सबने समझाया। कहा—साहब आएँगे, उनके साथ ही चलेंगे। घर फोन कर लेते हैं। पर उसने किसी की एक न सुनी, बेटे को गोद में उठाया और बेटी की उँगली पकड़कर दूसरे अधिकारी की जीप में बैठकर घर आ गई। वह घर में पति के सामने, पति के परिवार के सामने अपने वजन, वजूद और अधिकार के साथ खड़ी थी। तब पहली बार लगा था कि वह एक बहुत बड़े साम्राज्य की मालकिन बन गई है। बेटे ने उसे सारे अधिकार-वैभव-संपदा की अधिकारिणी बना दिया था। वह एक राजमाता का पद पाकर गद्गद थी। जीवन में चाहे कितना ही सब ने उससे उसके अधिकारों को, कद को छोटा करना चाहा था, पर अब वह अपना बाकी जीवन माँ बनकर काट सकती है। कभी बहू का सम्मान नहीं दिया, पर अब बेटे की माँ होने का सम्मान तो ससुरालवाले देंगे ही।

□

बेटे पर कितना विश्वास, भरोसा था उसे! बेटे की मृत्यु के दो माह बाद

जब एक दिन वह उसकी आलमारी जमा रही थी, तब छोटी-छोटी कितनी चीजें निकली थीं।

जिसमें बेटे का एक पर्स भी था, जिसे वह हमेशा अपनी पैंट में रखता था। पर्स खोलकर देखा तो उसमें पचास का एक नोट, दस का नोट, पाँच का नोट और कुछ चिल्हड़ रखे थे। रुपयों को हाथ में लेकर देर तक वह देखती रही थी। बेटे की यह अपनी निजी पूँजी थी। कभी उससे रुपए माँगता था और बचे रुपए उसी के कहने पर पर्स में रख लेता था। अभी पिछले महीने ही तो उसने उससे सौ रुपए माँगे थे। पूछने पर बताया था—दोस्त का जन्मदिन है, कार्ड लेना है; कुछ गिफ्ट भी देना है। दोस्त नेहा है, उसे पता नहीं था। ऐसे ही कभी-कभी के खर्चों से बची वह राशि थी। उसकी आँखों के आँसू टप-टप हथेली पर टपकने लगे। यह उसके बेटे की कमाई है। उसने दोनों हाथों की मुट्ठियों में उन रुपयों को बंद किया, जैसे प्रसाद-सिन्नी को रख रही हो और माथे से लगाया। उसकी आँखों से नदी फूटकर बहने लगी। उसके अपने भाग्य में बेटे का सुख, उसकी कमाई बस इतनी ही थी? एक बार फिर वह असुरक्षित, अंधकारमय भविष्य की ओर ढकेल दी गई थी।

जीवन में कभी किसी से कुछ नहीं चाहा। किसी से उम्मीद-भरोसा नहीं मिला। कभी यह जानना नहीं चाहा कि पति की तनख्वाह-संपत्ति कितनी है! कभी उनसे कुछ चाहा नहीं। हमेशा अपनी कमाई पर ही भरोसा रखा। बचपन से मेहनत करके अपनी कमाई करने की उसे आदत थी। लेकिन इधर वह बार-बार कहने लगी थी कि उसे बेटे की कमाई की इच्छा है, चाहत है। वह सब बेटे की कमाई से अपने लिए जरूर कुछ-न-कुछ खरीदेगी। बस, उस दिन को देखने को वह जिंदा रहना चाहती थी।

बेटा उसके लिए पैंसठ रुपए और छुट्टे तीन रुपए आठ आने छोड़ गया था। उसने ममता से, श्रद्धा से, भक्ति से मुट्ठी में रखे रुपयों को आँखों और मस्तक से लगाया। बेटे के पर्स में वापस रुपए रखकर उसने उस पर्स को अपनी आलमारी में रख दिया। बेटी को बुलाकर कहा, 'जब मैं मरूँ तो मेरे लिए जो कफन का कपड़ा खरीदा जाए, उसमें इन रुपयों को जरूर शामिल करना। यह मेरी नसीहत और वसीयत है।' बेटी भौचक्की-सी उसे ताकती रह गई। बेटा वह जमीन था, जिस पर वह खड़ी थी। किसी ने पैरों के नीचे से जमीन खींच दी थी। उसका अपना सारा घमंड-दंभ भंग हो गया था। जीवन के सारे रिश्ते-नाते जैसे बेटे से ही तो थे।

☐

जिस दिन बेटे का जन्म हुआ था, वह दिन भी ऐसे ही बारिश के बादवाला

दिन था। ऐसे ही भीगी-भीगी कीचड़वाली सड़क से होकर वह प्रसव के लिए भोर होने के पहले अस्पताल गई थी। वेदना से तड़पती वह अस्पताल पहुँची थी। उस दिन भी पति बहुत मुश्किल से ही उठ पाए थे। पूरी रात वह कराहती, दर्द को सहती रही थी। भोर होने तक तो दर्द अधिक बढ़ गया था। उसकी आँखें पीड़ा से चौड़ी होकर फैल-सी गई थीं। बारिश के कारण और भोर का समय होने के कारण पूरी सड़क सूनी मिली थी। अस्पताल पहुँचने में, भरती होने में समय लगा। नौ बजे तो वह बेटे की माँ बन चुकी थी। खुदा की मेहरबानी के आगे वह निछावर थी, सुख से लबालब भर गई थी।

पर आज ? आज तो जैसे खुदा ने उसके सारे सुखों को बूँद-बूँद निचोड़कर वापस ले लिया था। वह पत्थर की अभिशप्त लाल परी बनकर रह गई थी। मन से आस्था, विश्वास, आशक्ति सब समाप्त हो चुकी थीं। वह ऊसर धरती बन गई थी। जीवन के सारे सपनों में आग लग गई थी···सब भस्म हो चुका था। जिंदगी ने हमेशा उसे पछाड़ा था। बेटे के दुःख ने तो उसे ऐसा झकझोर दिया था कि सारे पत्ते, कच्चे फल तो झड़े ही थे, साथ ही वह जड़ों के साथ उखड़कर फिंक गई थी। जीवन के युद्ध ने उसे परास्त कर दिया था।

□

स्मृतियाँ थीं कि पीछा ही नहीं छोड़ती थीं। अब इन्हीं स्मृतियों के सहारे तो जीवित रहना है। बीती स्मृतियों के ढेर सारे भूतों ने उसे घेर रखा था। उसने जबरन हाथ बढ़ाकर उनके चंगुल से अपने को बाहर खींचा। स्मृतियों को हाथ बढ़ाकर परे ढकेला, अपने को स्वतंत्र किया। इतने से ही वह बुरी तरह थक गई थी। माथे पर पसीना झलक उठा था। उसने साड़ी के आँचल से अपने मुँह पर पोंछा-सा लगाया। घर से जल्दी निकलने की हड़बड़ी में वह रूमाल लेना भूल गई थी।

उसने अपने हाथ के गुलाब को बेटे की कब्र के नीचे धरती पर रख दिया। उसकी देखा-देखी पति और बेटी ने भी अपने हाथ के गुलाब नीचे धरती पर रख दिए। उस लाल गुलाब की बराबरी करने की किसी में हिम्मत नहीं थी। बेटी ने अगरबत्ती सुलगाई। एक पूरी माचिस खत्म करने पर ही अगरबत्ती सुलग पाई। बारिश के कारण माचिस सील गई थी।

वे लोग लौटे। लौटते में सब आगे थे, वह सबसे पीछे चल रही थी। आए थे तब वह सबसे आगे थी। वह बहुत धीरे-धीरे सधकर चल रही थी। अब उसे कहीं जाने की जल्दी नहीं थी। आखिर अब जाना भी कहाँ था! जीवन की सारी आभा-

शोभा, चहल-पहल तो बेटे के कारण ही थी। बेटा वह धुरी था, जिसके इर्द-गिर्द वह जहाज के पंछी की तरह मँडराती थी। कब्रिस्तान की दीवार के पार का संसार तो अब उसके लिए अपरिचित हो गया था। परिचित तो अब कब्रिस्तान की दुनिया थी। वह अकसर कब्रिस्तान आती है। आकर वहाँ बेंच पर देर तक बैठी रहती है। कब्रिस्तान की सब गतिविधियों को वह जानती है। कौन सी नई कब्र बनी, कौन सी कब्र के सिरहाने के पत्थर पर क्या नाम लिखा है। कब्रिस्तान में आने-जानेवालों को वह पहचानने लगी थी। वे भी उसे जानने-पहचानने लगे हैं।

भोपाल शहर में कब्रिस्तान जानेवाली वह पहली औरत है। मुसलमानों में कब्रिस्तान में औरतों का जाना सख्त मना है। ढेर सारे लोगों ने विरोध किया, खुदा के कहर से उसे डराया। उसकी इस हरकत पर बहुत चर्चा हुई। लोग कब्रिस्तान में ही जाते समय रोक-रोककर टोकते, पर वह नहीं मानी। अब खुदा के किस कहर से वह डरेगी ? इससे बड़ा सदमा और क्या होगा ? क्या मौत बेटे और माँ के रिश्ते को तोड़ सकती है ? किसी ने डर दिखाया—गेट पर ही रोक देंगे, भीतर घुसने नहीं देंगे तब ? लेकिन किसी मुसलमान ने उसे गेट पर नहीं रोका और न ही किसी ने चोट पहुँचाने की कोशिश की। वह तो हर सजा और दंड के लिए पहले से तैयार थी। हर शर्त और यातना सहकर भी वह बेटे की कब्र पर जाना चाहती थी। धीरे-धीरे सभी मुसलमानों ने उसे वहाँ देखने की आदत बना ली। एक माँ बेटे की कब्र पर बस दुआ के लिए ही तो जाती है और उसे अब क्या चाहिए ? माँ तो हरेक की होती है। उसे रोकना तो अपनी माँ को रोकना था। माँ का दर्जा तो इसलाम में बहुत ऊँचा था। माँ से बदतमीजी करना तो एक अपराध होता, जो कभी क्षमा नहीं किया जाता। जीवन में उसने ढेर सारे घाव, दुःख, परेशानियाँ देखीं व झेली थीं और अंत में अपने जवान बेटे की लाश को भी देखा। अपने आँचल से मृत बेटे के चेहरे को भी पोंछा था। अब खुदा से कहने-सुनने के लिए क्या बचा था ? अब तो दुआ के लिए हाथ भी नहीं उठते थे। मान लिया, समझ लिया, अपने भाग्य की पराजय को स्वीकार लिया था। खुदा के पास उसको देने के लिए अब कोई सुख नहीं था। क्यों माँगकर उसे लज्जित करें ? बेटे के जीवन के ये अठारह बरस जीवन के सुख-सौभाग्य के सुनहरे पृष्ठ थे।

□

पीछे मुड़कर उसने बेटे की कब्र को देखा। पलटकर वह खड़ी हो गई। कब्र पर रखा लाल गुलाब दिख रहा था। सुर्ख लाल गुलाब खून के रंग का था। वह देखती रही। बूँदाबाँदी फिर से शुरू हो गई थी। बारिश की मोटी बूँदें टपकने लगी

थीं। शायद उनके कब्रिस्तान में आने के लिए खुदा ने अब तक बारिश को रोक दिया था। बाहर सड़क पर कार में सब बैठ गए थे, उसका इंतजार कर रहे थे। वह धीरे-धीरे आगे बढ़ी। घर से चलते समय तो बारिश के आने का भय था, वह समाप्त हो चुका था। दुःख की आँच से चिलकते शरीर पर बारिश की बूँदें ठंडक-राहत दे रही थीं। बारिश की बूँदों से उसका चेहरा भीग गया था। वह रो रही थी। दबी-घुटी सिसकियाँ उसे कँपा रही थीं। आँसू गालों पर बह रहे थे। बारिश में भीगने के कारण उसके रोने को कोई जान नहीं सका। बारिश ने उसकी लाज को अपनी बूँदों के महीन परिधान के पीछे ढाँप लिया था।

□□□